BECH NO BECO

JOHN UPDIKE

Bech no beco

Quase um romance

Tradução
Paulo Henriques Britto

Companhia Das Letras

Tradução publicada mediante
acordo com Alfred A. Knopf, Inc.

Título original
Bech at Bay

Capa
João Baptista da Costa Aguiar

Preparação
Eliane de Abreu Maturano Santoro

Revisão
Isabel Jorge Cury
Ana Maria Alvares

"Bech em tcheco" e parte de "Bech noir" foram publicados originalmente na *New Yorker*. A passagem em tcheco no final de "Bech em tcheco" foi extraída de "Bech Panics", in *Milenci a manželé*, trad. de Antonin Přidal (Praga, Odeon, 1984). "Poem on trust in the heart", de Seng Ts'an (terceiro patriarca Ch'an na China, c. 600 d.C.), citado em "Bech noir", foi extraído de *Buddhist Texts: Through the Ages*, trad. e org. de Edward Conze em colaboração com I. B. Horner, David Snellgrove e Arthur Waley (Nova York, The Philosophical Library, e Oxford, Oneworld Publications, 1995). Para o último capítulo, Rich e Jean Roberts gentilmente contribuíram com seus conhecimentos aprofundados a respeito da Suécia.

Dados Internacionais de Catalogação na Publicação (CIP)
(Câmara Brasileira do Livro, SP, Brasil)

Updike, John
Bech no beco : quase um romance / John Updike ; tradução Paulo Henriques Britto. — São Paulo : Companhia das Letras, 2000.

Título original: Bech at bay.
ISBN 85-7164-976-6

1. Romance norte-americano I. Título.

00-0349 CDD-813.5

Índices para catálogo sistemático:
1. Romances : Século 20 : Literatura norte-americana 813.5
2. Século 20 : Romances : Literatura norte-americana 813.5

[2000]

EDITORA SCHWARCZ LTDA.
Rua Bandeira Paulista 702 cj. 32
04532-002 — São Paulo — SP
Telefone (11) 3846-0801
Fax (11) 3846-0814
e-mail: editora@companhiadasletras.com.br

Às pessoas mais jovens que conheço:
Sawyer Michael Updike
Adèle Catlin Bernhard
Helen Ruggles Bernhard
Seneca Dunn Freyleue
Isabel Mei-Huei Bernhard

Algo do irreal é necessário para fecundar o real.
Wallace Stevens, no prefácio aos *Collected Poems 1921-1931*
de William Carlos Williams (1934)

Índice

Bech em tcheco

A residência do embaixador americano em Praga já foi qualificada como o último palácio construído na Europa. Quem encomendou a obra, realizada no início dos anos 30, foi um rico banqueiro judeu, Otto Petschek, cuja família, apenas dez anos após a construção, foi obrigada a fugir de Hitler. Os americanos adquiriram o prédio e o terreno a seu redor após a guerra, antes de a Tchecoslováquia se comunizar de todo. Toda a construção é ligeiramente curvada — ou seja, se estende ao longo de um arco de circunferência; assim, quem caminha pelos longos corredores vê surgirem a sua frente pouco a pouco, à medida que vai mudando a perspectiva, quadros, colgaduras de seda, mesas ornamentais de mármore, imponentes portas de carvalho metalizado, como se fossem ilhas vistas de um navio em alto-mar, primeiro despontando no horizonte, depois lentamente desaparecendo, nas águas turquesa em que a nave vai deixando a marca majestosa de sua passagem.

Henry Bech, o semi-obscuro escritor americano, que acabava de completar sessenta e três anos agora em 1986, sentia-se majestoso e plácido na grande residência, instalado numa suíte em uma de suas extremidades por uma semana, durante sua visita cultural àquele posto avançado e um tanto rebelde do império soviético. Sendo ele próprio judeu, Bech pensava nos proprietários originais do prédio, aqueles plutocratas desaparecidos, sem dúvida muito elegantes e poliglotas, que, com uma confiança tão patética, em meio aos tremores da idade de ouro da Diáspora na Europa Central (não a idade de ouro da Espanha sarracena, nem os bons tempos da princesa polonesa), haviam construído seu palácio na beira de um abismo. O judeu que viaja pela Europa do pós-guerra caminha em meio a hordas de fantasmas, imensas multidões agitadas que, desde 1945, não estão mais presentes — simplesmente desapareceram, numa nuvem de fumaça. O toque sutil dessas ausências misteriosas se faz sentir por toda parte. No centro da cidade antiga, o relógio da Prefeitura Judaica — a qual, tal como as sinagogas adjacentes, Hitler pretendia preservar como relíquia de uma raça exterminada — ainda hoje move seus ponteiros no sentido anti-horário, para a delícia dos turistas que vêm dos dois lados da Cortina de Ferro. O cemitério de lá, onde quatro séculos de mortos se amontoavam em montículos, devido às pressões do gueto, e as lápides espremidas lembravam cartas de jogar gigantescas sendo embaralhadas, comoveu Bech menos que o cemitério judaico mais novo, nos arredores da cidade, aonde o embaixador sentiu-se obrigado a levar o escritor visitante para ver o túmulo de Kafka.

O embaixador era um homenzinho excepcionalmente baixo e animado, com cabelos louros raros que tentavam disfarçar a nudez do crânio sardento; era um industrial de Akron, Ohio, e um levantador de fundos do Partido Republicano que já acreditava em Reagan na época em que a maioria dos figurões de Washington ainda achava graça na idéia de um ator de cinema vir a ocupar a Casa Branca. Sua lealdade e presciência foram recompensadas com aquela embaixada, uma nomeação que tinha também uma certa lógica, pois ele era de ascendência tcheca: seus avós imigraram para Pittsburgh das minas de carvão da Morávia, e quando menino o idioma falado em sua casa era o tcheco. "Eles adoram me ouvir falar", disse ele a Bech, com um sorriso maroto que desarmava qualquer um. "Eu uso uma língua antiquada. É como se uma pessoa falasse um inglês como o da Versão Autorizada da Bíblia." Bech teve a impressão de que, por um momento, toldou o rosto quadrado do embaixador a preocupação com a possibilidade de que um judeu não conhecesse bem a tradicional tradução inglesa da Bíblia. Para dissipar qualquer dúvida, o homenzinho acrescentou: "Pelo visto, falo um tcheco antigo pra cacete".

De fato, Bech tinha reparado que os tchecos costumavam sorrir quando o embaixador falava com eles no idioma do país. O fato chamava a atenção particularmente porque os tchecos, outrora uma nação marcada pela ironia e pelo humor, agora não encontravam muitos motivos para sorrir. Também Bech sorriu do embaixador. Tendo passado a maior parte de sua vida nos domínios estreitos da intelligentsia nova iorquina, um mundo tão saturado de inveja venenosa, intolerância automática e impotência básica, ele sentia-se encantado com o jeito descontraído e despreocupado de um autêntico mandachuva, aquele simpático representante da direita vitoriosa. Como todo bom empresário, o embaixador aprendia depressa, rapidamente dava o bote e seguia em frente. Certamente teria corrido os olhos por algum resumo a respeito de seu visitante cultural, e foi com base nessa informação que levou Bech — o qual chegara ainda naquela manhã, e ainda sentia nos ouvidos o ronco do jato — ao túmulo de Kafka. "É o tipo de coisa que vai interessar o senhor." E era mesmo.

A limusine oficial, com seu chofer sorumbático e sonolento, subia as ladeiras íngremes de Praga, pavimentadas com pedras, passando por velhos parapeitos e trilhos de bonde, chegando, num trecho que em outros tempos ficava nos arredores da cidade, a uma comprida grade de ferro trabalhado. O portão alto estava fechado com uma corrente e um cadeado. O embaixador sacudiu as correntes e gritou, mas não veio ninguém. "Use a bandeira, meu bem", disse a embaixatriz, uma loura de pernas longas, bem mais jovem que o marido.

Bech, que já viajara na África e na América Latina, onde vira a bandeira americana atrair pedradas e cusparadas, fez uma careta quando o embaixador pegou a bandeirinha espetada no pára-lama da frente e começou a brandi-la com o braço enfiado para dentro do portão, gritando coisas incompreensíveis. O homenzinho percebeu o constrangimento de Bech e disse-lhe, mais que depressa: "Relaxe. Aqui eles adoram a gente. Adoram a nossa bandeira". E de fato, diante daquela comoção patriótica, dois rapazes com macacões manchados emergiram, tímidos, de um galpão dentro do cemitério. O embaixador dirigiu-se a eles em tcheco. Sorrindo do sotaque dele, os dois aproximaram-se um pouco e disseram algumas palavras cujo teor era que o cemitério estava fechado. O embaixador agitou a bandeira mais um pouco, mas os rapazes continuaram a sacudir a cabeça, confusos, e a repetir baixinho a palavra *ne*. Com uma agressividade jocosa e desavergonhada que Bech, por mais que corasse de vergonha, não pôde deixar de admirar, o embaixador teve uma inspiração: incluiu, na sua torrente estígia e ressonante de palavras naquele idioma opaco, dirigida aos jovens, o que Bech reconheceu claramente como seu nome.

Os sorrisos educados e inflexíveis nos rostos dos rapazes foram substituídos por uma expressão de interesse vivo. Voltaram seus olhares para o escritor americano do outro lado do portão.

"*Sem bagagem*", disse o mais alto, num inglês claudicante, referindo-se ao primeiro romance de Bech.

"*Grande idéia*", disse o outro, tentando mencionar o mais recente.

"*Pense grande*", corrigiu Bech, mais vermelho ainda; não sabia que havia dentro dele sangue suficiente para fazer suas faces arderem, as palmas de sua mão formigarem daquele jeito. Jurou que aquela era sua última missão na qualidade de ícone cultural.

"Aaaahhh!", exclamaram os dois jovens em uníssono, fascinados por aquela correção autêntica, saída da boca do autor. Com gritos jubilosos dos dois lados, cadeados e correntes foram removidos, e os três americanos entraram no cemitério de Strašnice.

Era um lugar sinistro e bem conservado. Lápides impressionantes, impassíveis, destacavam-se entre as árvores altas — plátanos, freixos, coníferas — e a hera exuberante. A paisagem parecia estender-se até o infinito, banhada no sol filtrado pela folhagem, no silêncio da respiração contida de centenas de vidas extintas. A maioria dos habitantes tinha tido o bom senso de morrer antes de 1939, em casa ou no hospital, um por um, antes que os alemães chegassem trazendo a morte em massa. O grupo de visitantes caminhava por alamedas retas e limpas, por entre majestosos blocos de mármore em que predominavam nomes germânicos, os mesmos nomes — Strauss, Steiner, Loeb, Goldberg — que ainda desfilam, vivos, nos catálogos telefônicos de Nova York. O embaixador e os dois jovens empregados seguiam à frente, conversando em tcheco — falando um pouco alto demais, pensou Bech. A julgar pelos gestos largos do embaixador, ele devia estar fazendo a louvação do sistema de livre empresa ou discorrendo sobre a perfídia da mais recente proposta de desarmamento apresentada por Gorbatchov.

"Acho isso muito constrangedor", disse Bech à embaixatriz, que caminhava em silêncio a seu lado pela alameda de cascalho.

"Antes eu também achava", retrucou ela, com seu sotaque do Meio-Oeste, áspero mas simpático. "Mas depois de dois anos com o Dick não sinto mais vergonha de nada; ele é assim mesmo, totalmente despachado. Não tem papas na língua. É o jeito dele, e as pessoas aqui gostam. Elas imaginam que é o jeito dos americanos. Bem livre."

"Esses rapazes — não há perigo de eles perderem o emprego por deixar a gente entrar?"

Ela deu de ombros e, com um gesto nervoso, jogou para trás os longos cabelos louros. Eram de um tom esmaecido de amarelo, enternecedor, como se tivessem sido lavados excessivamente. Nos lábios secos e pensativos, o batom já estava descascando. "Talvez eles nem tenham emprego. O sistema daqui é estranho." Os olhos eram de um tom de azul-translúcido que Bech julgava insólito, pois quase só o vira antes, quando jovem, em ursos polares de brinquedo e manequins exibidos nas vitrines da Fifth Avenue durante o período natalino.

"Essa gente", comentou Bech, contemplando as lápides negras a seu redor, elegantes e silenciosas, "tinha uma auto-imagem muito positiva."

"Aqui havia muito dinheiro", disse a embaixatriz. "As pessoas esquecem que a Boêmia era assim. Antes de os comunistas acabarem com tudo."

"Depois que os alemães acabaram com *isso*", corrigiu Bech, indicando a população judaica que os cercava. Curiosamente, havia umas poucas datas de falecimento posteriores a 1945, em letras de ouro mais recentes — judeus que haviam escapado do Holocausto, pensou ele, e depois pediram para ser enterrados ali, sob os plátanos eretos de troncos mosqueados, em meio à hera de um verde-reluzente que cobria tudo, como uma colcha amarfanhada. Lotes, registros, autorizações — essas coisas continuavam existindo.

"Olhe aí o seu amigo", proclamou o embaixador, bem alto. Bech já vira fotos daquela lápide — uma pedra branca, de tamanho relativamente modesto, mais larga no alto do que na base, com três nomes e inscrições em hebraico que ele não sabia ler. Os três nomes eram os do doutor Franz Kafka; de seu pai, Hermann; e de sua mãe, Julie. Em seu último ano de vida, já arrasado pela doença, Kafka conseguira fugir dos pais e ir com Dora Dymant para Berlim, mas depois voltara para Praga, e agora jazia ao lado daquele pai dominador para todo o sempre. Uma lápide menor ao pé da sepultura trazia o nome de suas três irmãs — Elli, Valli, Ottla — que haviam desaparecido nos campos de concentração. Tudo aquilo parecia a Bech extraordinariamente direto e enigmático, banal e comovente. Aquele vazio, aquela reificação pétrea e tranqüila, é o que nos espera a todos no fundo das coisas. Nunca mais o pobre doutor Franz, hipersensível, sofreria de insônia.

Bech achou que devia tentar trocar algumas palavras com os rapazes, que haviam demonstrado ter algum conhecimento do inglês. Disse então, apontando para o túmulo: "Um grande tcheco".

O rapaz de ombros largos, o que havia destrancado o cadeado do portão, sorriu e respondeu: "Tcheco, não. Žid. *Jude*".

Era apenas uma pequena correção, nada de antipático. "Como eu", disse Bech.

"Você" — o outro jovem, mais esguio, com pedaços de gesso até nos cabelos, apontou diretamente para ele —, "maravilhoso!"

O outro, os olhos brilhando de alegria por estar conversando com um escritor americano internacionalmente famoso, fez um ruído — "R-r-r-rum, *rruum*" — que Bech reconheceu como uma alusão aos famosos motoqueiros de *Sem bagagem*, com seus rostos de borracha, um livro cheio de estupros dentro de automóveis, de desoladas lanchonetes de beira-estrada cercadas de amplos estacionamentos de cascalho — homenagem do jovem Bech, habitante de Manhattan, ao território imaginário que se estendia do outro lado do rio Hudson. "Muito *americky, amerikanisch*", disse o jovem.

"*Un peu*", disse Bech, dando de ombros, abandonando o inglês, por cortesia, tal como seus interlocutores haviam abandonado o tcheco.

"E *Grande pensar*", disse o rapaz mais baixo, estimulado por toda aquela conversa em pidgin a ousar uma fala mais extensa, "nós gosta muito. Eu ri muito: TV, aranha-céu." E riu, para dissipar qualquer dúvida.

"Arranha-céu", corrigiu Bech, sem querer.

"Adorei a Olive nesse romance", disse a embaixatriz a seu lado, com voz rouca.

Aquele comentário, Bech sentiu, era um tanto sensual: Olive e toda a equipe de televisão, sob as luzes: Olive e sua amante lésbica, Thelma, no apartamento do West Side, iluminadas pelos raios de sol amarelentos que vinham de Nova Jersey, horizontais, como um pentagrama...

"Kafka, mais *Schmerz*", prosseguia seu fã tcheco, como se o escritor enterrado, com seu terno escuro e sorriso enigmático, estivesse ali ao lado do outro, ainda vivo, os dois a se comparar. "Você mais *Herz*. Mais..." E recaiu no tcheco, virando-se para o embaixador.

"Mais energia primitiva", traduziu este. "Mais amor visceral à vida."

Bech, na verdade, sentia-se um tanto cansado da vida desde que terminara seu último — e derradeiro, pensava — romance, que fizera um sucesso inesperado e cujo lançamento coincidira com a derrocada de seu único casamento. Era para isso, imaginava ele, que serviam aquelas viagens: para encontrar eus ficcionais, as idéias falsas, e tão revigorantes, que os estranhos formavam a respeito dele.

Na Tchecoslováquia, Bech sentia-se desesperadamente indigno; aquele país desafortunado parecia ver nele um símbolo de esperança. Tinham sido traduzidos para o tcheco não apenas seu primeiro e seu último romances (*Lekhá cesta*, *Velká myšlenka*) mas também uma coletânea de ensaios e contos extraídos de *Quando os santos* (*Když svatí*). Os três livros ostentavam, na página anterior ao frontispício, a mesma foto do autor, tirada aos trinta anos de idade, quando seu rosto ainda não havia inchado até quase rivalizar com o nariz, e seus cabelos duros ainda não tinham ficado grisalhos; naquele tempo os cabelos formavam uma espécie de turbante alto enfiado até a testa. Os rigores da fotogravura socialista davam a impressão de que aquela imagem desbotada datava não dos anos 50, e sim de antes da Primeira Guerra, do tempo em que Proust posava com colarinho de ponta virada, e Kafka, de chapéu-coco. Bech teve muita oportunidade de examinar essa foto, pois filas intermináveis se formaram quando, numa livraria de Praga e, alguns dias depois, na embaixada americana, foram realizadas noites de autógrafos, e essas versões tchecas de suas obras lhe foram apresentadas vez após vez, abertas na folha de rosto. Sua presença ali fizera aqueles tomos surrados — todos os seus livros estavam esgotados, pois nos países comunistas não há reedições — emergirem das estantes dos leitores de Praga. Lisonjeado, atarantado, Bech tentava se concentrar por um momento em cada rosto, cada par de mãos que se materializava a sua frente, e a escrever os nomes difíceis, laboriosamente soletrados. A fila estava cheia de jovens, tímidos, de olhar límpido, com um brilho singelo de juventude um tanto raro de se encontrar em Nova York. Para aqueles inocentes de ar tão cândido, imaginava Bech, ele era uma celebridade americana — não, é claro, um roqueiro famoso, a despedaçar guitarras e urrar enquanto os estroboscópios inundavam de ondas violeta e carmim o estádio, a sibilar e pulsar como uma imensa água-viva, mas com algo daquele mesmo glamour diabólico. Ou talvez fossem estudantes de literatura americana, e Bech fosse para eles matéria curricular, um autógrafo que valia uma aprovação no curso. Mas havia cidadãos mais velhos também — mulheres gorduchas com sacolas de compras, homens de rosto pálido, com um ar macilento e pedante. Funcionários? Professores universitários? E umas poucas pessoas realmente acabadas, tão velhas que teriam lembranças do regime de Tomáš Masaryk, aproximavam-se trôpegas, com uma expressão simpática e hesitante no rosto, aquela expressão de namorada de infância que, à primeira vista, não conseguimos reconhecer direito. A maioria das pessoas dizia em inglês ao menos "*thank you*"; muitas delas ainda lhe ofereciam frases inglesas bem estruturadas, altamente elogiosas.

Bech dizia "*Děkuji*" e "*Prosím*" a esmo, cada vez mais constrangido. Do outro lado da rua — cochichavam-lhe no ouvido funcionários da embaixada — havia policiais tchecos fotografando a fila; aquelas pessoas todas estavam correndo um certo risco: ao pedirem autógrafos a um escritor americano, estavam sendo marcadas. Por quê? Seus livros eram mesquinhos e autocomplacentes, pensava Bech enquanto assinava seu próprio nome vez após vez, como quem assina uma sucessão de cheques-borracha. Em países do Terceiro Mundo, muitas vezes lhe perguntavam o que lhe parecia ser a missão do escritor, e ele era obrigado a dar um jeito de contornar a resposta honesta: a missão do escritor é se divertir, gratificar-se, conseguir publicar suas obras com o mínimo de interferência editorial, circular pela sociedade em que vive com o mínimo de atrito. Essa pergunta incômoda jamais surgia num país comunista. Ali os cidadãos compreendiam muito bem o heroísmo da autocomplacência, a grandiosidade política da irresponsabilidade. Sua presença naquelas filas compridas equivalia a uma declaração de que queriam ir embora dali, tal como Bech, quarenta anos antes, preso em Manhattan como uma barata numa caixa, compusera, como meio de escapar dali, suas *hommages* a uma América imaginária.

O embaixador e seus asseclas programaram para Bech uma festa onde estariam presentes vários escritores dissidentes. "Ah, essas intelectuais dissidentes são tão sexy", exclamou a embaixatriz, dengosa, como se Bech a estivesse abandonando. Porém ela foi também. A festa, e o apartamento, em algum subúrbio desenxabido que os visitantes da Praga histórica jamais vêem, e que Bech só viu naquela noite, à luz erradia, penetrante e incerta dos faróis do pequeno Ford Fiesta que era o carro particular do embaixador, lembravam os anos 50, aquele tempo em que Eisenhower presidia a uma tensa trégua global e em que o valor supremo da vida privada jamais era questionado. Estantes de livros até o teto, jazz tocando baixo num canto, crianças de cabelos lustrosos servindo salgadinhos, uma escassez de móveis que obrigava as pessoas a se esparramar em camas ou a compartilhar o mesmo escabelo. A anfitriã estava de saia e blusão de camponesa, e usava o cabelo preso num rabo-de-cavalo espesso; o anfitrião, um homem calvo, de jeans, trajava também um dashiki, uma camisa que era um traje matrimonial. Bech tinha a impressão de ter retornado aos tempos de relativa inocência dos Estados Unidos, em que os jovens só pediam um pouco mais de liberdade e sexo e desemburguesamento, um baseado e um espetáculo de música folk num prado. Porém aquelas pessoas não eram jovens; haviam chegado à meia-idade protestando, na dissidência, e transitavam por aquele limbo com um certo fastio. Bech só conseguia apreender uma pequena parte daquela estrutura. Como os maridos não podiam publicar, as mulheres é que trabalhavam e pagavam as contas; a anfitriã, por exemplo, era anestesista, e passava os dias com um capuz anti-séptico cobrindo o rabo-de-cavalo alourado. E seus filhos, alguns deles, já eram crescidos, haviam estudado em Michigan, Iowa ou Toronto, e falavam inglês americano sem sotaque, encarando com tanta naturalidade aquele turismo estudantil como se fossem franceses ou japoneses. Muito além daquela pequena festa, que bruxuleava como uma vela nos subúrbios escuros de Praga, havia todo um submundo tcheco no exílio, em Paris, Londres ou no Novo Mundo, gente que tinha ido embora e no entanto dava um jeito de voltar de vez em quando, para visitar uma avó ou fazer um filme, e também editoras de emigrados cujos produtos circulavam clandestinamente; os russos não conseguiam isolar o antigo coração da Europa de modo tão estanque quanto era possível fazer com a Letônia ou o Casaquistão, por exemplo.

A *vontade de fazer parte da Europa*: a frustração desse modesto desejo constituía a agonia tcheca, de uma intensidade peculiar. Ter alguns arranha-céus de vidro em meio aos velhos castelos e catedrais, os homens poderem ir e voltar do trabalho em trens expressos sem ter de atravessar pomposas cercas de arame farpado, dispor de uma moeda que não fosse uma ficção rejeitada até pelos comerciantes locais, poder comprar laranjas da Sicília no mercado, poder colocar alguns letreiros de néon nas melancólicas galerias de Praga, enriquecer o centro da cidade com um pouco de pornografia e trânsito engarrafado, gozar o luxo inofensivo de um movimento de protesto antinuclear e uma vanguarda niilista — certamente não era pedir demais, após séculos sob o tacão dos Habsburgo. Porém mesmo esse pouco lhes era negado: tendo sobrevivido a Hitler e aos anti-hussitas, os tchecos e os eslovacos haviam caído na rede bizantina de Moscou. A história da dissidência era marcada por duas datas: 1968, o ano da "primavera de Praga" (termo empregado com tanta freqüência e sofreguidão que se transformara num termo composto: "primavera-de-praga") e da invasão russa que se seguiu a ela; e 1977, quando foi promulgada a Carta 77, a qual levou muitos de seus signatários ao exílio ou à prisão.

Prisão! Um dos convidados à festa havia passado quase dez anos preso. Era elegante, como um freqüentador de café num desenho de Georg Grosz; seu rosto era pequeno, cheio de cicatrizes; os olhos eram negros e reluzentes. Falava tão baixo que Bech mal conseguia ouvi-lo, por mais que aproximasse dele o ouvido. As mãos do homem retorciam-se diante dos olhos de Bech, como se torturadas. Bech percebeu que seus dedos eram mesmo tortos, tinham sido quebrados. O que faria ele — perguntou-se o escritor americano — se começassem a lhe arrancar as unhas? Bech não conseguia lembrar-se de nada por ele escrito que, em tais circunstâncias, ele não renegasse.

Outro convidado, um homem de óculos de aviador com lentes coloridas e bigode caído e mordiscado, explicou a Bech que a mídia ocidental sempre queria entrevistar dissidentes, e que era a ele, desde que fora solto após dois anos de prisão, que os jornalistas ávidos sempre recorriam quando precisavam de uma declaração. Aquela infinidade de entrevistas o obrigara a sacrificar não apenas sua segurança, mas também sua privacidade, e ele acabava não tendo tempo de trabalhar. Se ele fosse preso, disse com um suspiro, talvez pudesse voltar a escrever poesia. Por trás das lentes lilases, seus olhos pareciam ardidos e cansados.

Bech perguntou-lhe que tipo de poesia ele escrevia.

"Sobre os pequenos sentimentos efêmeros", foi a resposta pensada que lhe foi dada. "Como Seifert. Para as autoridades, esses pequenos sentimentos humanos são perigosos como terremotos; mas Seifert tornou-se grande demais, grande e velho e doente demais, para ser punido. Nem mesmo o prêmio Nobel o prejudicou."

Enquanto isso, servia-se comida, aumentava-se o volume do som e, na outra sala do apartamento, o embaixador e sua mulher estavam sentados no chão, encostados numa estante, as longas pernas da embaixatriz brilhando, num burburinho de riso e conversas em tcheco. Para Bech, cercado de escritores perseguidos, aquelas pernas americanas pareciam um lampejo de realidade, alguma coisa de muito longe que, no entanto, inexplicavelmente, continua existindo, como os pássaros continuam cantando fora das grades e a hera cresce sobre as sepulturas antigas. O embaixador havia tirado o paletó e afrouxado a gravata; tinha um copo na mão. Seus olhos rápidos perceberam que o outro americano estava contemplando as pernas de sua mulher, e ele gritou, num inglês espalhafatoso: "Mostrem um livro a Bech! Mostrem um *samizdat* a nosso famoso escritor americano!".

A essa altura, todos estavam suando, por causa do vinho e do calor combinado dos corpos reunidos, e havia um sentimento de hilaridade de algum modo centrado na presença preocupada e constrangida de Bech. Ele temia que a festa se tornasse barulhenta e inconveniente, e que a polícia política — ela certamente estaria vigiando o prédio — entrasse de súbito. Uma jovem magra, com cabelos negros e crespos — uma dissidente sexy —, aproximou-se de Bech e lhe mostrou um livro. "Nós batemos à máquina", explicou ela, "seis cópias no máximo; para que as últimas não ficam muito borradas. Xerox aqui só pode para fins oficiais. Máquinas de escrever eles ainda não consegue controlar. Depois encaderna, às vezes com desenhos. Este aqui, com desenhos. Está vendo?" A blusa larga, quando ela inclinou-se sobre Bech para lhe mostrar o livro, expôs uma porção dos ombros e uma fatia dos seios, ligeiramente suados. Sua pele vitrificada tinha um tom sedutor e fosco de cinza-esverdeado.

Bech perguntou: "Mas quem faz essas encadernações tão caprichadas? Não é ilegal?".

"É", respondeu a moça. "Mas existem homens corajosos." Seus olhos negros dirigiram-lhe um olhar reprovador, enquanto suas mãos colocavam o livro nas dele.

O tamanho do papel era menor do que o usado nas máquinas de escrever nos Estados Unidos; folhas pequenas e finas, batidas numa máquina de tipos corpo doze, com papel-carbono azul. A encadernação era de couro grená, com letras prateadas gravadas uma por uma. O livro era inesperadamente belo, páginas moles, cheias de letras azuladas e borradas, que abriam com facilidade, uma ou outra gravura, de nus a Picasso, assinalando os inícios de capítulo. Quando o livro foi colocado em sua mão, Bech achou-o mais leve do que imaginara ser um volume daquela espessura. Só as páginas da direita continham texto; nas da esquerda viam-se apenas fantasmas espelhados de palavras, o outro lado da folha anterior visto através do papel fino. Bech experimentou a sensação de perceber o que era um livro no fundo: um maço de folhas reunidas e presas com amor e ousadia, a ser passado de mão em mão com entusiasmo. Ele já antevira o ar patético daquele fruto de tantas horas diante de uma máquina de escrever clandestina, mas não a beleza desafiadora do produto final. "Quantos livros como este existem?"

"De cada um, seis exemplares, pelo menos. Para fazer mais, tem que bater de novo. Cada livro tem muitos leitores."

"É como um manuscrito medieval", disse Bech.

"Não somos monges", disse a moça, muito séria. "Não temos prazer de sofrer."

No Ford Fiesta, na volta, a embaixatriz provocou Bech, comentando com o marido: "Acho que nosso famoso escritor ficou interessado na Ila".

O embaixador não disse nada, porém limitou-se a apontar para o teto do carro.

Bech, sem entender o gesto, repetiu: "Ila?". Ila, Elli, a irmã de Kafka. "Ela é judia?" Os cabelos fartos, a tez fosca e amarelada, a tensão nos ombros magros, seu jeito de se fazer entender usando um inglês limitado.

A embaixatriz riu, com sua voz áspera e alegre. "Quase", respondeu. "Cigana."

"Cigana", disse Bech, como se ele e ela estivessem participando de um jogo, e as palavras fossem petecas voando do banco de trás para o da frente e vice-versa. Ele estava atrás, ela ao lado do motorista. A fraca iluminação de rua socialista atravessava de modo intermitente os cabelos louros pálidos da embaixatriz, riçados pela alegria da festa dos dissidentes. "Aqui tem cigano?", perguntou.

"Aqui tem cigano, sim, claro", disse ela, num tom quase de reprovação. "Em francês, '*bohémien*' quer dizer 'cigano'. Muitos deles estão assimilados, como essa sua nova amiga. Hitler matou uma porção, mas não todos."

Hitler. Vir à Europa é, de certo modo, visitá-lo. Ele estava se transformando num mito, como o Golem. Bech fora levado à Velha-Nova Sinagoga, onde o rabino Loew, cabalista e alquimista, estudou o Talmude e criou um Golem cujo barro gigantesco ainda aguarda, no sótão da sinagoga, a hora de voltar à vida. E a Sinagoga Pinkas, as paredes cobertas com os nomes de setenta e sete mil vítimas de campos de concentração. E o salão próximo, cheio de desenhos feitos por crianças judias internadas no campo de Terezín, casas e vacas e flores iguais às que as crianças desenham em toda parte, segurando com força os creions, agarrando o mundo com dedos curtos de principiantes. Os comunistas podem sempre argumentar que eles, pelo menos, não são Hitler. O que, sem dúvida, é alguma coisa.

Cada vez que a luz desaparecia dos cabelos da americana, um temor vago e negro penetrava o estômago de Bech, a sensação súbita, que o dominava outrora, aos seis ou sete anos de idade, de estar no *lugar errado*, um lugar catastroficamente errado, muito embora estivesse a apenas três quarteirões de sua casa, andando apressado na Broadway em meio a um caos de estranhos indiferentes. "Coitados", disse ele de repente. "Aquele que usava brilhantina no cabelo passou dez anos na cadeia, e dei uma olhada nuns contos que ele me mostrou. Lembram Saki, umas historinhas brejeiras, inofensivas. Não entendo, prender uma pessoa só por escrever coisas assim. Eu estava olhando para ele, tentando me colocar no lugar dele, e ele sorria para mim com a maior simpatia, dando de ombros com modéstia. Vocês sabem quem é — aquele com um terno antiquado, com colete, um daqueles nomes cheios de *ziz*..."

O embaixador pigarreou muito alto e mais uma vez apontou para o teto baixo do carro. Finalmente Bech entendeu. O carro estava grampeado. Quase não trocaram mais uma palavra até chegarem à residência oficial. O perfil noturno de Praga era cheio de águas-furtadas e pináculos. Bech tinha a impressão de que nunca havia luar. Então a lua só brilhava no mundo capitalista?

Era gostoso acordar de manhã, na residência, ao som de pássaros cantando e jardineiros trabalhando. Um grupo recolhia as folhas caídas das árvores; outro preparava a quadra de tênis para o verão. O banheiro de Bech ficava a muitos passos de sua cama, do outro lado da sala de estar de sua suíte, com um piso de parquê onde o sol batia. As paredes eram ligeiramente curvas. Das enormes torneiras de latão, a última moda em 1930, a água jorrava sobre os ladrilhos art déco do chuveiro e as pias de porcelana do tamanho de aquários. Otto Petschek fazia questão do bom e do melhor. O café da manhã era servido numa mesa comprida, na sala de jantar ao lado, onde mulheres tímidas traziam o que Bech havia selecionado na véspera num formulário impresso. "*Prosím*", diziam elas, como os italianos dizem "*Prego*".

"*Děkuji*", respondia ele, quando conseguia se lembrar da palavra, que lhe parecia excepcionalmente difícil. A embaixatriz a pronunciava "djacui", falando muito depressa. Ela nunca aparecia no café da manhã; Bech sempre comia sozinho, embora houvesse mais mesas postas, indicando a presença de outros hóspedes. E eles de fato existiam: um fotógrafo alsaciano, rechonchudo e polido, com seu assistente, um homem esbelto, estava fotografando a casa para a revista *Architectural Digest*; alguns velhos amigos de Akron estavam de passagem, a caminho de Viena; e a filha do embaixador, fruto de um casamento anterior, um fiapo de gente, que estudava num *lycée* suíço, estava passando as férias com o pai. Mas de manhã todos esses personagens tornavam-se invisíveis, e Bech, numa solidão magnífica, dava sua caminhada pós-desjejum no jardim, por uma pista oval cujo trecho inicial se aninhava na curva do palácio e do gracioso pátio de lajes como um ovo num oveiro, passava pelos jardineiros ocupados e a piscina vazia, fazia uma curva e chegava ao lugar onde três homens com uniformes de trabalho cinzentos aplainavam o chão de barro vermelho da quadra de tênis, em frente ao canteiro de roseiras bem cuidado, de onde um cheiro de húmus molhado vinha se desprendendo desde que os dias haviam começado a esquentar. Bech jamais encontrou outra pessoa caminhando. Também nunca viu nenhum rosto — uma princesa a contemplar a paisagem — em nenhuma das muitas janelas da residência.

Tinha a impressão de que aquela era a casa que ele merecia, que todos os homens tinham o direito natural de viver naquele luxo, entre parquês e marchetarias, mesinhas de mármore e molduras douradas, com uma jovem esposa que logo apareceria à janela, chamando-o, agitando os cabelos louros brilhantes, deixando entrever, por trás de fina gaze de seda, os seios luzidios. A residência do embaixador projetava a idéia de felicidade doméstica como se numa imensa tela de cinema panorâmica. Sou mesmo um monstro, pensou Bech — sessenta e três anos de idade e continuo cobiçoso, me imaginando um rei. A Europa, e não a América, pensou ainda, é a terra dos sonhos, dos palácios das histórias de fada, dos relógios que andam para trás. Hitler beijara a princesa e fizera com que seus pesadelos se tornassem realidade. Por outro lado, houve muitos outros holocaustos. Mostraram a Bech a janela do castelo de Hradčany em que ocorrera a defenestração de Praga. Os emissários defenestrados caíram sobre um monte de esterco e não sofreram ferimentos, mas assim mesmo o incidente precipitou a Guerra dos Trinta Anos, que teve o efeito de dizimar a população da Europa Central. Bech vira a estátua de Jan Žižka, o general hussita caolho que, mui piamente, passou cinco anos massacrando as forças do papa e do imperador do Sacro Império Romano; vira também, na igreja barroca de São Nicolau, uma estátua que representava um papa alto esmagando, num gesto gracioso e beatífico, com a base de seu báculo, a garganta de um infiel de orelhas pontudas. Séculos de conquistas e expropriação ergueram palácios e capelas nas ruas íngremes e tortas de Praga. Todo aquele acúmulo permanecia intato, embora os nazistas, sempre fiéis a sua missão higienizante, tivessem tentado explodir prédios ao evacuar a cidade. O sedimento da história, naquelas manhãs úmidas em que Bech tinha o parque oval todo para si, era profundamente tranqüilo. A multidão de mortos e espoliados, felizmente, não faz ruído algum.

Um jovem cidadão de Praga impôs-se aos funcionários do departamento cultural da embaixada e conseguiu que lhe concedessem uma entrevista com Bech. Corajoso, veio até a embaixada, passou pelos fuzileiros navais que guardavam a entrada, pelos cartazes que mostravam a Estátua da Liberdade desmontada, e foi almoçar com Bech no refeitório. Estava tão nervoso que não conseguia comer. Seu nome era impronunciável, lembrava "sizígia" — Vítěslav Syzygy. Porém era alto e grave, e menos jovem do que Bech imaginara; tinha suíças com lampejos grisalhos e aquele ar sério e pedante que, como Bech já percebera, era tipicamente tcheco. Um pincenê ficaria muito bem naquele nariz fino e alto. O homem falava um inglês impecável, porém claudicante — era como uma máquina bem-feita, mas com manutenção insuficiente. "É muito estranho para mim", começou ele a dizer, "encontrar-me com o senhor em carne e osso. Faz vinte anos — foi pouco antes da primavera-de-praga — que li *Sem bagagem*. Para mim, foi uma revelação descobrir que a linguagem podia ser usada daquela maneira. Não seria demais dizer que seu livro transformou a trajetória de minha vida."

Bech tinha vontade de lhe dizer: pare de suar, pare de tremer. Porém limitou-se a enfiar a colher na *bramborovka* e ouvir. Syzygy, oficialmente silenciado como tradutor e crítico desde que participara da "primavera-de-praga" vinte anos antes, vinha se dedicando todo esse tempo a uma tradução irrealizavelmente boa, estonteantemente fiel e no entanto inventiva, de uma obra-prima de Bech, *Irmão porco*, para o tcheco, a primeira a ser tentada. Agora ele havia terminado *Bratr vepř*, e o trabalho ficara tal como ele desejava. Na sua opinião, manifestada com gravidade e precisão, jamais fora feita uma tradução como aquela — nem mesmo a de Shakespeare feita por Pasternak, nem a de Poe feita por Baudelaire, representavam uma hommage tão escrupulosa e amorosa. O problema...

"Ah", disse Bech, enxugando os lábios e, ainda com fome,

pensando se seria uma indelicadeza extrema meter sua colher na tigela de *bramborovka* leitosa, bem temperada, que permanecia intata diante de Syzygy, "então há um problema."

"É como o senhor diz", concordou Syzygy. Bech já conhecia o código: a voz baixa, os olhos subitamente voltados para os grampos onipresentes — ali se investia tanto em fiações secretas quanto nos Estados Unidos se investia em sistemas de alarme pega-ladrão. "Talvez o senhor lembre que, no capítulo intermediário, que tem o título divertido de 'Paradoxos e paroxismos', os personagens Lucy e Marvin, enquanto seduzem mutuamente Genevieve, fazem alusões de passagem ao homem que recentemente havia se tornado chefe de Estado da União Soviética, um certo senhor..." Os olhos de Syzygy, que tinham a cor suave e fosca do lado sem tinta do papel-carbono, rolavam de um lado para o outro, impotentes.

"Começa com K", Bech ajudou-o.

"X, na ortografia russa", corrigiu Syzygy, delicadamente, pigarreando. "Um som gutural. Mas é justamente isso. Nossos amigos... como dizê-lo?"

"Sei quem são os seus amigos."

"Nossos amigos jamais permitiriam que uma passagem tão irreverente aparecesse numa publicação oficial, muito embora o estadista em questão já não desfrutasse de tanto prestígio oficial ao morrer. No entanto, não consigo suprimir nem sequer uma palavra de um texto que se tornou para mim, por assim dizer, sagrado. Não sou religioso, mas agora entendo de que modo certas pessoas simples encaram a Bíblia."

Bech fez um gesto magnânimo. "Ah, pode tirar fora. Já nem lembro por que escrevi isso. Provavelmente porque o Kruchov me pareceu uma figura porcina e por isso se encaixava no tema. Tudo pelo tema, é assim que nós pensamos lá nos Estados Unidos. O senhor conhece a palavra 'porcino'?"

Syzygy enrijeceu. "Naturalmente."

Bech tentava amar aquele homem que o amava, ou ao menos amava uma versão de Bech por ele próprio construída. "O senhor pode tirar ou acrescentar qualquer coisa que facilite o seu trabalho", disse. Porém arrependeu-se desse comentário, pois dava a entender (corretamente) que ele estava se lixando para a versão final de seu texto em tcheco. "Mas se o senhor, como nós dizemos, também não desfruta de tanto prestígio entre os nossos amigos, como pretende publicar a sua tradução?"

"Mas eu vivo publicando!", retrucou Syzygy. "Muitas vezes, se bem que com pseudônimos. Até mesmo o atual regime precisa de traduções. O senhor entende", acrescentou, sentindo que Bech queria apreender melhor a estrutura da coisa, "existem advogados." Sua voz tornou-se mais baixa, mais precisa. "Há o lado de dentro e o lado de fora, e alguns que estão fora, mas quase dentro, conhecem uns que estão dentro, ainda que quase fora, e assim por diante. Além disso, não se deve pensar que..." Suas mãos, alvíssimas, acima da sopa intata, mais uma vez fizeram aquele gesto seco e impotente.

"Que o atual sistema de governo só depende de vocês", Bech concluiu por ele, e "vocês" queria dizer "a Tchecoslováquia".

O embaixador, enquanto caminhavam pelo calçamento de pedra uma noite em direção a um restaurante, sentiu-se livre, ali na rua, para manifestar sua opinião sobre este exato assunto. "Até 68", disse ele, com seu jeito despachado e confiante de empresário, apreendendo a realidade com um único olhar de relance, "era interessante ser intelectual aqui, porque de certo modo eram eles mesmos que tinham feito tudo: a maioria deles, e mais os estudantes, eram a favor de Gottwald quando ele assumiu o poder em nome dos comunistas em *quarenta* e oito.

Eles ainda estavam pensando em *trinta* e oito, quando o problema eram os alemães. Mas depois de *sessenta* e oito, depois da chegada dos tanques, eles voltaram a viver num país ocupado, tal como no tempo dos Habsburgo, sem qualquer poder sobre seu próprio destino. Passou a ser apenas uma questão de poder, países grandes contra países pequenos, e nisso não há nada de intelectualmente interessante, é ou não é, professor?"

Sentindo ironia naquele epíteto, Bech hesitou, tentando entender a situação. Com base em sua experiência limitada — pois não é verdade que a experiência de um americano é intrinsecamente limitada, por efeito de algo de rarefeito que há no ar ensolarado da América? — o poder era uma coisa chata, a menos que se estivesse precisando dele. Não era chato derrotar Hitler, mas se tornara chato passar os russos para trás ou ser passado para trás por eles. Sem dúvida, Reagan fora eleito presidente porque era o último americano que, imbuído da moralidade preto-e-branco do cinema, continuava achando aquilo interessante.

"Quer dizer", insistiu o embaixador, impaciente, "não sou intelectual, por isso me diga se estou redondamente enganado."

Bech compreendeu que o homenzinho queria um afago no ego, uma necessidade perfeitamente humana. Enquanto Bech passava o dia sendo lisonjeado, o embaixador enfrentava os insultos calculados da diplomacia européia. "O senhor acertou em cheio, como sempre, embaixador. Sem culpa, não há literatura."

A embaixatriz vinha atrás, com a esposa do casal de Akron e o jovem assistente do fotógrafo famoso; o som dos saltos de seus sapatos sobre as pedras do calçamento lembrava disparos de uma arma. A mulher de Akron, Annie, também era loura, tinha uma voz áspera e aquelas pernas de moça gói a gingar de um jeito sexy que constituíam o cerne do sentimento patriótico de Bech. *Tuas serras majestosas na distância*, pensou ele quando as duas mulheres riram, exibindo as gengivas saudáveis, os dentes perfeitos, *teus dourados, oceânicos trigais.*

Estava feliz — tão feliz que havia lágrimas em seus olhos, em parte por efeito do vento úmido daquela primavera de Praga — por estar indo a um restaurante sem ter de dar autógrafos nem conversar com estudantes sobre Whitman e Melville, os caras-pálidas e os peles-vermelhas, o movimento de humor negro, a ficção imperial e agora os maravilhosos minimalistas, a primeira onda de escritores criados inteiramente no âmbito da aldeia global, livres das influências malignas da mentalidade gutenberguiana. Depois de tanta idolatria, de um dia inteiro representando o personagem Bech, ele adorava ser uma pessoa como as outras: ele e seus compatriotas trocando de lugares em torno da mesa, tentando pragmaticamente encontrar a melhor disposição; a falação inane e melodiosa; as duas americanas mergulhando os dentes alvos em copos de vodca com soda; o maître e o embaixador trocando murmúrios, gozando uma relação toda especial. O visitante de Akron, um homem de negócios atarracado, tal como o embaixador, cochilava de vez em quando, zumbificado pelo excesso de fusos horários. Haviam viajado de avião de Cleveland a Nova York, de Nova York a Londres e de Londres a Frankfurt, onde alugaram um Mercedes, passaram a noite na estrada e depois ficaram seis horas detidos na fronteira tcheca porque entre seus papéis foi encontrada uma carta da embaixatriz com um mapa rudimentar do centro de Praga. Os comunistas odeiam os mapas. Por que será? Por que têm tamanho ódio instintivo de todas as coisas esclarecedoras, que ajudam a orientar um indivíduo? Teria havido em alguma época da história outros regimes dedicados de modo tão sistemático à perpetuação da ignorância? Sim, Bech lembrou-se de repente: os reinos cristãos da Europa medieval.

Anunciou o embaixador: "Meu amigo Karel" — o maître —

"me disse que um grupo de alemães, vários ônibus cheios, fez reservas para hoje, e pergunta se nós não preferimos ir para a sala dos fundos". Explicou para Bech: "Aqui é o único país na Europa a que tanto os alemães ocidentais quanto os orientais têm acesso fácil. Eles se reúnem nestes restaurantes, bebem cerveja pilsner e cantam".

"Cantam?"

"E como. De estremecer as paredes."

"E o que é que os tchecos acham disso?"

"Eles odeiam", respondeu o homem de cara quadrada e sorriso maroto.

O restaurante era uma antiga adega de um castelo. Acordaram o homem de Akron, que cochilara de novo, e foram todos para um recinto afastado, uma sala onde só o embaixador conseguia ficar em pé sem dar com a cabeça no teto de gesso. Embora o senhor Akron dormisse o tempo todo, sua mulher estava cheia de energia; ela e a mulher do embaixador haviam ficado conversando até o dia nascer, pondo em dia as fofocas de Ohio, e depois passaram o dia visitando todos os museus disponíveis, inclusive os dedicados a Smetana e Dvořák, e mais um, raramente freqüentado por americanos, onde se expunham os diabólicos implementos de espionagem confiscados na fronteira. Agora, animada por estar longe de Akron, Annie continuava a toda, inspirando à embaixatriz um frenesi de exuberância adolescente. As duas haviam passado férias na mesma colônia e estudado na mesma escola particular, debutado no mesmo baile do mesmo country club e abandonado o Oberlin College no mesmo ano para casar-se com seus respectivos noivos republicanos. Bech constatou em si próprio mais um sinal de decadência, de proximidade da morte, ao se dar conta de que a presença de *dois* perfeitos tipos de beleza do Meio-Oeste de algum modo diminuía seu desejo — reduzia-o à metade em vez de dobrá-lo. A idéia de se ver na cama com quatro olhos azul-centáurea, um quarteto de pernas esguias como tesouras, um par de línguas ásperas e triangulares, dois corações tão lúdicos e cheios de vida, lhe proporcionava um certo desânimo, como a idéia de submeter-se à máquina reluzente da colônia penal de Kafka. Já na segunda vodca, Annie estava relatando, com muita graça, o que vira no museu da espionagem — transmissores de rádio disfarçados de barras de chocolate, canetas-tinteiro que lançavam dardos envenenados, números de *Playboy* do tempo em que os pêlos púbicos ainda eram tabu —, porém aos poucos seus lábios passaram a mexer-se sem que deles saísse som algum, pois os alemães haviam começado a cantar. Embora estivessem em outra parte daquele restaurante subterrâneo, distante, suas vozes em uníssono eram fortes o bastante para fazer vibrar os tijolos da parede, pois aquele pequeno recanto concentrava todo o som que ressoava até ali. Gritou Bech no ouvido do embaixador: "O que dizem as músicas que eles estão cantando?".

"*Der Deutschland*!" foi a resposta. "Montanhas! Bebida!"

Quando os membros do coro da Alemanha unida começaram a bater com os canecos na mesa, e depois bater com as mesas no chão, vibrações circulares formaram-se na cerveja de Bech. O barulho não era exatamente ameaçador, pensou ele; era apenas inconscientemente, incontrolavelmente ensurdecedor. Os alemães eram na Europa como um homem gordo que se instala, com um suspiro de alívio, no meio de um sofá já cheio demais. Os garçons tchecos zanzavam de um lado para o outro, sacudindo a cabeça e revirando os olhos num protesto silencioso, e uma orquestra cigana, tendo sem sucesso tentado aproximar-se das mesas, recolheu-se num canto para tomar conhaque. Ciganos: Bech tentou encontrar naquela orquestra os cabelos crespos, os ombros magros e amarelados de sua amiga dissidente, que falara sobre livros com uma veemência tão comovedora, porém só viu homens morenos, bigodudos, encharcados de conhaque, com ar de derrotados.

No dia seguinte — aparentemente, havia uma seqüência interminável de dias assim, em que Bech acordava em sua extremidade do palácio em forma de arco, atravessava descalço o soalho de parquê, passando por um quarto onde sempre haviam sido colocadas flores recém-colhidas, entrava no banheiro ressonante, com suas ferragens de latão, tomava o café da manhã numa solidão encantada, como se estivesse se alimentando de néctar servido por fadas invisíveis, e ia dar sua caminhada de proprietário pelo parque oval, acenando com a cabeça, num gesto seco mas aprovador, para os empregados — ele tinha uma reunião com alguns burocratas literários, os diretores da editora que trabalhava com traduções de obras estrangeiras. Por uma questão de lealdade para com os dissidentes que conhecera, imaginava que lhe inspirariam desprezo aqueles *apparatchiks*, sem dúvida velhos com tufos de cabelo saindo dos ouvidos e gravatas largas feitas na União Soviética. Na verdade, eram jovens, uma geração depois dos dissidentes cansados de guerra. O rapaz que parecia ser o diretor-chefe havia estudado na UCLA e, curiosamente, falava inglês com um sotaque ultra-americano, como um ator britânico trabalhando numa peça de Eugene O'Neill, e os outros membros da diretoria, em sua maioria mulheres, contemplavam Bech com olhos mais animados e sorrisos mais bem-humorados do que qualquer um dos dissidentes que ele conhecera — para os quais o escritor americano, com sua liberdade insignificante, era talvez uma figura tão curiosa quanto eles, em seu estado habitual de perigo e indignação melancólica, eram para ele. Em contraste, aqueles jovens agentes dos poderes constituídos eram peritos em literatura estrangeira e conheciam bem Bech e seu contexto. Gabavam-se de ter traduzido e publicado Bellow, Kerouac, Styron, Vidal, e mostravam-lhe exemplares vistosos, com capas modernosas.

"Burroughs, também, e John Barth", disse-lhe uma jovem, orgulhosa; tinha um sorriso maroto e dentes grandes; talvez, pensou Bech, ela também tivesse sangue cigano. "Gostamos muito da experiência, do experimental. William Gaddis, Joan Didion, aquela textura áspera e abrupta. Em inglês pode dizer isso, 'textura abrupta'?"

"Claro", respondeu Bech. "Em inglês, vale quase tudo." Constrangia-o a constatação de que, para aqueles jovens tchecos, a literatura americana, aquela quadrilha de velhos nomes surrados, parecia uma animada gavota, a saracotear-se despreocupadamente rumo ao futuro.

"Por favor, diga-nos", pediu uma outra jovem, atarracada, de cabelos louros pálidos, "a quais escritores da nova voga devemos dar particular atenção."

"Não estou sabendo dessa nova voga, não", admitiu Bech. "O que mais vejo são águas passadas. Os escritores mais jovens que eu conheço me parecem bem antiquados. Já ouviram falar nos minimalistas?"

"E como!", exclamou o diretor-chefe. "Abish, Beattie, Carver — a gente não esqueceu nenhum."

"Pois bem", disse Bech, com um suspiro, "vocês estão muito mais bem informados que eu. Mais novo que isso, só mergulhando nas oficinas de criação literária. São milhares, espalhadas por todo o país; é a maneira mais fácil de conseguir um diploma universitário."

"*Abaixo de zero*", afirmou a loura, "claramente foi redigido num desses seminários."

O diretor riu. "Só! Eu me amarrei foi naquela cena de sadismo bem barra-pesada."

"O título é muito bom", reconheceu Bech. "Depois dos minimalistas, só mesmo o papel em branco. Vai ser um alívio, não é?"

A mulher de dentes grandes riu, um riso sexy. "O senhor fala como cético, como Mortimer Zenith em *Velká myšlenka*. Talvez, nós pensamos aqui, esse romance, com título irônico, *Pense grande*, afasta seu método costumeiro. Seu primeira tentativa em literatura pós-literária, a literatura do esgotamento."

"A senhora achou tão ruim assim?", perguntou Bech.

"Tão *bom*, cara!", interveio o chefe.

"Enquanto *Sem bagagem* foi seu experimento em escola beatnik", prosseguiu a mulher morena, maliciosa, "e *Irmão porco* seu realismo fantástico."

"Por falar em *Irmão porco*..."

"Está pronta para prelo!", interrompeu ela, alegre. "Já marcamos a data de publicamento — não é assim que diz? — para esse outono vindouro."

Bech continuou: "Conheci um homem, um tradutor...".

A interrupção seguinte partiu de um homem um pouco mais velho, quase calvo e de pele tão fina que parecia translúcida, na extremidade oposta da mesa. Até então, Bech não se dera conta de sua presença. "Conhecemos e reconhecemos", disse ele, tranqüilo, "o trabalho do seu amigo, o camarada Syzygy."

Bech entendeu que eles iam utilizar a tradução amorosamente elaborada por Syzygy, e que os cordeiros da primavera-de-praga agora deitavam-se lado a lado com os leões de Husák, e que os diferentes níveis daquela sociedade fraturada e misteriosa estavam fundindo-se, reconciliando-se, sob a influência benéfica de sua obra. Sentindo uma sensação tão agradável fluindo por suas veias, Bech ousou dizer: "Há um romance meu que nunca é mencionado aqui. No entanto, é o maior de todos, e de certo modo o mais ambicioso — *Os eleitos*".

Os membros da diretoria entreolharam-se. "*Vyvolení*", explicou a moça sexy, parando de sorrir, para o homem quase calvo de pele fina.

Diante do silêncio coletivo da diretoria, Bech ficou vermelho e disse: "Talvez seja uma porcaria. É o que muitos críticos americanos disseram".

"Ah, não", disse a lourinha, corando também. "Henry Bech não escreve porcarias. É mais uma questão de..." Não conseguiu terminar.

Disse a morena, voltando a sorrir, porém com olhos que não brilhavam mais, protegidos por uma opacidade cuidadosa: "Nós pensamos *Vyvolení* para o leitor tcheco geral ser muito...".

"Especial demais", sugeriu o diretor-chefe, satisfeito por ter encontrado o grau exato de prevaricação dentro da língua inglesa.

"Judaico demais", traduziu Bech.

Em coro, mais ou menos como os alemães no restaurante, a diretoria assegurou-lhe que não se tratava disso, que a Tchecoslováquia moderna não dava atenção a esse tipo de coisa, que a corrente judaica da literatura americana era muito respeitada em todos os países progressistas. Não obstante, e apesar dos apertos de mão empolgados e afetuosos que encerraram a reunião, Bech ficou achando que havia se defrontado com o mesmo vazio que sentira no Velho Cemitério Judaico, perto do relógio que rodava para trás. Agora compreendia por que gostava tanto do embaixador e sua mulher, por que se sentia tão protegido na residência oficial, e por que sutilmente relutava em sair de lá. Tinha medo da Europa. A densidade histórica de Praga, camada sobre camada, castelos e pontes e aquele imenso salão abobadado onde outrora se realizavam justas e eleições de cavaleiros; museus cheios de ícones e vitrines de cristais azulados da Boêmia e pinturas panorâmicas contando a saga dos indomáveis eslavos; ruas íngremes com fachadas de gesso a descascar, cobertas por andaimes infindáveis; aquele relógio na Praça da Cidade Velha em que um boneco em forma de esqueleto dá as horas com um zumbido quase inaudível, e os doze apóstolos, juntamente com o grande bicho-papão, Jesus Cristo, trêmulos, surgem em duas janelinhas no alto e, um por um, lançam olhares agourentos e mortos sobre a platéia de turistas; a incrível pastelaria visual dos interiores das igrejas barrocas, os pilares de gesso com nervuras pintadas imitando mármore que subiam até se fundir com as pinturas trompe-l'oeil do teto, apinhadas de querubins, tudo dourado e inclinado e retorcido e enviesado para titilar a vista, grandes altares bolo-de-noiva para convencer os camponeses hussitas estupefatos a voltar ao seio do catolicismo — todo aquele passado cristão excessivo incomodava Bech como se fosse um vácuo, um abismo que ele podia atravessar flutuando no frescor orvalhado das manhãs, quando caminhava no parque oval deserto, mas que, no decorrer de cada dia, como uma dor acobertada pela anestesia, lhe aterrorizava o subconsciente. Os Estados Unidos têm lá seus problemas — se os marginais não baterem a sua carteira, o hospital geriátrico acaba ficando com o conteúdo dela —, mas mesmo assim é um país onde nunca houve um pogrom.

Com mais fervor do que era judeu, Bech era um escritor, um literato, e também nessa dimensão sentia-se constrangido. Ele era uma criatura na terceira pessoa, um personagem. E todo personagem padece do medo de que seu autor se canse dele, simplesmente o abandone, sem nenhuma doença terminal, nenhuma queda dramática nas cachoeiras de Reichenbach, atracado com o professor Moriarty. Havia alguns anos que Bech tinha a impressão de que seu autor estava querendo deixá-lo de lado, retirá-lo da escrivaninha de uma vez por todas. Fazendo tudo para continuar agradando, Bech havia inventado toda uma nova série de truques, um pouco implausíveis para seu personagem — casara-se, escrevera um best-seller. Não obstante, e particularmente desde que a faixa dos setenta começara a apertá-lo, como um traje de astronauta, sentia pesar-lhe aquele tédio que vinha do alto; ele era — para usar a expressão grotescamente risonha com que H. G. Wells reconhecera sua própria mortalidade, numa passagem que Bech lera, ainda menino, naquele tempo em que tudo o que vinha em letra de fôrma o impressionava — um experimento com substâncias químicas que estavam prestes a ser despejadas na pia. No seu banheiro principesco, a privada e a pia tinham ralos vorazes, grandes buracos negros ávidos, com orlas de latão, que lembravam alvos insaciáveis. *Ne, ne!*

A sua volta, aconteciam coisas na Tchecoslováquia. A Annie de Akron voltou de uma viagem de compras pelo interior com um trenó antiquado, madeira pintada de amarelo-vivo, os patins da frente enrodilhados como chifres de bode. Seus filhos, lá em Ohio, adorariam o presente. O fotógrafo e seu assistente tiveram uma briga feia em francês e alemão, e o rapaz desapareceu por uma noite; voltou em silêncio à residência com um olho roxo. O embaixador, acompanhado da filha magricela, teve de ir a Viena para uma reunião de todos os embaixadores americanos na Europa Central para receber instruções sobre a posição oficial dos Estados Unidos caso Kurt Waldheim — cúmplice da morte de vários judeus — fosse eleito presidente da Áustria. Apesar de sua ausência inevitável, houve uma recepção na residência; Bech deu uma palestra, havia muito tempo programada e anunciada, sobre "O otimismo americano nas obras de Melville, Bierce e Nathanael West", sendo apresentado pela embaixatriz.

"Viver uma semana com Henry Bech", começou ela, "é apaixonar-se por ele."

É mesmo?, pensou ele. Por que me dizer isso agora?

A embaixatriz prosseguiu, sua vozinha áspera projetada pelo microfone, de vez em quando se permitindo tiradas em tcheco que arrancavam interjeições deliciadas da platéia; mas a Bech, sentado ao lado dela, olhando para suas pernas elegantes, vendo os pés calçados em sapatos de salto alto remexendo-se nervosos na escuridão atrás do atril, veio a idéia desanimadora de que ela estava cumprindo sua obrigação, que ser atraente e cheia de vida e de um americanismo esfuziante fazia parte das tarefas exigidas da esposa do embaixador dos Estados Unidos. Bech, os olhos turvos, aprumou o corpo e banhou-se nos aplausos cálidos que se seguiram àquela apresentação generosa. A platéia, à luz dos lustres do salão de festas do palácio, era toda rostos e peitilhos brancos. Bech reconheceu, enfileirados, os jovens diretores da editora de traduções, e a maioria dos presentes tinha aquela aparência bem cuidada que caracteriza as elites. Comunistas, oportunistas, quislings.

Porém depois foram os dissidentes, com suas camisas xadrez e seus vestidos baratos mal-ajambrados, que vieram procurá-lo, como crianças queridas. O homem da cicatriz, os olhos negros brilhando na curva do rosto como olhos de inseto, apertou a mão de Bech, segurou-a mais um pouco e disse, a propósito da palestra: "O senhor está brincando. Não há otimismo".

"Mas como! Tem otimismo, sim!", protestou Bech. "Por trás do pessimismo."

Também a cigana estava lá, com outra blusa folgada, os cabelos recém-encrespados, de modo que o rosto amarelo e triangular parecia aninhado num travesseiro largo, destacando-se apenas os semicírculos dos enormes brincos de ouro. "Gosto de você", disse ela, "quando fala sobre livros."

"E eu de você", replicou ele. "*Tão* bonito, aquele livro que você me mostrou naquela noite. O papel fino e delicado, a encadernação feita à mão. Quase me fez chorar."

"Faz muitas gentes chorar", disse ela, no mesmo tom solene em que dissera antes: "Não somos monges. Não temos prazer de sofrer".

E uma dissidente loura, com lábios gorduchos e bochechas redondas, muito parecida com a loura da editora, só que mais velha e mais sábia, com rugas de sabedoria em forma de cauda de cometa estendendo-se dos cantos dos olhos, explicou: "Václav manda dizer lamenta não veio ouvir sua excelente palestra. Deve estar dando na mesma hora entrevista, para um jornalista da Alemanha Ocidental, muito solidário".

Syzygy, com um terno escuro, suando abundantemente, como um pai-de-santo em plena possessão, mal conseguia olhar para Bech. "Desde a estréia de *Don Giovanni* que não acontece um evento deste nível em Praga", começou ele; porém, incapaz de prosseguir de tão maravilhado, estremeceu e fechou os olhos por trás do pincenê imaginário.

Por fim, Bech viu-se a sós em seu quarto, inchado de tanto vinho branco e elogio exagerado. Era sua última noite no último palácio construído na Europa. Amanhã, Brno; depois, o mundo livre. A lua surgira, banhando de prata, como o verso de um espelho, o grande parque oval — o caminho pálido, os arbustos com sombras que pareciam montes de cinzas, as quadras de tênis, retilíneas e abandonadas, tudo sinistro como um De Chirico. Onde a lua se enfiara a semana inteira? Atrás do castelo. Atrás de Hradčany. Bech afastou-se da janela e instalou-se em sua cama monumental. Ao longe, ouviu portas batendo, e uma voz de mulher gritar de felicidade: o embaixador voltando a sua mulher, depois de fazer Waldheim meter a viola no saco. Bech leu um pouco do *Bravo soldado Schweik*, de Hašek, mas nem mesmo aquele clássico nacional chatíssimo conseguiu tranqüilizá-lo, atenuar o terror que o tomava pouco a pouco.

Permaneceu deitado, insone, em pânico. *Jako by byl nemo-*

cen, zjistil, že může ležet jen v jedné poloze, na zádech. Obrátit se na druhý bok znamenalo nachýlit se nad okraj propasti, převrátit se na břicho znamenalo riskovat, že utone ve vodách věčného zapomnění, jež bublaly ve tmě zahřívané jeho tělem. O último bonde da noite passou rangendo em algum lugar no labirinto de Praga. O grito da mulher saudando a chegada do embaixador já morrera havia muito tempo. Porém a cidade, embora sob seu cobertor de opressão política, ainda rumorejava suavemente, além das paredes zelosamente protegidas, um som de passos e pequenas explosões de combustão, como um fogo supostamente extinto que continua a crepitar e estalar. *Zkoušel se na tyto zvuky soustředit, vymačkat z nich pouhou silou pozornosti balzám jejich nepopiratelnosti, nevinmost, která byla hlavním rysem jejich prosté existence, nezávisle na jejich dalších vlastnostech. Všechny věci mají tutéž existenci, dělí se o tytéž atomy, přeskupují se: tráva v hnůj, maso v červy. Temnota za touto myšlenkou jako sklo, z něhož se stírá námraza. Zkoušel si příjemně oživit svůj večerní triumf, předčítání odměněné tak vřelým potleskem.* Pensou na cigana, Ila, Ila, os seios soltos sob a blusa larga, que viera à sua conferência e à recepção, enfrentando as autoridades kafkianas e inescrutáveis, e tentou imaginá-la nua, numa postura de entrega sexual; seu criador, porém, estava tão enjoado dele que nem sequer concedeu a seu corpo envelhecido uma ereção para que ele pudesse, desse modo primordial, exorcizar seu terror, ali na cama enorme do quarto de hóspedes do embaixador, sobre os lençóis limpos que exalavam um leve odor de gesso úmido.

Becha to neuspalo. Jeho panika, jako bolest, která sílí, když se jí obíráme, když jí rozněcujeme, úpornou pozorností, se bez hojihévo potlesku jitřila; nicméně, jako rána, zkusmo definovaná protiinfekčním a odmítavým vzepřením těla, začala nabírit jistou podobu. Seu pânico era pálido, rígido, e tinha uma certa forma.

Essa forma era o medo de que, ao sair do arco suave da residência do embaixador, ele — numa nuvem de fumaça — deixasse de existir.

Bech preside

Henry Bech havia atingido aquela etapa avançada de uma carreira literária em que o que mais se produz, ao que parece, são textos para Festschrifts — volumes magros de homenagens, muitas vezes acompanhados de fotografias antigas e um banquete constrangedor no Century Club ou no Lutèce ou no Michael's Pub, em tributo a este ou aquele velho camarada nas empolgantes batalhas do mundo das letras. Tais batalhas, mesmo para os veteranos mais entusiasmados, começavam com um avanço rápido realizado na penumbra matinal da ignorância juvenil; em seguida, cravava-se uma bandeira em algum saliente momentâneo na instável linha do front traçada pela vanguarda; por fim, vinha a retirada lenta, passando pelos lodaçais de uma fama remanescente, esporadicamente iluminada pelos clarões provocados pelas pistolas sinalizadoras da exegese acadêmica. Essa retirada honrosa podia prolongar-se quase indefinidamente, graças à medicina moderna, que mantém vivas as reputações mesmo em estado de morte cerebral.

Prezado senhor Bech:

Como o senhor certamente há de saber, Isaiah Thornbush completará setenta anos em 1991. Nós da Aesop Press, na tentativa de encontrar uma maneira adequada de comemorar essa importante efeméride, tivemos a idéia de lançar um Festschrift, um volume acompanhado de estojo em edição limitada, com guardas de papel-marmoreado e faixa decorativa, a ser oferecido apenas aos amigos e discípulos mais próximos do escritor. Nosso entusiasmo pelo projeto encontra eco na nossa holding, a Grigson-Kawabata Corporation Ltd., no agente literário do senhor Thornbush, Larry "Ace" Laser, que há tantos anos trabalha para ele, e nos sete filhos do escritor que pudemos localizar e contatar. Duas de suas três ex-esposas até mesmo concordaram em escrever depoimentos breves e rever cuidadosamente todo o texto!

Gostaríamos muito que o senhor nos enviasse uma colaboração. Quase qualquer coisa serve — uma reminiscência, um poema, uma fotografia em que o senhor apareça ao lado do homenageado, um texto em que o senhor resgate o principal impacto do exemplo de Isaiah Thornbush sobre o seu desenvolvimento artístico ou individual. A crítica já salientou a dívida estilística que o senhor tem para com o homenageado, e embora o nome dele não seja diretamente mencionado é claramente a ele que o senhor se refere em um de seus magníficos ensaios autobiográficos. (Se bem que aqui na Aesop ninguém sabe dizer exatamente qual deles, e olhe que passamos horas hoje de manhã tentando lembrar!)

Porém qualquer coisa, senhor Bech, até mesmo a saudação mais informal, será recebida com gratidão — quanto mais "escrachada" melhor, até certo ponto, naturalmente. Os colaboradores serão convidados para um evento festivo a ser realizado no outono, na residência dos Thornbush em Manhattan, em que a anfitriã será a linda esposa do escritor, Pamela, e temos certeza de que o senhor não gostaria que sua ausência se fizesse notada na ocasião. Aguardamos ansiosamente sua resposta.

Atenciosamente,
Martina O'Reilly
Editora associada
Departamento Comercial, Aesop Press

Como uma mancha irritante, cheia de detalhes, a flutuar no humor vítreo, o rosto bem conhecido de Izzy Thornbush pairava no olho interior de Bech enquanto ele lia: a calva lasciva, ladeada por tufos aliformes de algodão branco; o narizinho bulboso salpicado de buracos de cravos, a boca larga e carnuda que sofisticadas reconstituições dentárias recentes haviam transformado num sinistro simulacro do sorriso discreto e indômito de George Washington. Thornbush era dois anos mais velho que Bech, e desde o final dos anos 40 que os dois se entreolhavam desconfiados no mundo literário de Manhattan, dois gigantes em potencial numa Brobdingnag já superpovoada. Quando jovem, Izzy ostentava uma farta cabeleira crespa arruivada à Harpo Marx; sempre foi envaidecido com sua própria inteligência. Tentava escrever livros só com o cérebro — alegorias históricas pesadonas e pouco convincentes, em que Aristóteles, Guilherme de Occam e a rainha Nefertite discutiam num auditório fictício e surrealista, cheio de apetrechos modernos. Bech sempre achou aquelas obras artificiais — eram como gigantescos mecanismos de relógios feitos de madeira — e inteiramente desprovidas do que ele mais valorizava em matéria de estilo: a textura confusa da vida cotidiana, aquele feltro cinzento composto de mil fibras, aquela cor embaçada que contém uma infinidade de cintilações minúsculas. A prosa trêmula e curvilínea do jovem Bech, animada por uma atenção cuidadosa, um pouco reverente — talvez até covarde —, ao presente subjetivo, era esteticamente o oposto dos densos e angulosos blocos de história intelectual com que Thornbush elaborava seus livros; no entanto, ambos publicavam na efêmera revista literária *Displeasure* (1947-1953), e inevitavelmente esbarravam-se naqueles coquetéis em Greenwich Village e almoços ao ar livre em Long Island em que a intelligentsia do pós-guerra tentava recriar, após o período de austeridade, a descontração movida a bebida clandestina dos anos 20.

O império americano, tendo estrangulado duas serpentes, ainda era apenas uma criança robusta. Quando o cáqui honesto dos anos 40 deu lugar ao luxo-para-todos sintético e multicor dos anos 50, Bech e Thornbush espocaram para a glória literária — Bech com sua narrativa kerouaquiana *Sem bagagem* (1955), Izzy com uma alentada saga fescenina, escrita num pastiche de inglês chauceriano, sobre as vicissitudes do realismo filosófico na Idade Média, o qual termina destruído pelas forças centrípetas do nominalismo e da peste bubônica (*A lâmina de Occam*, 1954). Nem era preciso destacar as analogias com o macarthismo, a precipitação radioativa e o conformismo burguês, mas a crítica destacou-as assim mesmo, e é possível que a consciência política tenha subido à cabeça de Izzy, onde havia não apenas muita erudição sofisticada como também um bom estoque de esperteza comercial rasteira.

Nas décadas que se seguiram, os dois escritores passaram a se cruzar em simpósios culturais generosamente financiados em Aspen e Genebra, em turnês de caráter semidiplomático pelos países comunistas, em entregas de prêmios carregadas do mais nauseante pieguismo, e também — já avançados os anos 60 — em passeatas e manifestações de protesto. Izzy, com calças boca-de-sino e colar de miçangas, os cabelos cada vez mais ralos e mais longos, transformou-se em guru dos jovens. Sua paródia da Bíblia, impressa em duas colunas, *LBJenocídio*, em que eram relatadas, com todos os detalhes sanguinolentos e uma ressonância analógica inconfundível, as atrocidades sofridas pelos mexicanos durante a guerra que se seguiu à anexação do Texas pelos Estados Unidos, numa linguagem rica em gírias que claramente macaqueava a fala do presidente da época, tornou-se um texto sagrado para os universitários, um convite à indignação e à folia de uma erudição impressionante. Para Bech, os anos 60 foram um período um tanto recessivo; bastava uma tragada da maconha mais fraca para que ele ficasse enjoado, e evasão ao serviço militar o indignava, fosse a guerra em questão "boa" ou não. Aquele ex-combatente das Ardenas e da travessia do Reno não conseguia aplaudir quando via a bandeira americana sendo incendiada. Sua obra-prima de ficção doméstica e francamente judaica (finalmente), publicada no final de novembro de 1963, passou despercebida em meio ao colapso do consenso da década. O título irônico do livro, *Os eleitos*, acabou sendo contraproducente, pois Chaim Potok publicou um best-seller arrasador em 1967 com o mesmo título, só que usado sem ironia; além disso, os trechos mais picantes e freudianos de seu romance empalideceram em comparação com as revelações posteriores, bem mais furiosas, de Philip Roth e Erica Jong.

Nos anos 70, porém, foi a estrela de Izzy que entrou em declínio. Seu catatau *A nixoníada*, escrito em complexas parelhas "rimadas" de capítulos em prosa, veio a lume, apesar da pressa com que foi editado, seis meses depois que o modelo real de seu anti-herói, no livro representado como um trapalhão incapaz de completar uma frase, renunciou e recolheu-se, coberto de ignomínia, a sua mansão em San Clemente. Pichar Nixon já tinha saído de moda, e os estudantes, numa economia em ressaca após tantos anos de farra consumista, estavam mais interessados em arranjar empregos do que em explorar as delícias de um ataque bem-humorado aos poderes constituídos que se estendia por cerca de meio milhão de palavras. Quando, no final da década, Bech surpreendeu a si próprio e ao mundo ao vencer um bloqueio que por anos o impedira de escrever e publicar um romance de grande sucesso comercial, escrito para uma geração televisiva, intitulado *Pense grande*, o ressentimento de Thornbush resultou numa resenha publicada em *Commentary* ("Le penseur en petit"), cuja acidez não foi suficientemente diluída nas lágrimas de crocodilo de seus protestos de admiração pelas obras anteriores de Bech.

Por outro lado, Bech jamais gostara dos livros de Izzy. Aliás, no fundo não gostava da obra de nenhum de seus contemporâneos. O que era natural: estavam todos na mesma balsa que afundava, disputando espaço em suplementos literários cada vez mais magros com uma concorrência cada vez mais abundante. Os que não manifestavam, como John Irving e John Fowles, uma prolixidade e um reacionarismo estilístico dickensianos, pecavam, como John Hawkes e John Barth, por um experimentalismo autocomplacente e hermético. O'Hara, Hersey, Cheever e Updike viviam protegidos em seus subúrbios de classe média enquanto o perigoso centro da cidade das artes desabava. E isso para ficar apenas nos Johns. Bech não ficaria insatisfeito se todos os outros escritores desaparecessem, deixando-o sozinho num planeta desértico com um bilhão de leitores anglófonos. A perspectiva de uma tal solidão não o assustava, nas longas sessões em que tentava requentar sua inspiração gelada, no estúdio vazio, no sul de Manhattan, para onde migrara, vindo do subúrbio, quando seu casamento com a irmã de sua amante de longa data finalmente desintegrou-se. Afinal, o solipsismo era a condição do escritor; por que não o solipsismo estatístico? Sem dúvida, a idéia da evaporação de Izzy Thornbush era uma fantasia agradável. Aqueles olhos esbugalhados; aqueles tufos de cabelo em forma de asas; aqueles dentes cobertos com jaquetas grandes e brancas demais; aquele intelecto hipertrofiado, como o corpo molenga de um molusco envenenado expulso de sua concha — *pffft*! O desprezo de Bech aumentou quando, pouco depois do fracasso da *Nixoníada*, Thornbush, que se casara sucessivamente com três mulheres musculosas, bem-humoradas e informais, de origem judaica e tendências boêmias, resolveu alimentar seu próprio ego desposando uma herdeira gói — Pamela Towers, com suas bochechas rosadas e suas ambições culturais, filha do infame Zeke Towers, um construtor de Nova Jersey que, quando o vidro fumê substituiu o tijolo nas fachadas, tornou-se um dos magnatas do mercado imobiliário nova-iorquino. Nas suas residências luxuosas em Park Avenue, Palm Beach e East Hampton, Izzy, o velho artífice, que erigira tantas pirâmides e labirintos verbais, não precisava mais construir; teúdo e manteúdo, bastava-lhe agora administrar as complexas operações de conservação de sua declinante reputação. Não obstante:

> Prezada senhora O'Reilly:
>
> O elogio que me sobe aos lábios, para fazer justiça a meu velho e querido amigo Isaiah Thornbush, é embargado pelas abrasões salgadas do afeto e da saudade. Como seria diverso o mapa da ficção americana do pós-guerra sem os imensos castelos de suas obras opíparas, de uma erudição rigorosa — verdadeiras *óperas* em prosa! "Aqui há dragões" — era assim que os cartógrafos de antanho assinalavam os grandes espaços desconhecidos do planeta; e temo que, nesta nossa era de informação atomizada e pré-mastigada e vulgaridades mastodônticas, o requintado restaurante onde Thornbush oferece seus acepipes seja pouco freqüentado — são iguarias que, marinadas na salmoura da história e temperadas com os molhos picantes da cosmologia, impõem ao paladar mcdonaldizado do leitor contemporâneo, do qual se requereria, idealmente, a capacidade de acesso imediata a nuanças lingüís-

ticas e alusões canônicas de toda ordem, exigências que em nossos tempos hodiernos já se tornaram literalmente (e literariamente) impensáveis. Não que meu delicioso colega Izzy traia, numa desaceleração em seu ritmo estonteante, a menor suspeita de ter sido relegado pelo destino ao papel de um mago cujos truques estão além do nível de entendimento de sua platéia ou, como os de um prestidigitador num filme trucado, tornaram-se fáceis demais de explicar. *Au contraire*, como diz a sabedoria gálica, ele continua a zanzar — é mesmo este o termo — de cá para lá, numa incessante azáfama literária, julgando, palestrando, instruindo, prefaciando, posfaciando, acumulando posses e homenagens a tal ponto que nós, seus colegas mais tímidos e menos vitais, arfamos só de imaginar como deverá ele sentir-se sob o ônus de tantas medalhas a que tem feito jus. Avante, camarada, na planície onde exércitos ignorantes entrechocam-se numa treva cada vez mais densa; avante, comandante Izzy, pelos mares do mundo, mostrando a toda gente que divisar, no horizonte, tua gafetope inflada de vento, que houve um dia algo chamado Literatura!

Senhora Reilly, o parágrafo anterior é para publicação e leitura oral — este aqui é só para os seus olhos e ouvidos sem dúvida delicados. A senhora pode achar que meu texto não é suficientemente escrachado. Se resolver utilizá-lo assim mesmo, não faça — repito, NÃO faça — nenhuma modificação na pontuação, nem interrompa o fluxo contínuo de louvores de meu parágrafo. A propósito, a Aesop está de parabéns por essa iniciativa; as editoras comerciais estão visivelmente desinteressadas em escritores sérios como Thornbush. Fiquei sabendo que a última extravagância literária dele (Império do Meio, pré-Marco Polo, não é?) passou por sete editoras até chegar à oitava, a qual só topou a parada com cortes extensos e a supressão de todas as passagens em fontes diferentes e línguas estrangeiras. Igualmente a propósito: como foi que uma donzela chamada Martina conheceu um homem chamado O'Reilly? Ou será que a senhora é produto do cruzamento tumultuado de uma comunista expatriada com um traficante de armas do IRA?

Saudações enxeridas do
Henry Bech

A festa do Festschrift foi realizada na cobertura de Thornbush, que ocupava o décimo quinto e o décimo sexto andares de um prédio de tijolo amarelado na Park Avenue, na altura das ruas sessenta e tantos. Estátuas minimalistas, com quinas perigosamente afiadas, equilibravam-se sobre antiguidades francesas folheadas. Jovens atores e atrizes precisados de um reforço no orçamento, enfiados em uniformes unissex negros, com a graça sinistra, mecânica e impessoal de mímicos, serviam salgadinhos escorregadios temperados com cebolinha picada. Coroando a parede de dois andares do dúplex, no alto de uma escada espiral de vidro, uma enorme bandeira tibetana, uma *thang-ka*, exibia acima das cabeças dos vivos uma árvore, uma *tshog shing*, de divindades rígidas, com cores desmaiadas, mas bastante acessíveis. No salão enorme, porém pequeno para aquela multidão gárrula, por um breve instante formou-se uma nuvem espessa de fumaça de cigarro, esse mortífero fantasma do passado. Bech viu a sua volta dezenas de rostos semi-esquecidos, rostos de redatores, agentes, divulgadores e editores que haviam mudado de emprego (despedidos e recontratados, comprados por um conglomerado alemão, reduzidos a redigir notícias breves para uma estação de televisão a cabo de Stamford) e no entanto permaneciam estranhamente visíveis nos confins da indústria editorial de Nova York. E havia pintores — narigudos, desengravatados, cabeludos, homossexuais — porque Izzy era, entre outras coisas, resenhista da *ARTnews* e perito em miniaturas persas, móveis quacres, misericórdias medievais, e por aí afora.

E havia também compositores — homens corpulentos enfiados em jaquetões, sociáveis, escolados em matéria de festas formais, com modos palacianos aperfeiçoados por tantos anos a retocar a técnica dos alunos e a lisonjear mecenas diversos — porque Izzy era um violinista amador bem razoável, o qual, não fosse o cérebro avantajado que o afastara dos exercícios para os dedos, talvez tivesse feito carreira de músico, e, segundo se dizia, não apenas escrevera as letras mas também colaborara com as linhas melódicas de várias canções de sucesso da comédia musical *Occam!*, baseada em seu romance de estréia, bem como de vários números do licencioso espetáculo de revista, *Nefertite do pescoço para baixo*, vagamente inspirado em sua segunda obra. E havia também professores de história, que se tornaram amigos de Izzy no decorrer de suas pesquisas, inclusive um par famoso, formado por um alto e um baixo que insistiam em conversar em *tête-à-tête*, como um "f" e um "i" com ligatura; por fim, havia escritores — de relance Bech viu Lucy Ebright, com seus olhos cintilantes de coruja e seu pescoço de cisne, e Seth Zimmerman, com seu risinho autocomplacente; e Vernon Klegg, no estupor alcoólico de sempre. Mas foi Pamela Thornbush, a própria Lady Festschrift, que se aproximou de Bech, as faces rosadas rimando com os seios róseos e sardentos que o decote precipitoso de seu Prada de veludo cor de ameixa expunha mais que pela metade. Trazia a reboque outra mulher, uma jovem de carnes rijas, com um vestido cor-de-burro-quando-foge, com a tez baça e o porte militante, ligeiramente indignado, que Bech associava aos tipos de beleza da Europa Oriental, aquelas sirigaitas ex-comunistas cujos atrativos estavam a serviço da Stasi, da ÁVÓ, do KGB. "Henry, meu querido", disse Pamela, embora eles dois só tivessem se falado umas poucas vezes, "o Izzy ficou tão comovido com o que você escreveu sobre ele que chegou a chorar; nunca vi o Izzy tão emocionado assim, sério. E essa aqui é a nossa linda Martina, responsável por todo o projeto. Ela até agora fica vermelha quando fala sobre a sua carta, tão jovial."

Bech tomou a mão esguia e fresca que lhe foi estendida, e deu-lhe um aperto másculo enquanto encarava a moça olhos nos olhos. Ela tinha a mesma altura que ele, talvez uns dois centímetros menos. Os olhos eram de um tom sóbrio de castanho-claro. "Como não posso mais ser jovem", disse Bech, "tenho que ser jovial."

A tal Martina tinha uma presença extraordinária, indefinível, totalmente desprovida de ironia, embora ela não chegasse a ser bela; não havia na moça nenhum verniz de glamour. Partiu direto para uma conversa profissional. "Espero que o senhor tenha notado", disse, "que defendi seu parágrafo dos revisores. Tal como o senhor previu, eles queriam interromper o fluxo." Falava com a rapidez e a espontaneidade de uma americana de todo naturalizada, porém suas palavras tinham um quê de enfático, como se ela não tivesse certeza de que estava exprimindo nelas exatamente o que queria dizer — um vestígio, pensou Bech, dos sotaques de seus pais imigrantes.

"Os revisores detestam textos que fluem", disse ele. "Na verdade, ainda não vi o livro. Medo de ficar com ciúme. Já estou com sessenta e oito anos, e ainda não fui festschriftado."

"O senhor ainda é muito jovem. Tem que completar um número redondo."

"Não sei", retrucou ele, sério — aquela mulher de olhar firme era um convite, ainda que um pouco tardio para ele, à seriedade; olhou à sua volta e certificou-se de que Pamela, a herdeira sardenta, fabulosa e ainda com jeito de menina, havia se afastado, tendo realizado aquela aproximação —, "se tenho o dom do Izzy para números redondos. Olhe só para aquele sacana. O anfitrião perfeito, chafurdando nas homenagens. Ele devia ter sido imperador romano."

Thornbush, com o sexto sentido que as pessoas desenvolvem na selva da literatura, percebeu, embora estivesse do outro lado da sala, que Bech estava falando sobre ele; seus olhos protuberantes e amarelados foram girando até se fixarem em seu velho colega, no momento exato em que os adoradores a sua volta caíam na gargalhada diante do comentário espirituoso que acabava de jorrar de sua língua gorda e flexível.

Reagindo à seriedade inusitada de Bech, Martina tornou-se ainda mais séria. Para enfatizar seu comentário, pousou os dedos frescos nas costas da mão do escritor, que apertava contra o peito um copo de bourbon, cada vez mais aguado em contato com o calor de seu corpo. "As pessoas têm medo do senhor", disse ela, num jorro de sinceridade perfumado com cebolinha que titilou os pêlos das narinas ávidas de Bech. "O senhor é muito puro. Acho que elas ficam pensando que se alguém lhe propusesse um Festschrift o senhor ia rir. Rir da idéia de que as pessoas o amam."

Ele ficou a ponderar a possibilidade de que aquele comentário fosse verdadeiro, enquanto contemplava as dobras alvas da orelha da moça. A orelha, nua sob os cabelos castanhos disciplinados, era, tal como ele imaginara na única comunicação que tivera antes com ela, delicada. A imaginação prevê o real. Bech gostou da severidade antiquada daquele penteado, que terminava num rabo-de-cavalo preso com um anel de seda rosada, formando uma rosa de pano — um ornamento barato que o agradou. Ele gostava de mulheres econômicas, que tinham um toque de descuido ascético; indicava que estavam preparadas para acompanhá-lo, ainda que por pouco tempo, em seu caminho atribulado. "Eles têm razão. Minha reação seria mesmo essa", respondeu Bech. "Elogio que é arrancado das pessoas à força não vale nada. E chega de falar sobre mim. Agora me fale sobre você."

Martina baixou a vista até então voltada para os olhos dele, enquanto suas faces pálidas, que ladeavam o queixo deliciosamente pugnaz, resistiam ao impulso de corar. "O senhor errou por pouco. Meus pais emigraram em 68, quando eu tinha três anos de idade. Meu marido não era traficante de armas — era especializado em fusões e aquisições, se dá para ver a diferença."

"Era? Era especializado em fusões e aquisições ou era seu marido?"

"Segunda opção. Desculpe eu ter usado a palavra 'escrachada'. Eu estava nervosa. A Pamela estava desesperada para conseguir a sua participação no Festschrift. Eu pensava que o senhor ia cuspir na carta. Senti ao mesmo tempo gratidão e decepção quando o senhor aceitou."

Mais uma vez, o comentário dela levou ambos a um patamar de seriedade onde nenhum dos dois estava de todo preparado para respirar. "Sucumbi", reconheceu ele, "à sua adulação. Estive na Tchecoslováquia", acrescentou.

"Claro. Hoje todo mundo vai. É barato, e em Praga rola de tudo."

"Eu estive lá no tempo em que a coisa ainda era séria. Ainda era comunista. Aquela estátua enorme do Stalin. Aqueles dissidentes de meia-idade com jeito de hippies. Parecia um lugar muito animado, muito frágil. Vulnerável."

"Nós somos assim mesmo. Os tchecos sempre foram cercados de povos mais ferozes. Mesmo quando a gente se libertou, foi na base do sorriso."

"Não há nada de mau nisso. Quem dera que todos nós pudéssemos ser assim."

As duas mãos dela estavam a sua frente, uma embaixo da outra, que segurava uma taça de vinho tinto inclinada num ângulo perigoso. Bech ousou estender a mão e tocá-la. A mão dela estava menos fresca agora do que quando tocara nele. "Cuidado com a retaguarda", disse ele. "Lá vem o aniversariante."

Izzy Thornbush, os parcos cabelos de sua calva em pé, à luz forte da sala, aproximava-se. Postando-se ao lado de Martina como se fossem soldados em forma, ele apertou os ombros dela com tanta força que a moça soltou um risinho de surpresa. Mesmo assim, porém, não derramou seu vinho. "Ela é uma uva, não é, Henry, como a gente dizia antigamente?"

"A expressão não havia me ocorrido", retrucou Bech, galante.

"Ela é minha melhor amiga na Aesop", prosseguiu o célebre escrevinhador. "O resto da garotada de lá é um bando de viciados em informática que acham que a palavra escrita é um negócio obsoleto. Estão se lixando pra gramática, pras margens. Esta mocinha é uma verdadeira relíquia, é do tempo de dinossauros como nós."

"Sempre amei os livros", disse Martina, com um pequeno meneio de ombros que afrouxou o aperto da garra do literato. "Gosto porque é o leitor que escolhe seu ritmo, e não um diretor movido a anfetamina ou Prozac." Seria a imaginação de Bech ou os lábios dela ameaçavam gaguejar, como se seu inglês de quase nativa lhe falhasse? Incomodava-o a possibilidade de que ela se sentisse impressionada ou intimidada com Izzy.

As sobrancelhas espessas do romancista — matagais em que arcos vermelhos como filamentos tentavam a todo custo manter-se acesos em meio a pêlos que não tinham mais cor nem forma — ergueram-se, aprovando aquele boletim emitido pela geração farmacêutica. Pontificou: "Uma questão pouco pensada é a contribuição do leitor à criação da obra literária. Não dispomos do equivalente à instalação nas artes plásticas, em que o espectador é também o ordenador".

"Bem, tem *O jogo da amarelinha*", disse Bech. "E Barthes comenta não sei onde que ele sempre lê Proust saltando de um trecho a outro."

"Um sistema informatizado", prosseguia Izzy, pensando em voz alta, os olhos saltados, bolhas de saliva explodindo entre os lábios, "por exemplo, *À la recherche*, em CD-ROM, poderia gerar um caminho novo, uma série infinita de caminhos novos, pelo livro adentro, criando um romance novo a cada leitura — por exemplo, numa delas, Jupien seria o herói, ou Albertine se tornaria amante de Odette!"

"O leitor não quer poder decisório", disse Martina, um pouco irritada, desafiando a eminência de Thornbush. Talvez quisesse mostrar a Bech que não se sentia tão intimidada quanto ele, vendo de fora, podia imaginar. "A gente lê porque não precisa tomar nenhuma decisão, porque o autor já tomou todas. Esse é o luxo da leitura."

"Mas isso não seria", insistiu Izzy, demonstrando que não era velho demais para ter seu lado derrideano, "uma forma de tirania? O autor tradicional não é o pior tipo de Javé enlouquecido, nos dizendo exatamente como tudo tem que ser?"

Bech olhou para cima; talvez Javé, que outrora considerava uma impureza tremenda Seu nome ser pronunciado por uma boca mortal, fulminasse Thornbush ali mesmo. Ou teria Izzy, através do casamento e de suas expedições promíscuas pelo mundo das idéias, se desjudeizado a ponto de agora gozar de uma certa imunidade de gói? Uma pressão firme e fresca em sua mão fez Bech retornar à realidade; Martina estava despedindo-se dele com um aperto de mão formal e másculo. "Deixo essas grandes questões para serem decididas por vocês dois", disse ela. "Foi um prazer conhecê-lo, senhor Bech. Mais uma vez, muito obrigada pela sua maravilhosa colaboração."

"Mas já? Quem sabe", arriscou ele, "se algum dia eu também ganhar um Festschrift..."

Os olhos sérios e fundos de Martina encontraram-se com os dele; em seus lábios sem batom não havia sorriso algum. "Ou até antes", disse ela, séria.

Até antes? Bech sentiu uma sugestão de sexo, essa sugestão de eternidade. O rosto de Martina, despido de qualquer adorno, continha uma promessa nua que seu corpo não negava. Izzy girou sua cabeçorra sem pescoço para ver aquele traseiro moldado pela roupa cinzenta — rijo, porém um pouco mais largo do que recomendava a moda — desaparecer numa muralha enfumaçada de outros corpos vestidos. "Gracinha", murmurou ele. "Inteligente. Pode falar mal dos comunas, mas com eles as crianças ganhavam uma firmeza que você não vê nesses pirralhos americanos — ficam todos molengas na frente da porra da televisão."

"Ela me disse que veio pra cá com três anos", argumentou Bech.

"Você aprende mais nos três primeiros anos do que em todo o resto da sua vida", rebateu Thornbush. "Leia Piaget. Leia Erikson. Leia o que você quiser, porra — afinal, o que é que você fica fazendo o dia inteiro naquele estúdio vazio? Ninguém sabe."

Porém ele tinha um propósito. Agora era a vez de Bech sentir a força da garra de Izzy, em seu braço, através da manga do paletó de tweed. "Henry, me diga uma coisa. Você gostaria de presidir os Quarenta? Quebre um galho pra todo mundo e seja o próximo presidente. O mandato do Von Klappenemner está chegando ao fim, e está na hora de a gente colocar um sujeito mais jovem lá, alguém da ala literária. Compositor é muito bom como figura de proa, mas não tem cabeça pra fatos concretos, e de vez em quando é preciso pensar nos fatos, até mesmo lá."

Os Quarenta — o número de membros era uma melancólica evocação da Academia Francesa — constituíam uma das incontáveis organizações honorárias que, entre 1865 e 1914, uma época de dinheiro farto e impostos escassos, haviam brotado por toda Manhattan. A sede era um prédio neoclássico de tijolo que ocupava dois lotes na parte leste da ilha, à altura das ruas cinqüenta e tanto, perto da esquina com a Third Avenue, onde as grandes caixas de vidro — Citicorp! o Edifício Batom! — marchavam rumo ao norte. Lucinda Baines, uma herdeira solteirona que, como Pamela Thornbush, se imaginava uma mecenas das artes, deixara sua magnífica residência em Nova York, juntamente com uma dotação adequada, para servir como ponto de reunião dos hipotéticos quarenta melhores artistas — pintores, escritores, compositores, escultores — do país. Sua fortuna provinha de uma panacéia oitocentista, os Pós de Baines, remédio fraudulento retirado do mercado pelas autoridades sanitárias em 1906, quando seus ilusórios poderes paliativos já haviam confortado muitas mortes rústicas; os pós não existiam mais, porém a fortuna continuava firme e forte, mantendo a mansão em bom estado e a calefação ligada, abastecendo os seis jantares cerimoniosos realizados pelos Quarenta todos os anos, e financiando um punhado de prêmios anuais concedidos a artistas merecedores, o que garantia isenção fiscal à organização. Uma pequena equipe paga encarregava-se das atividades cotidianas, mas graças a uma cláusula romântica do testamento de Lucinda os próprios membros da academia eram os proprietários do imóvel e os controladores da dotação. "E por que é que você está envolvido nesse processo?", perguntou Bech, talvez de modo indelicado.

Quando Izzy piscava, cada pálpebra imensa e glabra tinha de atravessar quase um hemisfério inteiro de globo ocular amarelado. "Eu sou do conselho."

"E por que não *você* na presidência? 'Isaiah presidente' — tem tudo a ver."

"Seu panaca, eu já *fui*, de 81 a 84. Onde é que você estava? Tente prestar atenção — você nunca vai aos jantares."

"Eu estou cuidando do peso. Você não acha que depois que a gente passa dos sessenta e cinco..."

"Sei, sei. Escute, eu tenho que circular. A patroa está fazendo cara feia pra mim. Mas pense na Edna — ela ia adorar. Ela morre de vontade de que seja você. Estou pedindo por ela."

Edna era a diretora, uma solteirona magricela de cabelos brancos, australiana. "Você não vai querer que ela lhe peça de joelhos. Com a idade que ela está. Todo o conselho achou a idéia genial. Me delegaram a missão porque eles acham que nós somos amigos."

"Izzy, nós *somos* amigos, sim. Leia a porra do seu Festschrift."

"Todo mundo pode ser amigo de todo mundo, mas escritor não pode ser amigo de escritor. Os escritores estão condenados a se odiarem, não foi o Goethe que disse? *Mit der Dummheit kämpfen Götter*... Ou foi o Schiller? Deixe pra lá. Essa proposta que eu estou fazendo é uma iniciativa pessoal minha. Relaxe um pouco. Lembra como a gente se divertiu lá na Albânia? Fomos os primeiros escritores do mundo ocidental a entrar lá."

"Eslovênia, que Albânia coisa nenhuma. Ninguém entrava na Albânia. Escritores do Mundo pela Paz, Ljubljana, no tempo do Carter. Como que você pode ter esquecido, Izzy — aquela poetazinha ucraniana, uma loura toda sapeca, que a gente resolvia tudo com ela em francês macarrônico? Lembra aquela história do tomatinho que ela ensinou pra gente — primeiro um gole de vodca, depois uma mordida?"

Porém fora Bech, e não Thornbush, que ela levara para seu quartinho microscópico no hotel popular. Só que boa parte do fervor do momento foi desperdiçada numa discussão acalorada, num francês claudicante e sussurrado, a respeito de controle de natalidade. A moça a toda hora revirava os olhos em direção ao canto do quarto, indicando, como se ele não soubesse, que as paredes eram grampeadas. Bech sabia, mas, sendo americano, não se importava. Como era lindo aquele corpo nu, magro como corpo de criança! Os pêlos púbicos eram bem mais escuros que os cabelos. O ressaibo ácido do tomatinho lutando com a doçura da vodca em sua boca. Ela interrompeu o ato quando

Bech já estava começando a penetrá-la, arregalando os olhos grandes e assustados, olhos de um azul ucraniano de muitas pétalas. Apesar de tudo que havia bebido, ela tinha a boceta bem apertada, mas ele continuou enfiando. A moça pareceu ficar aliviada quando Bech gozou, cedo demais. Ele tinha tentado prolongar o prazer, olhando fixamente para uma pintura acima da cabeceira. Embora a mobília fosse ordinária, havia nas paredes pinturas de verdade, ásperas ao tato: o Estado socialista sustentava hordas de troca-tintas colaboracionistas.

Como se tivesse acompanhado Bech em seu rápido mergulho na memória, Thornbush suspirou fundo e disse: "Os comunistas nos recebiam muito bem. Vamos sentir saudades deles".

"Mas é por causa deles que não agüento mais associações de escritores. Não quero ser presidente dos Quarenta."

"É isso que você quer que eu diga à Edna? Você acha que sou capaz de dizer uma coisa dessas à Edna? Ela está ficando velha, Henry. Um dia desses se aposenta. Por que é que você quer partir o coração da coitada?"

"Tirando eu e você, são trinta e oito membros", argumentou Bech, paciente. "Deve ter um que tope a parada. Que tal uma mulher? Ou um negro?"

Quando se começa a discutir com um homem como Thornbush, a coisa acaba virando uma negociação. Ele voltou a apertar com força o braço de Bech. "Não somos quarenta, não; tem quatro ou cinco cadeiras vagas. Os que podem, todos já foram presidentes uma vez. Todo mundo é velho como Matusalém. Sempre que abre uma vaga, morre outro, mais velho ainda. Pra membro dos Quarenta, você é uma *criança*. Vamos lá; eu já fui; não é nenhum bicho-de-sete-cabeças. Duas reuniões por ano, na primavera e no outono; você não precisa ir a todos o jantares. É só presidir. É só ficar sentadinho na sua cadeira."

Martina O'Reilly emergiu da muralha enfumaçada com

um casaco de lã verde-oliva, olhando para todos os lados, menos na direção de Bech. Estava indo embora, ele percebeu, e oferecia-lhe uma oportunidade de acompanhá-la. Se Bech perdesse aquele barco, quando haveria outro? As docas estavam apodrecendo, tal como as docas à altura das ruas cinqüenta e tantos, no lado oeste de Manhattan, que fervilhavam de rebocadores e estivadores no tempo em que ele era menino. "Não sou de presidir", disse ele a Izzy, um pouco mais enfático, "e sim de..."

De aprender, fora a resposta de Stephen Dedalus, mas Bech não terminou a frase, pois olhava para Martina, a qual, decidida a não sair sozinha, olhando a sua volta com a rapidez afoita de uma mulher em prantos, levantou as duas mãos e, com um gesto eficiente e simétrico, pôs no lugar umas mechas rebeldes que haviam se desprendido do penteado severo.

"Tirar o cu da reta", disse Izzy, concluindo a frase por ele. "Não se misturar com a vil ralé. Por isso mesmo é que esse cargo é perfeito pra você — você raramente se suja com boas ações. Por isso mesmo que a gente precisa de você, depois de uma sucessão de dodecafonistas sonsos. A *Edna* precisa de você; ela está cercada de velhotes gagás."

"Izzy, me dê um tempo pra pensar. Tenho que ir embora."

"Pensar porra nenhuma. Já entendi tudo. Eu sei quando levo um fora." Havia agarrado os dois antebraços de Bech, e o escritor (ligeiramente) mais moço chegou a pensar que teria de lutar com o mais velho para poder escapulir. Martina estava quase saindo do estreito campo de visão de Bech. Estava sem chapéu, andando depressa.

"OK", disse Bech. "Eu *topo*. Eu topo, talvez. Mande a Edna me ligar e dizer quais são meus encargos. Diga à Pamela que adorei a festa, foi uma grande apoteose."

"Mas que pressa é essa? Agora é que vem comida de verdade. Eu queria que você conhecesse o irmão da Pam, é um ótimo sujeito, um gênio na área dele — mexe com imóveis como se fossem peças de xadrez. E a Pam queria conversar com você sobre um projeto dela, um negócio beneficente lá no Guggenheim."

"Sei. Fica pra próxima. Sabe, Izzy" — deu por si abraçando o outro, um abraço à moda comunista, Brejnev com Chou En-lai —, "não se fazem mais enrolões como você hoje em dia."

Atravessou às pressas uma muralha de recém-chegados na ante-sala, onde as paredes eram enfeitadas com tapetes de oração de seda do Casaquistão, e viu à sua frente uma rosa de pano prestes a desaparecer. "Ei!", exclamou. "Segure o elevador!"

Ao lado dela, enfim, no cubículo silencioso, descendo quinze andares, Bech viu, naqueles lábios contentes desprovidos de batom, que Martina não estava surpresa de vê-lo ali; era o que ela desejara que acontecesse. "Obrigado", disse Bech. "Por segurar a porta." Martina havia enfiado a mão esguia e nua entre as mandíbulas revestidas de borracha do elevador. "Meio quente aqui dentro", acrescentou, nervoso. "Chega de Festschrift." E estava mesmo com calor, no peito e nas axilas: em parte pelo esforço de escapar de Izzy e da festa, mas em parte também por uma curiosa e insistente sensação de contentamento, de amor-próprio inflado. Presidente Bech. Ele havia tomado, ainda que pelos motivos errados, a decisão certa.

Até que presidir não era mau. Às reuniões semestrais dos Quarenta compareciam sete ou oito membros. Na sala que outrora fora o solário da sofisticada mansão, Bech instalava-se à majestosa mesa presidencial — mogno, com incrustações de pau-cetim — enquanto, numa fileira de bergères de couro, algumas das maiores inteligências de sua geração fingiam ouvi-lo com atenção e respeito. Antes de se iniciarem os trabalhos,

Edna lhe entregava uma folha de papel contendo a pauta da reunião e depois sentava-se a seu lado com um gravador, tomando notas. Discutiam-se problemas como os reparos que se faziam necessários no belo casarão; o salário de Gabriel, o zelador hispânico que morava no subsolo com a mulher e três filhos; o seguro referente às pinturas e desenhos que Reginald Marsh, John Sloan, William Glackens, William Merritt Chase e outros cavalheiros haviam doado à instituição, como lembrancinhas, cujo valor subira tanto que o seguro tornara-se proibitivo. E havia também o problema dos novos membros — nos últimos dois anos, a morte abrira seis vagas, e dos trinta e quatro pedidos de indicações enviados pelo correio naquele ano apenas três tinham sido respondidos. Os rostos velhos e sábios, alguns até santos, encaravam Bech, educadamente, inescrutáveis, e o ouviam. Edna ajustou o volume de seu gravador e empurrou o aparelho para perto da borda da mesa, a fim de registrar qualquer comentário partido do quorum dos Quarenta. Outrora o quorum fora dez, mas a freqüência era tão parca que teve de ser reduzido para cinco. As reuniões ocorriam ao cair da tarde, antes do jantar, e portanto transcorriam ao som do tráfego da Third Avenue na hora do rush, ônibus resfolegando, caminhões reduzindo a marcha, táxis buzinando. Era difícil ouvir alguma coisa, mesmo para aqueles que ainda não estavam ficando surdos. Do outro lado da rua, caminhões articulados entravam e saíam, em marcha a ré, lentamente, de um prédio anônimo e anódino que ocupava um terço do quarteirão.

J. Edward Jamison, cujos romances de costumes urbanos ainda eram considerados ousadamente realistas em 1962, levantou a voz trêmula: "Tem esse tal de Pynchon que dizem que é excelente. Quer dizer, meus netos adoram os livros dele. Se bem que eles gostam mesmo é de computador".

"Ele jamais aceitaria", disse a veneranda Amy Speer deLessups, uma das poucas mulheres da academia, e que nunca faltava às sessões, talvez por morar em Turtle Bay, pertinho dali. Os relatos rimados sobre sua movimentada vida amorosa outrora haviam causado frisson, mais por ela desafiar, com sua adesão rigorosa aos metros regulares, a moda do verso livre. Agora o que causava mais escândalo era a idéia de que aquele corpo encarquilhado, frágil, endurecido pela artrite, estivesse associado a tantos amores. Ela andava de bengala, usava calças de veludo boca-de-sino e mantinha sempre o rostinho enrugado virado para cima, hábito de coquete que remontava a seus tempos de faceirice. Prosseguiu ela, virando-se com dificuldade para Jamison e quase gritando de dor: "Ele não aceita *nada*. Os mais jovens são assim. Acham *bonito* não participar. Eu também era assim com a idade deles".

Apesar de todo o esforço de Amy, ao que parecia Jamison não a ouviu, ou só conseguiu pegar a idéia geral do que ela dissera, pois sua resposta foi ambígua: "Não é má idéia. E tem também o Salinger, de quem meus netos tanto falavam. Agora até que nem tanto, desde que descobriram a Internet e as namoradas".

"Esse também não aceita", gritou Amy.

O diálogo acordou Aaron Fisch, um pintor pequeno como um gnomo, cujas curiosas alegorias políticas surrealistas, de cores vivas e traços nítidos, atingiram o auge do sucesso nos anos 30, conservaram a popularidade por quatro anos como propaganda de guerra (ninguém melhor que ele para caricaturar Mussolini, o rosto ensombrado de barba, o lábio inferior proeminente; e Hirohito, com seu uniforme ornado de alamares; e Hitler, com seus olhos negros ardendo no rosto fino de uma brancura mórbida), e depois, no pós-guerra, rapidamente mergulharam na mais completa obscuridade, embora Aaron continuasse vivo. Uns dez anos antes, ou pouco mais, sua obra reaparecera nas revistas de arte como precursora do fotorrealismo, mas suas pinturas mais recentes já traíam o declínio de sua vista e seu controle motor, e estavam ficando cada vez mais toscas, cada vez mais semelhantes a Soutine. Piscando muito e empurrando os óculos de lentes grossas e armação preta para o alto do nariz diminuto, ele olhou para Bech e perguntou: "Presidente, chegamos a examinar a possibilidade de convidar Arshile Gorky? Ou ele não chegou a se naturalizar americano?".

"Ele *morreu*, Aaron", disse, melancólico, Limbaugh Seidensticker, o outro pintor presente. "Suicidou-se."

"Quem?", perguntou o pequeno surrealista, olhando a sua volta assustado, até voltar os olhos de pálpebras rosadas, com uma expressão de quase piedade, para o presidente, como se lhe dirigindo uma súplica.

"Arshile Gorky, senhor Fisch", disse Bech.

"Ah, é claro. Eu sabia. Uma sensibilidade maravilhosa. As cebolas e bulbos dele; formas muito orgânicas. Nunca entendi por que os expressionistas abstratos gostavam dele."

Aquele comentário talvez fosse uma indireta proposital, pois Seidensticker era um pintor implacavelmente abstrato, que só utilizava rolos de pintura e tintas de látex tal como saíam das latas compradas na loja de ferragens. Desde o momento de revelação que tivera em 1947, mantinha-se fiel ao princípio de que o tema da pintura era a própria pintura; para ele, até mesmo a forma retangular da tela era uma associação constrangedora com a falácia do quadro como janela para a realidade. Já não havia mais quase ninguém como ele; a volta do figurativismo, praticado por artistas jovens que jamais haviam estudado desenho, deixava-o espumando de raiva em seus planos castamente monocromáticos. "É um absurdo", disse ele, "Donald Judd não fazer parte dos Quarenta."

"Ah, Limby, você não acha que quem já viu uma dessas caixas de alumínio já viu todas?", interveio Amy, inclinando para ele o rosto enrugado como quem inclina um prato redondo para despejar a luz nele contida, enquanto os últimos raios de sol daquela tarde de primavera eram refletidos pelas paredes brancas do depósito de caminhões do outro lado da rua e se introduziam no antigo solário de Lucinda Baines. Como se ainda estivesse cheio de plantas, o cômodo resplandecia sob a claraboia; e Bech imaginou que os rostos dos Quarenta eram flores, flores amareladas de carne velha, destacando-se contra a escuridão rembrandtesca das poltronas escuras.

"Absurdo seria ele estar aqui", disse Aaron Fisch. "E o Andy Wyeth? Ele anda fazendo umas coisas muito boas. Não achei a série da Helga tão ruim quanto as pessoas disseram."

Limbaugh Seidensticker bufou com desprezo. "Ah, tanta ternura! Tantas cercas de madeira apodrecida, tantas flores silvestres, desenhadas uma por uma! *Éeca*, como diz a garotada." A raiva galvanizava-lhe o corpo; ele aprumou a cabeça, mergulhando-a na luz, de modo que seus óculos sem armação formavam ovais de brilho cego. "Só falta a gente passar a receber mercadores de lixo visual como David Hare."

"Ele já morreu", disse um dos presentes.

"Ainda era um menino", exclamou uma outra voz, suavemente.

Edna pigarreou e cochichou algo para Bech.

Disse Bech: "A diretora acaba de me informar que Andrew Wyeth já é membro, embora raramente apareça aqui".

"Nesse caso", anunciou Seidensticker, tonitruante, "eu renuncio à minha cadeira." Porém não se levantou de sua poltrona.

Bech perguntou à assembléia: "Mais alguma coisa a respeito da indicação de novos membros?".

Silêncio.

"Alguém gostaria de endossar a proposta de indicação de Donald Judd?"

Mais uma vez, silêncio.

"Presidente." Outra voz vetusta, trêmula de dignidade, emergiu em meio ao zumbido do gravador de Edna e o ronco abafado do tráfego.

"Sim, senhor MacDeane?" Amory Henry MacDeane era historiador, um cronista incansável do período desenxabido da política americana que vai do governo Jackson até a ascensão de Lincoln, em que os Estados Unidos, tendo consolidado com sucesso sua fundação, tentavam encontrar uma solução conciliadora que mantivesse o Sul na Federação sem entregar tudo, inclusive todos os territórios do oeste, aos veementes defensores da escravidão negra. MacDeane, filho de um industrial de Ohio de ascendência escocesa-irlandesa, diversas vezes trocara as salas de aula pelos salões de Washington, onde dera assessoria a governos democratas que, a sua maneira, tentavam encontrar uma solução conciliadora que contivesse o comunismo sem enfrentá-lo numa guerra nuclear. MacDeane falava fluentemente russo, francês, alemão e italiano, e atuara como embaixador em diversos países problemáticos, onde abundavam manifestações de protesto; suas obras de história e de memorialística eram redigidas em largos períodos elegíacos de sabor vitoriano, prenhes daquela melancolia inspirada pela realpolitik, em que cada consideração era contrabalançada por uma outra em sentido oposto. Bech admirava aquele intelectual que se dispusera a sujar as mãos no mundo das decisões concretas, do poder real, e não apenas desejado. Agora, com mais de oitenta anos, o rosto escaveirado, com um bigode tão descolorido quanto sua pele cinzenta, morava em Nova York só porque já não tinha como voltar a Ohio, aquele Ohio perdido de sua juventude. Falava em frases trêmulas, cuidadosamente construídas. "A dificuldade de obter indicações, a ponto de reduzir o quadro dos chamados Quarenta a não mais que trinta e quatro, e o quorum a apenas sete, oito, contando com o presidente, faz com que eu me pergunte, presidente, se nossa querida instituição, tão amorosamente concebida e tão bem instalada neste palacete, não estaria talvez fadada a entrar para o rol das instituições cujo momento histórico já passou. Penso, numa escala muito maior, é claro, no Grande Exército da República, tão poderoso e influente em seu tempo, e nos Trabalhadores Industriais do Mundo, os chamados Wobblies.* Morrer não é nenhuma vergonha", prosseguiu o velho diplomata, com sua voz frágil e rouca, mas ainda extraordinariamente controlada. "Vergonha é prolongar a vida por meio de métodos artificiais e indecorosos."

"Concordo", anunciou Isaiah Thornbush da extremidade da fileira, com uma concisão inaudita. Bech surpreendeu-se com aquele posicionamento. Izzy adorava homenagens e clubes, motivo pelo qual Bech sempre o desprezara.

Eric Von Klappenemner, alto e calvo, com uma voz estridente e aflautada, disse: "Ah, meus amigos, que coisa mais *chata* essa história de não quero isso e não quero aquilo, não quero oxigênio nem ressuscitador eletrônico, sei lá como é que se chama. Sabem o que eu digo para eles? Pois *eu* quero *tudinho*! Quero oxigênio, quero alimentação intravenosa, quero transplante de fígado e medula óssea, quero o diabo! Afinal, pra que é que serve a tal da ciência se não for pra prolongar a vida humana?".

"Klappy, você é tão *fominha*!", disse Amy deLessups, dengosa. Como seria que uma mulher tão promiscuamente heterossexual, pensou Bech, via um homossexual como Von Klappenemner? Pelo visto, com simpatia. Como um colega na atividade

* Grande Exército da República — organização de ex-combatentes do Norte na Guerra de Secessão; Trabalhadores Industriais do Mundo — sindicato radical de trabalhadores não especializados que teve importância nas primeiras décadas do século XX. (N. T.)

de lançar a pérola de si própria para porcos chauvinistas do sexo masculino.

"O problema não sou *eu*; não é nenhuma *fome* de existência individual, eu até *adoraria* poder tirar um bom cochilo para todo o sempre, seria *maravilhoso*. O problema é o que eu ainda posso *dar* às pessoas, é toda essa beleza e majestade ainda presa dentro de mim — imaginem só se Beethoven tivesse pendurado as chuteiras depois daquela sinfonia meio boboca, a Oitava — nós não teríamos hoje a gloriosa *Nona*!"

Von Klappenemner havia atingido aquela etapa de deterioração mental em que as inibições verbais caem por terra, embora os velhos hábitos sintáticos continuem intatos. Outrora, com seus cabelos dourados, aqueles lábios nórdicos curvilíneos sempre a jorrar ironias deliciosas sob o arco de um nariz sarraceno, ele encantava a todos; agora, o solário imerso na penumbra continha, como se fosse um abafador acústico de espuma ondulada, o silêncio de seu encanto desperdiçado em ouvidos moucos. A melodia ainda existia, mas o corpo, aquele instrumento gasto, não sabia mais tocá-la. Bech sentiu que estava socorrendo o velho compositor tagarela quando o interrompeu: "Creio que estamos nos afastando do assunto".

"Qual é o assunto?", perguntou Aaron Fisch sem o menor constrangimento.

"Já não está na hora dos drinques?", interveio J. Edward Jamison.

"O assunto é a escassez de novos membros", disse Bech ao primeiro, e depois ao segundo: "Ainda são dez para as seis, senhor Jamison. Eu só queria dizer, antes de passar para o último item da nossa pauta" — Edna havia pigarreado e, contendo uma pontada de impaciência, colocado a ponta de um lápis excepcionalmente fina sobre o item que ainda não havia sido discutido —, "que estou surpreso de ouvir uma proposta de dissolução, se é isso mesmo que ouvi. Os objetivos que levaram a senhorita Baines a fazer sua generosa doação ainda permanecem válidos. De 1902 para cá, a sociedade americana não mudou tanto a ponto de se tornar desnecessário homenagear as artes, e que eu saiba não há nenhuma outra organização como esta nossa — dedicada única e exclusivamente a fins honorários. Por acaso algum dos senhores está dizendo que o espírito artístico — a fome de verdade e beleza — morreu de repente? Se isso aconteceu, não li nada a respeito no obituário do *Times*. Há muitos artistas que merecem preencher as vagas existentes em nossa organização; uma reunião como esta serve acima de tudo como oportunidade para trocarmos idéias. As indicações devem ser feitas por escrito, acompanhadas da assinatura de um outro membro dando apoio. Então, seguindo os trâmites normais, colocaremos as propostas em voto, como nossos predecessores sempre fizeram e nossos sucessores sempre farão".

"Muito bem, Henry", murmurou Edna a seu lado.

De fato, ele próprio estava surpreso com a veemência com que havia defendido uma organização que outrora lhe parecia supérflua. As palavras lhe saíram com total nitidez, como se de um teletipo; era o presidente dentro dele, de cuja existência Bech jamais suspeitara, que havia falado. E os corpos envelhecidos a sua frente — velhos combatentes feridos nas guerras pela precisão e a harmonia, defendendo a ordem num mundo em que o conceito de ordem divina se tornara uma piada obscena — calaram-se diante daquela barragem conservadora, daquele vigoroso tributo à continuidade. "O último item da pauta", anunciou Bech, olhos fixos na ponta do lápis de Edna, "é menos existencial e mais prático. Gabriel Mendez, que como os senhores sabem mora no subsolo desta casa e trabalha como zelador e vigia, disse a Edna que ele e sua família precisam de um aumento no auxílio-saúde. O filho menor dele sem dúvida precisa de um tratamento especializado."

Uma vez verificado que a dotação, beneficiada pelo aumento progressivo dos preços das ações que vinha ocorrendo desde a crise de outubro de 1987, podia perfeitamente permitir um aumento, a proposta foi aprovada por unanimidade. Uma boa ação fora realizada, com dinheiro que não era deles. No entanto, ao levantar-se de sua cadeira após gozar da revigorante sensação de presidir, Bech teve a impressão de que o chão sob seus pés estava inclinado, que o tampo da mesa comprida e escura se arqueava para baixo nas duas extremidades, que as bergères, já se esvaziando, desafiavam as leis da perspectiva. O presidente estava numa ladeira escorregadia. Pois não era verdade que a academia dos Quarenta, desde que fora fundada na virada do século, se fundava na idéia falsa de que a arte naturalmente andava de braços dados com o refinamento, e ambos serviam educadamente o dinheiro — a idéia de que dinheiro e poder podiam facilmente transmutar-se em verdade e beleza, e que era possível existir um clube de eleitos apenas dez degraus acima da rua esburacada, imunda, engarrafada? O que ele estava fazendo ali, presidindo?

Bech morava no lado oeste da Crosby Street, aquele cânion lúgubre de velhos prédios industriais com fachadas de ferro que emerge da Houston Street e se estende para o sul, um quarteirão a leste da Broadway. Seu estúdio era tão enorme que ele finalmente conseguira reunir todos os seus livros numa única estante, uma estrutura improvisada de tábuas de pinho e blocos de concreto, Marx ao lado de Marvell, Freud em sóbrias brochuras entre os magros poemas de Philip Freneau e crônicas de Jean Froissart encadernadas em couro — compradas por quatro dólares no tempo em que Bech estudava na New York University como bolsista do exército.

Podia-se dizer que Bech era um leitor entusiástico, mas o contrário também era verdade. Com um gesto nervoso, agarrava qualquer revista ou jornal que visse a sua frente, muitas vezes folheando-o de trás para a frente, hábito adquirido na infância, quando as revistas publicavam os quadrinhos nas últimas páginas. Pegava livros na sua estante de modo aleatório, rapidamente gostando ou enjoando de uma página, mas era raro ele ler um livro do começo ao fim. Esse hábito de leitura intermitente era ditado pelo egoísmo e pela superstição: Bech vivia à procura de pistas que o ajudassem a exprimir em palavras seu mundo pessoal, porém recusava-se a permanecer por muito tempo sob o domínio de um outro escritor. Depois de meia hora de repouso em seu velho pufe, na ilha de tapete no centro do cômodo único em que a mobília formava ilhas isoladas, sentia vontade de sair, para as ruas inóspitas, porém povoadas, que permitiam um outro tipo de leitura dinâmica. Turistas com tênis de corrida vagando pelas galerias; marchands carregando grandes retângulos embrulhados; um velhinho de barba pontuda e camisa vermelha que parecia recém-chegado das serras de Kentucky; um rapaz de rabo-de-cavalo oxigenado pilotando uma motoneta ridiculamente pequena para ele; duas moças todas de preto abraçando-se demoradamente, grandes amigas que não se viam havia muito tempo ou então duas lésbicas fazendo uma demonstração ostensiva de orgulho gay, a mais baixa com botas pretas de uma brutalidade titilante, com solas quadradas e tachões prateados; uma assistente social gorducha conduzindo pela rua quatro cegos, um ligado ao outro por uma corda cheia de nós, todos com pálpebras fundas e sorrisos não direcionados — todos esses esquetes de teatro de rua proporcionavam a Bech uma sensação vital, uma imensa atmosfera informe a esperar, como o céu plúmbeo visto por entre as escadas de emergência, a ser condensada e vivenciada como gotas de chuva ou letras de fôrma.

Bech vivera anos na esquina de 99th Street com Riverside Drive, quando então uma incursão romântica pelo campo do matrimônio o levou a um subúrbio no condado de Westchester, e uma outra incursão (pelo corpo da irmã de sua esposa) tivera a conseqüência inglória de trazê-lo de volta à cidade. Dentro dos limites de Manhattan, optou pelo sul, fora das ruas numeradas. Ali no SoHo, o brilho das aspirações juvenis misturava-se ao clangor das velhas atividades industriais. Havia ruas pavimentadas com pedras e fachadas de ferro trabalhado, caprichoso e sujo; ainda havia oficinas de bicicletas imundas de graxa e açougueiros com aventais ensangüentados. A região ao sul da Houston Street — aquela fenda luminosa aberta na textura cerrada de Manhattan — era antigamente conhecida como "Inferno na Terra", por ser cheia de fábricas insalubres e assolada por incêndios freqüentes. Limusines negras oriundas da Little Italy passavam vagarosas por portas corrediças de metal cobertas de grafites. Na extremidade sudoeste do pedaço surgiam placas em chinês. De certos trechos das ruas Broome e Spring Bech divisava tanto o pináculo reluzente do Chrysler Building quanto a massa de concreto do centro financeiro, coroada pelas torres gêmeas do World Trade Center, catedrais cubistas. Na planície do SoHo, Bech via um céu estranhamente amplo e gozava a sensação — importante para um artista, julgava ele — de estar num ambiente de bas-fonds, ainda que não (pois havia um excesso de galerias de arte e cafés italianos) proletário.

Martina pensou a sério sobre as dúvidas que Bech manifestara a respeito dos Quarenta. Cada vez que Bech lhe trazia algum problema, ela o examinava com uma concentração sisuda que ele associava às conferências de paz de comunistas — ele havia participado de algumas. "Mas afinal", perguntou ela, "qual o objetivo dos Quarenta?"

"Existir, só isso. Servir de modelo, essas coisas. Uma montanha para ser vista da planície. A tal de Lucinda *Baines* legou a casa e a fortuna dela, um dinheiro não *muito* limpo, para a criação de uma espécie de Academia de Letras francesa, só que não temos nenhuma das responsabilidades que eles têm lá na França. Eles vivem trabalhando num dicionário francês, por exemplo, e usam fardão."

Bech deu-se conta de que Lucinda, morta havia tanto tempo, tinha se tornado objeto de seu amor, tal como Edna, tão pequena e tão eficiente. Sua imaginação gerava todo um rebanho necessitado, e era para servi-lo e satisfazê-lo que ele vivia — ovelhas que lhe conferiam a identidade de pastor. Sim, Henry Bech era um galante à moda antiga; em todas as mulheres de sua vida buscava verdade e bondade. Devia haver um grande reservatório dessas duas substâncias, raciocinava ele, numa entidade capaz de tomar sua agitação sexual e transformá-la numa límpida paz pós-coito. Martina andava pela ilha atapetada, cercada de um mar de tábuas corridas marcadas por maquinarias havia muito desaparecidas, com pés descalços e firmes, envolta num roupão felpudo branco que uma namorada de Bech, a volúvel Claire Hoagland, roubara muitos anos antes do quarto do Plaza onde estavam hospedados, movida por um capricho. Já Martina não era dada a caprichos; levava a sério escritores famosos, mesmo de cueca.

"Eu fico pensando", disse ela, "se a idéia já não era furada desde o início. Quer dizer, um bando de velhinhos tomando vinho do Porto, fumando charuto, um massageando o ego do outro — quer coisa mais William Dean Howells que isso?"

"Coitado do Howells", disse Bech. "Todo mundo acha que ele era um rato de banquete. Na verdade, com a idade ele foi ficando cada vez mais radical. Já eu sou justamente o contrário. Só você vendo a cara que a Edna fez quando defendi os Quarenta com tanta ênfase — o queixo dela foi caindo até quase chegar à Austrália."

Martina tinha um riso encantador — duas covinhas cuidadosas e uma erupção semicontida, sua consciência socialista sofreando a liberdade americana de zombar dos outros. Disse ela: "É mesmo de estranhar. Logo você, que costuma debochar de tudo que é pomposo".

"Mas os Quarenta não têm nada de pomposo. É uma coisa como*vente*. Quase ninguém aparece. Os que vão estão surdos ou gagás. Não temos dinheiro nem para pôr no seguro os quadros pendurados na parede. Tudo lá é muito delicado e grego — gesso esculpido nos tetos, lareiras cada uma com um desenho diferente — e enquanto isso, do outro lado da rua tem uma parede morta de um prédio enorme e indiferente onde parece que mora um bando de caminhões articulados."

"Nova York está cheia de prédios indiferentes", argumentou Martina, muito séria. "O que é que o seu amigo Isaiah Thornbush acha dos Quarenta?"

"E eu lá sei? Foi ele que me fez aceitar a presidência, e aí chega a hora da reunião de primavera e ele praticamente não abre a boca. Teve uma hora em que ele concordou com o MacDeane a respeito de alguma coisa, mas pode ter sido sobre a morte, sobre os recursos da medicina moderna que adiam a morte. Não sei como, entramos nesse assunto. Volta e meia a discussão perdia o fio da meada."

"Por que é que você gosta de presidir?"

Martina havia dormido ali e portanto estava presente à chegada do sol do meio da manhã, a lançar paralelogramos de calor dentro do estúdio. Estava deitada num deles, toda enroscada sobre um sofá em frente ao pufe de Bech, separada dele por uma mesa de centro de vidro e um tapete peruano listrado. Bea, a ex-mulher de Bech, ótima dona de casa, mandara estofar um velho sofá dele de couro com uma lã calombenta bege; aconchegada no sofá, os pés descalços muito alvos saindo do robe, Martina parecia uma grande panqueca recheada — o robe era a massa, sua carne um queijo macio e puro. Seus dedos dos pés mexiam-se à toa no sol, de puro prazer, e seus cabelos caíam, soltos e emaranhados, sobre o rosto largo, e as sobrancelhas, normalmente espessas, retas e sérias, estavam curvas, numa interrogação.

As mulheres eram tão boas, pensou Bech, não pela primeira vez, quando deixavam a gente ter intimidade com elas, compartilhar o prazer que elas têm nas coisas mais simples da vida. Através das fendas na armadura masculina, pode-se gozar um pouco da torrente de prazer extático que jorra sobre as mulheres o dia inteiro. "Acho que gosto de ser o alvo das atenções, mesmo como pura formalidade, de pessoas que eu respeito", disse Bech. "Agora são uns velhos babões, mas no passado eles se esforçaram para fazer alguma coisa séria. Imagine só quanta coisa o MacDeane sabe sobre Millard Fillmore. O esforço que ele não fez para se interessar por Calhoun. Até mesmo Von Klappenemner — passou tanto Beethoven pelos ouvidos e braços dele que agora ele tem todo o direito de dizer que uma das sinfonias é boboca. Acho isso comovente."

"Pois eu acho chocante", disse Martina, "como acho chocante você se deixar impressionar por isso. Você que viu o Sindicato dos Escritores cometer barbaridades nos países comunistas — por que é que os Quarenta são diferentes?"

"Mas aqueles sindicatos eram compulsórios, e eram os políticos que mandavam neles. Já nós estamos acima da política. Ou abaixo. O Mailer, uns dois anos atrás, chamou o George Shultz, no tempo em que ele era secretário de Estado do Reagan, para falar numa reunião do PEN Club, e todo mundo caiu em cima dele."

"E você não gostou?"

"De todo mundo cair em cima dele, não. O Shultz também tem o direito de livre expressão. Ele fez um discurso até bom, só que ninguém prestou atenção. Aquele bando de intelectuais só queria vaiar o Reagan por causa dos contras da Nicarágua."

Lentamente Martina foi se desenroscando, afundando os pés na almofada encostada no braço do sofá. "Você não acha que o Izzy foi esperto", disse ela, dengosa, "de adivinhar que você tinha aspirações presidenciais? Debaixo desses cabelos encaracolados, atrás desses olhos enrugados, um conservador de quatro costados."

"Ah, o Izzy", exclamou Bech, ofendido de ouvir o apelido daquele velho sacana na boca de Martina. "Ele é o tipo de pessoa que desmoraliza a inteligência." Seria ela, pensava ele em seus momentos de maior paranóia, uma agente da Stasi de Izzy? Afinal, ele deixara marcas profundas nela.

Martina pôs os pés no chão, e por um momento Bech os viu como se estivessem numa vitrine, através do tampo da mesa de centro, os calcanhares amarelos, os dedos rosados, as veias azuladas do peito contra um fundo de listras peruanas vermelhas e negras; em seguida, lânguida, ela contornou a mesa, com as mãos sobre o nó frouxo do roupão. "Henry, acho uma delícia você ter todos esses sentimentos tradicionais. Como é mesmo que se dizia? Quadradão. Me dá o maior tesão." Com um gesto ágil, desatou o cinto. Por entre as dobras do roupão entreaberto, seu corpo nu, a poucos centímetros do rosto dele, exalava calor e odor, como alimento, toda uma montanha de comida, macia como massa e no entanto dura, lustrosa, cheia de detalhes de dar água na boca, peitinhos boceta umbigo sovacos, cada um com seu sabor, seu brilho, seu travo deliciosamente avassalador. Martina fodia com uma eficiência estudada, achando graça, com um certo distanciamento, e a distância ia diminuindo até sumir e ela se perder. Aquilo punha no chinelo os Quarenta, com palacete e tudo.

***

A reunião do outono teve mais participantes que a da primavera. Dos fiéis, o pequeno Aaron Fisch havia morrido; o nome de Arshile Gorky nunca mais seria indicado. Seidenstic-ker, MacDeane, Jamison, Von Klappenemner, Izzy e Amy de-Lessups estavam presentes, com mais uns seis ou sete, nem todos conhecidos por Bech. Esses eram Jason Marr, um dos dois membros afro-americanos, homem pálido e afável, filho de pastor, que escrevia ensaios, poemas de versos longos e narrativas surrealistas implacavelmente marcados por raiva e profecias terríveis; X. I. Fong, refugiado da China de Mao, autor de abstrações grandes e desmaiadas, desenhadas a lápis, que se aproximavam perigosamente da invisibilidade; Isabella Úrsula "Lulu" Buendía Fleming, filha de um diplomata venezuelano, que vivera muitos anos em Washington, como menina e depois como moça, aprendera o inglês com perfeição, casara-se com um americano e imprimira um notável toque de realismo fantástico ao cotidiano prosaico de um subúrbio de classe média de Maryland; e três ou quatro outros sentados na última fileira, provavelmente compositores, com ternos escuros. Edna leu a ata da reunião anterior, que foi aprovada. E como poderiam não aprovar o trabalho meticuloso de Edna? Alguns pedidos de consertos especiais — a chapa de cobertura de cobre que revestia o telhado de ardósia do pórtico da frente havia empenado com o calor do verão; um relógio de sol de bronze, em forma de grifo rampante, doado pelo falecido Paul Manship e instalado no canteiro de hera no jardim dos fundos, havia sido entortado e pichado por vândalos — foram aprovados. Uma homenagem a Aaron Fisch foi lida, surpreendentemente, por Lulu Fleming; fora por isso, Bech pensou, que ela viera lá de Bethesda. Para Lulu, a obra de Fisch era uma versão nova-iorquina do muralismo idealista de

Rivera e Siqueiros, com um acabamento requintado alucinatório que lembrava um pouco Salvador Dalí, o qual, por sua vez, derivava do literalismo ardoroso das pinturas dos altares católicos; era a essa corrente vasta e sanguinolenta, de estilo popular e anônimo, que pertencia nosso falecido amigo e colega Aaron Fisch, afirmou ela.

O informe sobre os resultados das eleições foi desanimador. Nenhum dos quatro candidatos devidamente indicados e apoiados durante o verão recebeu uma maioria dos votos enviados pelo correio, nem tampouco o mínimo de dez votos determinado pelo estatuto. As indicações orais para preencher as vagas, agora sete, foram feitas lentamente e com má vontade. O nome de William Gaddis, sugerido por Thornbush, foi despachado com o epíteto "baboseiras joyceanas" por J. Edward Jamison; o de Jasper Johns foi qualificado por Seidensticker, de modo nada entusiástico, como "truques pop e rabiscos neofigurativos — ele teve uma fase abstrata, mas hoje se vê que foi insincera". Quando MacDeane mencionou Susan Sontag, Amy, toda serelepe, espichou o queixo para a frente e disparou: "*Sonntagskind ist Montags Mutter*", o que fez várias das sombras ao fundo — compositores poliglotas — cair na gargalhada.

Anunciou Bech, meio desesperado: "Se não conseguirmos eleger ninguém, a instituição vai acabar morrendo à míngua".

O venerando MacDeane, o rosto distinto e melancólico ainda guardando laivos do bronzeado adquirido no verão em Nantucket, disse então, em sílabas trêmulas e quase inaudíveis: "Como tomei a liberdade de comentar na nossa última reunião, presidente, seria um tal acontecimento de todo indesejável? Talvez nosso corpo institucional esteja tentando nos dizer algo — que o momento da *gloire* ficou para trás. Já nas trincheiras de 1914-1918, a guerra deixou de ser um caminho para a *gloire* que possa ser aceito por um homem civilizado — ou uma mulher civilizada, é claro — e eu me pergunto se agora, com o fim da Guerra Fria, a *gloire*, ainda que obtida por meios pacíficos, não seria uma esperança vã, uma visão equivocada fundada em convenções intelectuais já extintas. Levanto tal hipótese sem qualquer alegria; mas a tarefa do historiador é mesmo muitas vezes a de relatar coisas que não lhe dão a menor alegria".

Gluaar, pensou Bech, tentando apreender mentalmente aquela sucessão de consoantes e vogais. Teria sido à *gluaar* que ele vivera escravizado, negando-se um emprego assalariado, uma prole, uma vida que fosse mais que uma desculpa para aqueles poucos minutos de cada dia em que ele segregava palavras as quais talvez viessem a cristalizar-se, mesmo não se tornando um diamante imperecível, mas ao menos uma pedra de âmbar translúcido, contendo um momento capturado como se fosse um inseto extinto? Um abismo de minutos perdidos abriu-se sob Bech e Edna — Edna, sua parceira estéril na administração da imortalidade, Edna, sua noiva presidencial, ali naquela grande mesa de pau-cetim escuro que se estendia em direção ao horizonte como o convés de um porta-aviões. Com sua letra caprichada mas trêmula, implacável como um eletrocardiograma, Edna tomava notas num bloco amarelo, enquanto o gravador junto a seu cotovelo anguloso ronronava. Sob o tampo, a forma da mesa era majestosamente curva, como se os lados estivessem se dobrando, pressionados por uma pressão invisível vinda de cima.

Um dos vultos sombrios na fileira de trás semi-ergueu-se, agitando as mãos como um maestro durante um allegro. "Não há mais compositores!", exclamou ele. "Agora só há fitas eletrônicas! Os músicos jovens só se interessam por isso! Eleger um deles seria a mesma coisa que eleger uma máquina!"

Seidensticker concordou, rosnando: "A pintura de agora é uma porcaria — vitimização e garatujas. Desde que Kiefer e

Kienholz fizeram sucesso, só se fala em atrocidades — o Holocausto, o tráfico de escravos, estupro, ecologia, blablablá. Só se fazem cartazes de protesto. Claro que com exceção de meu eminente colega aqui". X. I. Fong, que nunca falava nas reuniões, sorriu e esboçou uma pequena mesura sem se levantar da poltrona. Seidensticker prosseguiu, tentando agora demonstrar respeito pelo falecido: "Aaron pelo menos tinha a desculpa de ter nascido na época em que nasceu, naquela idade das trevas do realismo social — essa garotada de agora não tem desculpa, e sabe que não tem. É tudo uma questão de política de galeria, e os fregueses das galerias são todos liberais nova-iorquinos cheios de culpa, ou então japoneses e árabes interessados em pornografia decorativa para pendurar na parede".

"Merda", proclamou Eric Von Klappenemner; nele a desinibição da demência senil havia avançado nos últimos seis meses. "O que chamam de arte hoje é merda, jogada nas paredes e enfiada nos ouvidos da gente. Onde está a beleza? Pisoteada. Onde está a graça, a disciplina, a abnegação? Tudo engolido pela tal da televisão. Meus amigos jovens dizem: você tem que assistir tevê, é a meditação americana. Mas eu digo que é merda, eu não tenho papas na língua. Eles também não, e dizem: você é um velho babaca."

"Klappy, por que é que seus amigos jovens são tão mal-educados?", perguntou Amy deLessups, revirando os olhos, maliciosa, para o compositor, o qual fixara a vista num ponto ao lado da cabeça de Bech, onde a bandeira tricolor (grená, dourado e azul-anil) dos Quarenta pendia murcha de seu mastro, ao lado do retrato de Clarence Edmund Stedman, o primeiro presidente da academia, corretor de Wall Street e poeta, com uma barba macia em forma de trapézio. Nem mesmo a barba de Javé era tão branca quanto a dele.

Bech, instalado na cadeira de Stedman como um rato num

trono, contemplou o arco de imortais, procurando um amigo. "Ouvimos a opinião de um artista plástico, de um compositor e de um historiador. O que pensam os poetas e romancistas entre nós?"

"O que é que *você* pensa, Bech?", perguntou J. Edward Jamison, áspero. "Você consegue ler algum desses garotos? Quer dizer, os com menos de sessenta anos?"

"Falta magia", arriscou Lulu Fleming, com aquele ligeiro vestígio de musicalidade espanhola que tornava sua fala encantadora. "É um acúmulo de fatos, aconteceu isso, depois aquilo, tudo narrado numa prosa de uma assepsia mortal. Todos eles têm pós-graduação em criação literária; freqüentam oficinas literárias e um critica o outro, não fica nada por criticar, mas alguma coisa falta, não sei o que é — um amor pelo mundo, uma esperança além do mundo."

"Eu leio essas poetisas mais jovens", disse Amy deLessups, "e a impressão que eu tenho é que elas dormiram com os mesmos homens que eu, ou as mesmas mulheres, só que fizeram tudo de modo irônico, protegidas pela ironia, e já sabiam desde o começo que não ia dar certo. Quem sabe", admitiu ela, com covinhas sedutoras no rosto redondo, "é porque elas já tinham lido os meus poemas."

"Confesso, senhoras e senhores", disse Bech à assembléia, "que a ficção contemporânea me cansa. Aquela vida toda não tem nada a ver comigo. Todos parecem estar dizendo: 'Olhe eu aqui!'. Mas eu pensava que talvez a culpa fosse minha, que fosse um problema da idade. Izzy, o que é que você acha? Você continua lendo tudo, você tem estômago de avestruz. Onde e quando a ficção contemporânea ainda é interessante?" Izzy ficava nessas reuniões atento e emburrado, desde que Bech se tornara presidente; ele merecia ser chamado às falas.

Relaxado em sua poltrona da segunda fileira, Thornbush empertigou-se e disse: "Se você me fizesse essa pergunta nos anos 70, eu responderia: na América Latina; nos anos 80, eu diria: na Europa Oriental. Agora, nos 90, o mundo inteiro parece estar em compasso de espera. Talvez as coisas geniais estejam todas na Internet, e a gente ainda não saiba ter acesso a elas. Presidente, gostaria de propor uma moratória de indicações até que o novo milênio deixe as coisas mais definidas".

"Apoiado", disse um dos compositores na última fileira.

Houve outras manifestações de apoio.

"Moção proposta e endossada", Bech foi obrigado a dizer, embora soubesse que aquilo não era sério. "Discussão?"

Edna, a seu lado, pigarreou e disse, com seu delicioso sotaque australiano, tão nasalado: "Permitam-me dar minha opinião. Os estatutos deixam muito claro que é necessário eleger novos membros. É nossa principal obrigação, praticamente nossa *única* obrigação. Eu me pergunto se não estaremos abrindo mão do regulamento, e da dotação da instituição, se aprovarmos essa moção". Seus cabelos brancos, à Príncipe Valente, estremeceram diante de tal idéia. Discretamente, baixou a vista para o bloco, onde anotou seus próprios comentários. Bech teve de conter o impulso de acariciar-lhe a cabeça para tranqüilizá-la.

"O problema", disse Amy, com sua voz doce, "é que não conseguimos achar ninguém que seja tão maravilhoso quanto nós."

"Temos que *tentar*", disse Bech, no tom presidencial mais sério que era capaz de adotar. "Temos que lembrar como era no tempo em que nós estávamos do lado de fora, olhando para dentro. E se os membros daquela época fossem tão exigentes quanto nós somos agora?"

"Os tempos mudaram", disse Seidensticker. "O dinheiro e a mídia ainda não tinham corrompido tudo naquela época. É como o Eric disse — hoje é tudo merda."

"*Por favor*", pediu o presidente, pudico.

Disse X. I. Fong, sorrindo: "Lim, Lim, também não é assim. Como sempre — coisa boa, coisa menos boa. As coisas passam por estações. Mudam, nunca mudam".

A voz estentórea de Izzy Thornbush interrompeu essas formulações melódicas. "Presidente, há uma moção a ser votada."

"É o que estamos discutindo, não é?"

"Que seja votada."

Por essa Bech não esperava. Havia se esquecido da moção. Vendo isso, Thornbush disse:

"A questão é: vamos declarar uma moratória de indicações até a virada do milênio?"

"Muita coisa pode acontecer até a virada do milênio", observou Bech. "Faltam oito anos. Todos nós podemos morrer até lá."

"Vamos votar, vamos votar!", insistiam os ternos escuros na fileira de trás. Bech sempre tivera um pouco de medo dos compositores. Não entendia o que se passava na cabeça deles — aquelas mudanças de tom, aquelas dominantes e progressões e intervalos, o que significava tudo aquilo? Eram seres extraterrestres, e no entanto ao mesmo tempo mundanos, aliados das grandes fortunas, os advogados do mundo artístico, por assim dizer, pois afinal boa parte do que ofereciam como criação não passava de embromação, o sinal de da capo como que dizia: "Lá vem aquilo tudo de novo..".

"Segundo a nossa diretora, podemos estar abrindo mão de nosso regulamento e de nossa dotação", observou Bech para os acadêmicos.

"*Sim*", trovejou Izzy, e a fileira de trás repetiu o monossílabo em coro, e Seidensticker, aquele puritano pretensioso, também fez eco, e mais Von Klappenemner, das profundezas da senilidade, de modo que Bech foi obrigado a dizer: "Vamos à votação. Os que forem a favor da moratória levantem o braço". Três na fileira de trás, e Izzy, e Seidensticker, mas Von Klappenemner pelo visto achou que já havia votado. MacDeane, para tristeza de Bech, após um momento de hesitação levantou o braço também, talvez movido por seus instintos da época da Guerra Fria, que o levavam a encarar qualquer ganho de tempo como uma vitória, e qualquer moratória como uma vantagem. Eram, pois, seis a favor. Os escritores, felizmente, ficaram de seu lado: Jamison, Amy, Lulu e Marr — até Marr, pois Bech temia que ele talvez quisesse prejudicar uma instituição que era, afinal, um clube de brancos. Mas não, a mão escura de Marr também estava levantada, tal como a delicada mão amarela de X. I. Fong, mestre do traço de lápis sobre tinta. Eram seis contra. Confuso a respeito do que estava se passando, ou talvez cativado por algum êxtase do passado, Von Klappenemner fez um floreado de maestro, e Bech contou seu voto também. "Moção derrotada", anunciou ele. "Sete votos contra seis. Continuam abertas as propostas para novos membros da academia dos Quarenta."

O caos havia se instaurado; todos falavam ao mesmo tempo; o burburinho só amainou quando Jason Marr fez menção de pronunciar-se. "Negócio é o seguinte: o que está faltando aqui é ação afirmativa. Temos que alargar o espectro da instituição. Proponho as nomeações de Toni Morrison, Henry Louis Gates, Cornel West, Albert Murray e Lanford Wilson, assim de tascada."

"Apóio todas as nomeações", exclamou Amy.

Edna interveio: "Toni Morrison já pertence aos Quarenta".

"Então proponho Rita Dove", disse Marr, tranqüilo.

"Isso! Mulheres!", gritou Amy. "Hoje são tantas! Mulheres sábias! Elaine Pagels! Ellen Zwilich! Eudora Welty! Não precisamos mais nadar de costas, transformando em canções nossos ingênuos corações partidos, que era o que fazíamos no meu tempo. Filhos e canções — era só isso. Até Dorothy Thompson e Martha Gellhorn achavam que tinham obrigação de se apaixonar. Eu conheci as duas."

"Eudora Welty já pertence aos Quarenta", disse Edna.

"Eu adorava a Gellhorn", comentou Lulu. "Até o nome dela. *Como una matadora*."

"Essas nunca foram dos Quarenta", Edna sentiu-se obrigada a dizer. Estava ficando cansada. Seus minúsculos eletrocardiogramas estavam reduzidos a batidas fracas e irregulares, e o gravador, pelo que indicava a luzinha vermelha, estava rodando um carretel de fita vazio. Bech estava começando a sentir-se salvo, livre. Com sua voz mais tonitruante, anunciou: "Todas as indicações são excelentes. Todas serão registradas. Enviem quaisquer outras a Edna, devidamente endossadas por um segundo membro. As cédulas serão colocadas no correio antes do Natal". Uma das jovens auxiliares de Edna havia entrado, mais atraente ainda por estar ofegante; cochichou algo a Edna, que passou o segredo adiante a Bech. "Fui informado", disse ele, "de que o encarregado do bufê manda avisar que os salgadinhos estão esfriando. Alguém mais quer tomar alguma coisa? Porque eu quero. Se a resposta é sim, proponho que a sessão seja suspensa. Muito obrigado pela presença de todos. Nosso quorum foi excepcional hoje." À falta de martelo, bateu com os nós dos dedos na madeira, e a mesa oca e curvilínea ressoou, como um tambor africano.

Enquanto a pequena e velhusca multidão, resmungando e discutindo e rindo, seguia em direção à escada, Edna a seu lado largava o lápis, murmurando: "Foi por um triz".

"Mas que história é essa? O que é que deu no Izzy? Ele forçou a barra pra que eu aceitasse este cargo, e agora fica passando toda essa energia negativa."

"É, Henry, a coisa não está fácil", disse ela. Bech olhou para Edna; nunca a ouvira adotar um tom tão íntimo. Sua eminência parda. Sua primeira-dama. Era decorosa e eficiente, mas havia nela um toque de estranheza antípoda, de vez em quando uma gargalhada a emergir dos sertões australianos. Seu perfil era um camafeu inglês do século dezoito — boca precisa e apertada, nariz imponente como num retrato de Romney. As franjas brancas de seus cabelos curtos agitavam-se quando ela mexia, com seu jeito maternal, no gravador e no bloco de anotações. Enquanto todos os outros brincavam de acadêmicos, ela *trabalhava*. Era sessentona, mas ele, por outro lado, estava à beira dos setenta. As solteironas se preservam, imaginava Bech. Os botões de rosa da paixão permaneciam tensamente enrodilhados. Ele fora uma vez à Austrália e provara as belas nativas do lugar, mas nunca falara com Edna sobre essa sua viagem — a terra pálida e árida, o céu alcalino, as sacadas de ferro trabalhado de Sydney, a ópera que parecia uma caravela em alto-mar. Uma América sem calvinismo nem judaísmo, só espaços pardacentos ensolarados e o humor másculo e rústico de uma colônia penal. Após a batalha que haviam enfrentado juntos, Bech constatava que se sentia muito próximo de Edna. O que era mesmo que Izzy lhe dissera? *Ela morre de vontade de que seja você*. Morrer por ela não seria o pior dos destinos para Bech. Ela tinha a severidade necessária, uma pureza argêntea.

O relacionamento com Martina estava se deteriorando. Por trás daquela inocência comunista ocultava-se uma mulher americana dos anos 90 — uma mulher ladina, ambiciosa, saradona, uma mulher que sempre se preservava. Bech até compreendia que ela andasse com homens mais jovens que ele (certamente precisava exercitar-se, precisava dos orgasmos múltiplos que ele já não podia lhe dar); o que o incomodava, porém, era a suspeita de que houvesse algo entre ela e Izzy. Aquele polígrafo escroto, teúdo e manteúdo, aquele Dédalo pseudotalmúdico. Quando Pamela convidou, separadamente, Bech e Martina a uma festa de Natal em sua cobertura, ele teve oportunidade de investigar a situação. Da multidão de artistas que enchera o salão de fumaça e rivalidades rançosas na festa do Festschrift só havia agora um ou outro gato-pingado — um gorducho sábio de Princeton que afirmava que o livro do Gênese fora escrito por uma mulher; Vernon Klegg, comemorando seu mais recente *succès d'estime*, escrito num estilo seco porém encharcado de álcool; e um poeta magricela, de óculos, cujos poemas, que cintilavam de brasas vivas, tematizavam única e exclusivamente a depressão do parque industrial de Ohio. "Eu imaginava seu marido bem diferente", confidenciou Bech à esposa do poeta, uma mulher grisalha mas ainda ágil.

"É mesmo? Como assim?", retrucou ela, com um interesse excessivo. Havia algo de frívolo, à beira do assanhamento, naquela mulher, que Bech, com desânimo, atribuiu a sua antiga reputação de mulherengo, que chegara à festa antes mesmo dele.

"Mais proletário", explicou ele. "Vive escrevendo sextinas e pantuns que falam de vigas enferrujadas, ou que contam que ele lavava tanque de ácido com uma roupa protetora de borracha."

"Quem lavava tanque era o irmão dele. O Jim só trabalhava na fábrica no verão; ele era o sonhador da família. Todo mundo se sacrificava pra ele poder fazer faculdade."

"E ele sente gratidão?"

"Muita", respondeu a mulher. "Mas a família detesta a poesia dele. Querem que ele escreva sobre coisas elevadas, e não sobre *eles* e as fábricas."

Do outro lado da mesa redonda, Jim, aquele ser delicado e mimado de óculos sem armação, sorria e submetia-se à conversa vápida e bajuladora de sua anfitriã. Jim havia ganho prêmios, e isso a agradava. Porém Pamela percebeu que Bech estava olhando para ela, e foi ter com ele após a sobremesa. A pele luzidia, exposta pelo decote do vestido Herrera de seda molhada, brilhava como um peitoral; Pamela encurralou-o para uma conversa. Estimulado pelos vinhos de três cores servidos durante a refeição, Bech tinha vontade de enfiar a mão naquele decote e trazer à tona um dos peitos, para ver se as sardas chegavam até o mamilo. Ou seja: será que ela ficava de topless quando, acompanhada de Izzy, usava a piscina da casa de East Hampton? Quando menina, ela certamente tomara banhos de sol com um mínimo de roupa, numa nuvem de água salgada irisada, na coberta da proa do iate de seu pai, singrando o estreito de Long Island e o mar turquesa do Caribe. Pamela leu esses pensamentos, ou sentiu-lhes o calor, e aproximou o peito sardento, chegando a cinco centímetros da camisa de Bech, já amarrotada. "Henry, o que está acontecendo com você e a Martina? Ela está tão distante, tão azeda."

"É mesmo?", Bech correu a vista pela pequena multidão reunida na cobertura, à procura do vestido carvão-fosco de Martina. Lá estava ela, seu jardim secreto de perfumes e frutas caindo de maduras entre folhas, numa conversa animada com o poeta proletário; Jim, sem dúvida, era o herói da noite. "Quem sabe ela não está chateada com a maneira como os países comunistas adotaram o capitalismo", opinou Bech. "Os gângsteres e a exploração das massas ficaram, o resto foi embora."

"Henry querido" — aquele "querido" indicava que ela sabia que Bech estava interessado em seus peitos; também ela havia ingerido uma mistura tricolor de vinhos —, "é só você que cisma que a Martina é comunista. Ela emigrou da Tchecoslováquia quando ainda era um bebê."

"É em pequenino que se torce o pepino", disse ele.

"Eu e o Isaiah achávamos que vocês fossem perfeitos um para o outro. Pois ultimamente a Martina tem dado a entender a ele que nós nos enganamos."

"Ser perfeito um para outro é uma imperfeição no misterioso campo da sexualidade, você não acha? Quer dizer, tem que haver um espaço para o sadomasoquismo. Como é que você e o Izzy resolvem o problema da perfeição, se me permite a pergunta?"

Pamela deu-lhe um tapinha no esterno, concretizando a imagem especular da vontade que tinha Bech de tocá-la no lugar correspondente, que, no caso dela, estava nu. Eram peitos faceiros de moça gói, sem aquele peso mórbido judaico, aquela lembrança incômoda da mãe. As bochechas redondas de Pam brilhavam; com uma risada coquete ela expôs todos os dentes, pequenos, arredondados e inclinados para dentro, como dentes de bebê, até os molares; não se via uma única obturação escura. Seriam coroas artificiais? O que é natural e o que não é? Com mulher rica, nunca se sabe. Os olhos de Pamela eram arregalados daquele jeito por ser ela uma mulher extraordinariamente provocante ou por efeito de uma plástica nas pálpebras? Bech examinou a pele delicada junto às sobrancelhas arqueadas, tentando encontrar cicatrizes minúsculas. "Temos interesses em comum", disse ela. "E adoramos os filhos que tivemos de casamentos anteriores."

"Ah, os filhos", disse Bech, entorpecido pela lembrança dos três filhos de Bea Latchett com quem dividira por algum tempo uma residência no condado de Westchester — três pequenas pontadas, seguidas por um baque de perda. Ann e Judy, as gêmeas, tinham se casado e ido morar em outra parte do país, mas Donald, o caçula, morava em Nova York e trabalhava como assistente de fotógrafo de moda. Uma vez por ano, ele e seu ex-padrasto almoçavam juntos. Donald — a julgar pelos cabelos, curtos porém pintados, pelo brinco na orelha direita, pelo fato de jamais mencionar namoradas — era gay, mas Bech nunca fazia perguntas. Se fosse por efeito do trauma, Bech assumia a culpa; quando ele e Bea se separaram, Donald, aos dez anos de idade, estava desesperadamente determinado a amar os dois.

"E nas raras ocasiões em que discordamos", Pamela explicava, "nós sabemos brigar de modo saudável."

"É, saúde certamente não falta a você. Mas ao Izzy, aquele velho sedentário? Pamela, me diga uma coisa" — e tocou-lhe o braço nu, logo abaixo do ombro torneado e sardento, como uma espécie de compensação —, "você às vezes não acha o Izzy, assim, não sei como dizer, terrivelmente opressor?"

O rosto dela enrijeceu, acentuando as suspeitas de Bech de que ela fizera plástica. "Isaiah é o homem mais sensível e inteligente que já conheci. Não seja ciumento, Henry. Você tem o seu próprio estilo. Há lugar no mundo tanto para epopéias quanto para haicais."

"Então é isso que eu escrevo? Haicais? Até mesmo *Pense grande*?"

Pamela, como tantas outras mulheres, deu-se conta de que fora um erro puxar aquele assunto: ele levava seu trabalho literário demasiadamente a sério, mais que o sexo e que o dinheiro. Quando se trata de um escritor, não se pode flertar com seus livros. Ela mudou de assunto: sem nem sequer piscar os olhos arregalados, agarrou um homenzarrão de blazer azul que passava por ali. "Henry, acho que você não conheceu meu irmão da última vez que veio aqui. O Zeke adora os seus livros. Ele diz que você dá de dez no meu querido marido."

"É só pra chatear você", garantiu Bech, apertando a mão grande e inchada que lhe foi oferecida. Zeke Towers, Jr., dava aquele tipo de aperto de mão maceteado que de algum modo consegue livrar a mão em si, entregando apenas os dedos. As sardas da família cobriam-lhe o rosto largo com tamanha abundância que ele parecia doente, ou estar usando uma máscara de Tom Sawyer.

"*Bagageiro*", enunciou o jovem Zeke; seu rosto infantil traía um profundo esforço mnemônico. "Aquilo me desbundou quando eu estava na faculdade. Tive que ler pra dois cursos diferentes."

"*Sem bagagem*, deve ser o que o senhor quer dizer. Aquele da gangue de motoqueiros que vai de cidade em cidade no Meio-Oeste, estuprando e saqueando."

O rosto fascinante, o qual, como um prato de *nouvelle cuisine*, parecia maior do que o necessário para conter o que havia nele, iluminou-se de alívio. "Isso mesmo, genial — pra mim, que quase nunca tinha saído de Nova York, aquele monte de sexo e violência."

"Tudo inventado", garantiu Bech.

"E tem também aquele outro, passado em Nova York, que tem aquela cena da equipe de televisão..."

"*Pense grande*. Desse eu tenho até um pouco de vergonha — virou best-seller."

"E isso é ruim?", indagou Zeke Jr., sinceramente intrigado. Bech concluiu que o cunhado de seu interlocutor não dizia coisas tão surpreendentes. Para Izzy, o sucesso mundano era uma meta legítima.

"Péssimo. E ainda por cima estragou um casamento que ia muito bem. A irmã da minha mulher ficou tão indignada de eu ter escrito um best-seller e ter saído na *People* que me seduziu, e aí a irmã dela me expulsou de casa." Fez essa confissão em parte para interessar e ofender Pamela; porém sua anfitriã, como sempre, já havia escapulido, deixando Bech conversando com a pessoa por ela escolhida.

Era difícil calcular a idade daqueles protestantes quatrocentões; eles tinham sempre cara de garoto. Zeke Jr. já devia estar na casa dos cinqüenta, e piscava como se nunca tivesse ouvido alguém se autodepreciar como tática de jogar verde. "Puxa, que coisa", disse ele. "Olhe, eu aposto que já lhe perguntaram isso antes, mas o que sempre tenho vontade de perguntar pra um escritor é o seguinte: onde é que o senhor arranja idéias pros seus livros, hein?"

Cada vez mais, quando ia a uma festa, Bech dava por si sendo entrevistado. Era um tipo de conversa que não o agradava, mas ele acabara se tornando bom nisso. "Uma boa pergunta", disse ele, firme, repetindo-a: "Onde é que eu arranjo idéias pros meus livros?". Após pensar por um momento, respondeu: "As idéias da gente, no mais das vezes, são produtos do despeito. Tem uma pessoa com quem você quer acertar contas, ou algum rival que você quer ultrapassar. De modo que a ficção é aquilo que os psiquiatras chamam de working-out. Ou seria acting-out?".

"Só perguntando pra Pam. Antes de conhecer o Izzy, ela vivia no divã, cinco dias por semana."

"Mas agora ela é um poço de saúde." Bochechas rosadas, seios fartos e sardentos, cirurgia plástica que não deixava cicatrizes. Estaria Bech se apaixonando outra vez?

"O Izzy foi uma maravilha pra ela, sabe? Meu velho morreu satisfeito, vendo que a filha dele finalmente estava em boas mãos."

"Pelo visto, ele se satisfazia com pouco."

Mais uma vez, Zeke Jr. ficou perplexo, mas àquela altura já esperava surpreender-se com tudo que Bech dizia, e estava decidido a não perder a elegância. Por quê? Inseguro, o escritor bissexto se perguntava que fascínio ele exerceria sobre aquele capitão de indústria, aquele negociante de espaços aéreos e expansões metropolitanas. "Meu pai foi um homem de sorte", disse Zeke Jr., reverente, num tom de quem faz um juramento, "e pra família dele fazia questão do bom e do melhor. Ele teria mimado a gente demais se não tivesse também sido pra gente o maior exemplo da ética do trabalho."

Diante de tanto amor filial, Bech quase ficou sem o que dizer. "Já o meu pai", confessou, "fazia questão do ruim e do pior pra nós. Era um porra-louca. Conseguiu morrer no metrô, em plena hora do rush."

"Meu pai era do Queens", disse Zeke Jr., tomando o caminho mais fácil. "No começo ele só tinha dois terrenos baldios, e aí quando veio a Depressão ele começou a assumir as hipotecas de propriedades comerciais falidas, coisas que ninguém queria. Nunca olhava pra trás. Quando já estava na casa dos oitenta continuava trabalhando dez, doze horas por dia. 'Eu adoro essa confusão toda', dizia ele."

O que era que aquele garoto — garoto? Ele podia estar com sessenta anos, levando-se em conta os efeitos rejuvenescedores da malhação e de visitas hibernais à Fonte da Juventude — estava tentando vender a ele? Talvez aquele jeito sério e ingênuo de vendedor tivesse se tornado seu único estilo, tal como Bech só sabia compor haicais em prosa. Bech não estava acostumado a receber um tratamento tão atencioso de homens que usavam blazers caros, com um lenço de seda caindo do bolso da frente como se fosse uma orquídea artificial. "Onde é que o *senhor* arranja idéias?", perguntou-lhe.

"Idéias?"

"Pros seus negócios."

Os olhos francos de Zeke Jr. se apertaram; a pele sob eles ganhou uma palidez de crepe, uma nuança de corrupção. "Ah... elas vão surgindo. É um trabalho de equipe. Não é como no seu caso, uma coisa que surge assim do nada. Isso é que eu acho fantástico."

Felizmente, Izzy chegou-se a eles, trazendo o ar fresco de uma familiaridade grosseira. "O Henry é mesmo fantástico", disse ele. "Principalmente na cama."

"Quem disse isso?", perguntou Bech.

"Reza a lenda", disse Thornbush, condescendente. "Henry, você está falando com um dos seus maiores fãs. Ainda que doa admitir isso, pra esse rapaz a minha maior virtude é gozar da sua amizade."

"Gozar no bom sentido."

"No melhor de todos." A mão de aço de Izzy fechara-se em torno do braço de Bech, que se tornou uma espécie de cana do leme naquelas águas turbulentas. Bech deu por si sendo pilotado em direção a uma parede onde um balde de gelo e uma formação aguerrida de garrafas estavam sendo administrados por um mímico esguio com um brinco no nariz.

"Foi um privilégio e um prazer conhecê-lo, senhor Bech", despediu-se seu suposto admirador enquanto os dois se afastavam.

Izzy virou-se, majestoso e diplomático. "Zeke, só não convido você pra vir tomar conhaque e fumar charuto conosco porque sei que você nunca se deixaria contaminar. Sua cara-metade lá na sala de jantar já estava falando da longa viagem de volta a Greenwich."

"Você realmente se sente à vontade com esse tipo de gói?", Bech foi obrigado a perguntar quando se viu a sós com o outro escritor num canto — o único — que continha estantes de livros. Em vão, Bech tentou encontrar entre eles um dos seus; conhecia suas lombadas melhor do que conhecia os rostos de suas ex-amantes. Certamente Pamela os guardava em seu quarto.

"Não subestime esse rapaz", Izzy garantiu-lhe. "Pode não parecer, mas ele é um gênio na área dele. O mercado imobiliário de Nova York anda numa fase turbulenta, mas esse menino nunca morre com o mico-preto na mão. Ele é impressionante. É implacável que nem o pai, só que em versão light. Ainda bem que o velho Zeke não está mais entre nós. Um filho da puta dos quatro costados — nunca passou do primário, e tinha todos os preconceitos imagináveis. Filho das matas de Nova Jersey — lugar tão atrasado quanto os Apalaches, só que sem o ar de montanha. Só não impediu o casamento porque eu disse que ia livrar a filha dele das garras daqueles psicanalistas judeus. Eu sabia que ele ia raciocinar que, pra derrotar um judeu, só mesmo outro judeu."

Izzy havia acendido um charuto, um havana de muamba, e Bech tinha um copo de conhaque na mão. O terceiro gole de conhaque forte o pôs em contato, por meio de um salto psicológico que era o equivalente mental de uma jogada de cavalo no xadrez, com a essência volátil da verdade. "Como é que ele ia impedir?", perguntou.

"Deserdando a Pamela", foi a resposta.

"Mas você não casou com ela pelo dinheiro, não é?", protestou Bech.

"Era parte do pacote. Que nem os peitos dela. Você ia querer casar com uma mulher se cortassem fora os peitos dela? Se já estivesse casado, claro que não ia largá-la; mas casar com ela? Mas me diga, o que está acontecendo entre você e a O'Reilly?"

"Está se enchendo de mim. Ela disse alguma coisa pra você?"

Debaixo daquelas sobrancelhas prodigiosas, os olhos do velho feiticeiro toldaram-se de insinceridade. "Nós dois não conversamos sobre amor, só sobre negócios. Me espantei de você se amarrar nela desse jeito. Você não costuma gostar desse tipo intelectual e metódico; você é mais chegado às destrutivas."

"A Martina tem também um lado destrutivo muito doce", disse Bech. Jurou a si próprio que não tomaria aquele conhaque até o fim.

"Acho que ela está com ciúme da Edna", arriscou Thornbush.

"A Edna? Aquele passarinho virginal?" Mas bastou o nome dela para evocar os castos espaços da mansão dos Quarenta, e os semblantes vagos e distintos sobre os quais ele presidia de vez em quando, um congresso de espectros da dignidade, integridade e devoção sagrada outrora associadas à idéia da arte nos Estados Unidos. O perfil de Edna era tão puro quanto a efígie da Liberdade na antiga moeda de dez centavos.

"Diz que você vive falando na Edna e nos Quarenta, num tom muito amoroso. Que você está domesticado. Eu disse a ela: 'O Bech? De jeito nenhum. É o último dos rebeldes. O lema dele é *dérèglement de tous les sens*'."

"Obrigado. Se é mesmo caso de agradecer. Você e a Martina têm esse tipo de conversa íntima com freqüência?"

"Não, foi só outro dia, no almoço. Almoço de negócios. A Aesop vai editar uma coletânea de ensaios meus, atualmente esgotados, inclusive uns que eu publiquei na *Displeasure*. Lembra da *Displeasure*?"

"E como não?" Apesar de seus inúmeros defeitos gritantes, Izzy tinha algo que poucas pessoas ainda vivas tinham: lembranças da *Displeasure*. A redação num sobrado superlotado em Chelsea, as margens direitas não justificadas, os títulos em fonte grotesca, de caixa-baixa. As estagiárias morenas de Greenwich Village, namoradas dos redatores, que ajudavam na revisão de provas, franzindo as testas triangulares, fazendo multiplicar as gralhas.

"E o velho Fritzi Egle com chinelo de andar em casa", dizia Izzy, "e aquele cheiro esquisito, adocicado, o tempo todo. A gente era tão inocente que não sabia que ele fumava ópio. A gente achava que era tônico capilar."

"É grande a coletânea?" Bech estava com ciúme. A Vellum Press deixara esgotar a sua coletânea de ensaios, *Quando os santos*, e seu segundo romance, *Irmão porco*, só existia em brochura de qualidade, encontrável apenas nas livrarias universitárias, e olhe lá. Antes ele via seus livros à venda em drugstores e aeroportos, mas, agora, não. Quando sua obra não era incluída em nenhum curso universitário sobre o anti-realismo do pós-guerra, ninguém a lia.

"Grande demais", disse Thornbush, com falsa modéstia. "Mais de mil páginas, a menos que apertem o espaçamento de linhas. Os editores mais jovens ficam pedindo este ou aquele artigo de que eles gostam, e a Aesop não quer deixar nenhuma obra-prima de fora."

"Deus nos livre", disse Bech, e resolveu que, pensando bem, ia matar o conhaque, mesmo. Fez o resíduo escuro rodopiar no fundo do copo e refletiu, um pouco tonto, que sem dúvida haveria leis rigorosas, conhecidas pelos matemáticos e os especialistas no estudo do caos, que determinavam com exatidão aqueles turbilhões elípticos. Então bebeu tudo de um gole só. O líquido desceu-lhe o esôfago, ardendo por onde passava. "Olhe, Izzy", foi dizendo. "Foi você que me convenceu a aceitar a presidência dos Quarenta — não era uma coisa que eu estava morrendo de vontade de fazer. E agora você age como se a academia fosse uma coisa desonesta. Na reunião de outono, quando o MacDeane começou a fazer aquela proposta de dissolução, você deu força: propôs uma moratória de indicações de novos membros que ia acabar matando a instituição. Qual de nós ainda vai estar vivo no ano 2000? A Edna ficou horrorizada. Eu também."

"Eu estava salvando a situação", disse Izzy, tranqüilo. "Aqueles músicos malucos estavam querendo ver sangue."

"É, por quê?

"Você ouviu o que eles disseram. Eles não gostam desses caras eletrônicos que podem acabar entrando. O Seidensticker não gosta do revisionismo figurativista. O MacDeane detesta os historiadores revisionistas que vêem os Estados Unidos como os vilões da última fase da Guerra Fria. Além disso, ele agora está fora dos círculos do poder de Washington, e isso dói."

"Então o jeito é acabar com tudo. Danem-se os Quarenta, toda a idéia por trás dos Quarenta. É isso que é a arte americana atual? Foi pra isso que a Lucinda Baines doou a fortuna dela? Muita gente morreu tomando os Pós de Baines para que os Quarenta pudessem existir."

Izzy, com seus chumaços laterais de cabelos brancos que lhe davam um ar de palhaço, estava tocando um violino imaginário, uma mímica tão convincente que apareceu uma multiplicidade de queixos sob sua mandíbula. Bech quase podia ver as cordas, ouvir o vibrato. "Pare com isso senão eu choro", disse Izzy. "E tem mais: foi a minha moção que salvou a situação. Ainda bem que eu ajudei. Depois você ainda vai me agradecer."

"Se é isso que é ajuda, eu prefiro oposição. Olhe", disse Bech, "tenho que ir embora. A Martina já está tomando a iniciativa." Tal como mais de um ano antes, ela estava andando pela sala com seu casaco de lã, preparando-se para ir embora sem ele.

Izzy estava gostando da conversa. "É que nem esses prêmios e júris de concursos literários", disse ele. "*Você* gosta de ser jurado? De ler aquele monte de merda e depois não ganhar nem muito obrigado?"

"Não", admitiu Bech. "Sempre tiro o corpo fora."

"Eu também. Então quem é que topa? Os medíocres. E quem é que eles escolhem pra premiar? Mediocridades iguais a eles."

Havia ali uma analogia, mas Bech tinha a impressão de que não a tinha captado direito. Sabia que Thornbush não ganhava um prêmio desde *LBJenocídio*, em 1971. Ressentimento, o champanhe dos intelectuais. Martina tinha jogado seu casaco verde informe por cima do vestido de lã cinza e, ao inclinar-se para depositar nas faces de Pamela um beijo sério, um em cada lado, à moda européia, Bech, das profundezas do conhaque, lembrou-se das alunas refugiadas que conhecera nas escolas públicas de antes da guerra, onde ele aprendera os rudimentos de história, biologia e matemática. Naqueles tempos vagarosos, na escola pública 87, um austero prédio de tijolo na esquina da 77th Street com Amsterdam Avenue, o corpo docente compunha-se basicamente de moças solteiras, cristãs, que — agora ele percebia — eram muito jovens. Meninas, na verdade. Bech, criança, julgava-as altíssimas, cheias de maturidade e sapiência. Elas o ensinaram a ler, o que fora sua salvação e sua desgraça. "Estou com uma sensação de que meus pés estão presos em baldes de conhaque", disse ele a Izzy, tentando livrar-se do poderoso campo gravitacional de seu colega.

Porém Martina cruzou seu campo de visão, verde, um pouco do bosque de Birnam vindo em direção a Dunsinane. *Um bosque em marcha*, dissera o mensageiro a Macbeth. O poder da atração sexual libertou Bech do poder encantatório de Izzy; ele cruzou a sala e esbarrou em Martina. "Aonde você vai?", perguntou-lhe.

"Embora."

"Sem mim?"

"Por que não? Você me ignorou a noite toda."

"Eu não queria atrapalhar o seu estilo."

"Eu não tenho estilo, Henry. Sou apenas uma humilde revisora, que corrige o estilo dos outros e quase ninguém agradece."

A ingratidão, pelo visto, era um dos temas da noite. "Não é verdade. Estilo você tem pra dar e vender. Você é uma verdadeira Colette de casaco de lã. Olhe, nós não viemos pra cá juntos, mas vamos embora juntos. É assim que a gente faz." Seu estômago pesava e ardia com o conhaque e a possibilidade de perder aquela mulher olorosa, sólida, ligeiramente alienígena. Bech não sabia desprender-se das coisas e pessoas, o que é a essência da vida. No elevador, implorou: "Vamos lá pro meu estúdio. Vamos discutir a nossa relação".

"Ha", disse Martina. "Manter uma relação com você é como colar papel de parede num iglu."

"É tão ruim assim?" Aquela expressão não parecia coisa dela; era boa demais, complexa demais, thornbushiana demais.

Martina prosseguiu: "Vi você com a nossa anfitriã, tentando mergulhar no decote dela. Ela só tem estampa, Henry, eu lhe digo isso como amiga. Muita estampa, pouca performance. Como toda grã-fina. Trepa mal demais".

"Como é que você sabe disso? Deixe eu ver se adivinho. O marido. O grande Isaiah, com aquela boca de ventosa. Com setenta e um anos de idade, ele ainda cobra performance?"

O elevador parou de repente, com um soluço, e os dois fizeram caras sérias para o porteiro, o qual os avisou, com seu sotaque gozado de refugiado russo, que estava frio lá fora — frio como bunda de pingüim.

No tempo em que morava na West 99th Street, Bech tinha, quando seguia pela West End Avenue rumo à Riverside Drive, uma sensação de lar-doce-lar; agora ele sentia isso quando o táxi atravessava a torrente de automóveis da Houston Street. As ruas industriais refletiam luzes esparsas e pálidas nas velhas pedras da pavimentação; aqui a incidência de habitações era tal como nos tempos pré-históricos, em que havia menos seres humanos que leões e lobos, e as fogueiras solitárias dos homens bruxuleavam nos fundos das cavernas em encostas rochosas manchadas de ferro. O estúdio de Bech, no terceiro andar (contando o térreo), ficava no quarteirão incerto entre Prince e Spring. Seus vizinhos eram, embaixo, uma galeria de artesanato africano não muito freqüentada e, em cima, uma oficina enfezada e melancólica onde um bando de filipinos tecia e trançava cestas, sandálias de corda, capachos e bichos de rotim. À noite, o vizinho ativo de Bech mais próximo era uma boate de jazz nos fundos de um prédio no mesmo quarteirão; os solos, seguidos de aplausos fracos, e as viradas de bateria, pontuadas por pratos, eram filtrados pelas paredes de seu estúdio. Bech, que sentia um pouco de náusea por causa do conhaque e do cheiro adocicado que se desprendia de Izzy Thornbush desde que ele se vendera aos ricos, foi tomar um copo de água San Pellegrino para limpar o organismo, mas Martina resolveu continuar no vinho branco. Ela achou uma garrafa aberta de Chardonnay no fundo da geladeira. "Henry", disse ela, instalando-se exatamente no centro do sofazinho em frente ao pufe dele, para que não coubesse um bêbado amoroso nem à sua esquerda, nem à sua direita, "não quero brigar nem fazer amor. Duas coisas que a gente já esgotou."

"De uma vez por todas? Não há uma necessidade recorrente? Pamela disse que acha que você anda aborrecida e mal-humorada."

"Ah, a Pamela. Aqueles olhinhos arregalados de menina. É que eu, ao contrário dela, trabalho. Todos os livros que estou pegando no momento são problemáticos. Exigem muita revisão, muita discussão com escritores que são todos umas prima-donas, e tudo isso para ganhar uns caraminguás no final do mês."

Bech pensou em tocar um violino imaginário, mas em vez disso perguntou: "Sobre o que é que você e o Izzy conversam o tempo todo? Ele diz que você está preparando uma coletânea com todos os ensaios que ele já escreveu. É muita coisa".

"Alguns deles são extraordinários", disse ela, enfiando os pés calçados em meias sob as coxas sólidas, no velho sofá de couro que Bea, em Ossining, mandou revestir com uma lã calombenta bege, pouco antes de exilar Bech e seu sofá para a desolação de Manhattan. Estranho — por falar em tecidos, Bech deu-se conta de que Martina havia conseguido encontrar nos Estados Unidos aquele tipo de meia-calça de malha grosseira, pardacenta, que as mulheres comunistas usavam antigamente. "Que curiosidade intelectual!", prosseguia ela, a respeito das efusões escritas do execrável Thornbush. "Ele enfrentava qualquer assunto — xadrez, o significado internacional do pingue-pongue, Adlai Stevenson e Eisenhower nos papéis de Hamlet e Fortinbrás, uns romancistas persas e chineses e etíopes de que ninguém nunca ouviu falar nem leu..."

"Maravilhoso, maravilhoso. É um cérebro ambulante, que a posteridade vai conhecer como o Cabeça-de-Camarão. Que é que você quis dizer quando falou com ele hoje no almoço que eu estou domesticado?"

O rosto dela — os olhos fundos, as sobrancelhas espessas, os lábios sem batom — manifestou surpresa com aquela traição. Na boate de jazz a muitas paredes dali, um clarinete subiu uma oitava e depois foi descendo a escala aos poucos, via bemóis e sustenidos. "Não foi bem isso que eu disse. Não imaginava que ele fosse comentar isso com você."

"O Izzy é assim. É um comunicador. Se você pensa que tem algum segredo com ele, está redondamente enganada."

O modo inquieto, ligeiramente culpado como ela ajeitava os pés sob o peso morno das coxas estava enlouquecendo Bech de ternura. "O que eu posso ter dito é que desde que você virou presidente dos Quarenta você está meio diferente. Não exatamente arrogante, sabe... mais autoritário. Até ditatorial. Quando você volta de lá depois de uma tarde inteira em reunião a portas fechadas com a Edna, você fica impossível — acho que você não se dá conta."

"É, realmente, ditar eu dito, sim. Nunca tive uma secretária antes, uma pessoa que escreve o que eu digo e depois bate tudo à máquina em papel creme. Pela primeira vez na vida eu entendo qual é o barato desses homens todos que se apegam ao poder."

"E imagino que você também nunca teve antes um harém profissional", disse Martina, incitando-o como uma terapeuta. "Todas elas puxando o seu saco, Edna e as ajudantes. Você é o partidão, o imortal vivo."

"O autor de haicais em prosa", disse ele. Aquilo ainda o incomodava.

"Como é que você pode se preocupar com um comentário

feito por uma lambisgüela como a Pamela? É incrível como você é insaciável, Henry. Quer ver todas as mulheres do mundo ajoelhadas à sua frente."

Era uma imagem saída de um filme pornográfico. Agora o baterista, brandindo as escovas e chacoalhando os pratos, havia deslanchado um solo, arrancando uns aplausos esparsos da parca platéia. "Lambisgüela", repetiu ele. "Foi você que inventou a palavra, ou é o que a juventude mais por dentro das coisas está dizendo agora?"

"Você me entendeu. Lambisgóia. Não tente sair pela tangente. Eu acho isso triste, uma instituição completamente inexpressiva como os Quarenta, só porque ela tem uma verba e uma equipe de mulheres que vivem bajulando você, tomar o seu tempo dessa maneira. Na época em que você tinha integridade, você não seria capaz de levar uma coisa dessas a sério. Isso é o capitalismo decadente no que ele tem de mais insidioso."

"Decadente ou triunfante? Leia os jornais."

"É uma coisa *irreal*", disse Martina. "Um bando de gente que já era, quase todos de Nova York, um elegendo o outro. É pior que os sindicatos de escritores — esses pelo menos tinham uma espécie de função policial. Podiam recompensar e punir."

"O que é que você quer que eu faça? Que consiga a dissolução dos Quarenta?"

"É." O monossílabo veio acompanhado de uma explosão longínqua de múltiplos instrumentos, formando os apoteóticos acordes finais. "É uma coisa sem sentido", insistiu ela, "e é um desrespeito para os artistas jovens. Só serve pra arranjar serviço pra Edna e aquelas lacaias dela, tão bem vestidinhas."

Como é que Martina sabia que elas se vestiam bem? Aqueles cabelos escovados, aqueles sorrisos respeitosos, aqueles óculos de vovó com armações de ouro. Como num teto pintado por Tiepolo, elas cuidavam, com suas pernas nuas, de um semicírculo de rostos velhos e confusos, reluzentes de toda uma existência a banhar-se nas essências mais elevadas. "Encare os Quarenta", disse ele a Martina, "como uma espécie de Festschrift constante."

"Aquilo pra mim foi trabalho. Aliás, eu achei burrice sua você colaborar. Eu pensava que você estivesse acima desse tipo de coisa. E não adiantou nada aquela sua carta irônica."

"Então por que você me mandou uma carta tão sedutora?"

Martina tirou os pés de debaixo das coxas e fez menção de levantar-se, como se pretendesse ir a algum lugar. "Sedutora?"

"Eu achei."

"Essa meia-calça está muito quente."

"Ela é muito grossa. Você devia deixar de bobagem e comprar uma mais fina."

"A fina desfia", disse ela, virando a pélvis em direção ao teto para enfiar os polegares sob o elástico da meia-calça.

"Você me disse coisas imperdoáveis", reclamou Bech.

A voz dela agora estava mais suave, embora seus lábios continuassem sem sorrir. "Só disse que é uma bobagem você se deixar seduzir por uma coisa como os Quarenta. Você faz pouco do Izzy e da mulher rica dele, mas fica todo bobo com o dinheiro da falecida, como é mesmo o nome dela, Lucinda Baines?" Ao tirar a meia-calça, Martina exibira por um instante a calcinha tradicional, não cavada como se fosse um biquíni, branca e lisa; aquele tradicionalismo foi um golpe e tanto para Bech, fazendo-o voltar à infância, às calcinhas vistas de relance nos tempos da escola primária. Estaria sua memória pregando-lhe peças ou ele tinha mesmo entrevisto pêlos púbicos aparecendo por trás do tecido caído, por conta dos elásticos frouxos dos tempos da Depressão?

"Só você vendo a casa que a Lucinda deixou pra nós", disse Bech, empolgado. "Uma beleza — cada lareira tem um console diferente, e tem um solário que parece uma gaiola oval, com pé-direito alto. É lá que a gente se reúne. A mesa de presidente é abaulada dos lados, que nem um galeão espanhol, e no andar de cima tem uma biblioteca fantástica, com cabeças de bichos esculpidas, leões e cordeiros intercalados, cheia de livros de tudo quanto é autor, livros que ninguém nunca lê."

Martina estava enfiando a meia-calça dentro da bolsa e levantando-se do sofá para ir embora. "Me desculpe", disse, "mas não consigo dormir com um homem que leva tão a sério uma gaiola, ou uma casa de boneca, ou lá o que seja. Quem é que pode se interessar em fazer parte de um negócio desses? Só as mediocridades."

"Mediocridades", disse Bech. "Já ouvi essa palavra hoje. Segundo ele, nós todos somos mediocridades, menos ele."

"Você, não, Henry." Ela parecia sincera; seus olhos sérios, escurecidos pelo avançado da hora, penetravam os dele. "Você sabe fazer coisas mágicas que o Izzy não sabe. Você sabe criar personagens que respiram e andam com suas próprias pernas. Os dele, é o próprio autor que faz andar; a energia é toda dele."

"É mesmo?", exclamou Bech. Estaria ele corando ou seria efeito do conhaque? Sentia-se profundamente gratificado. Nas profundezas da Crosby Street, a alguns quarteirões dali, o grupo de jazz recomeçou a tocar; o sax-tenor enunciava o tema — "April in Paris" — em frases apocopadas, introspectivas. "Você realmente acha isso?"

Martina estava parada à sua frente, e os chumaços esgarçados de sua saia cinza surrada representavam para ele uma textura mais fascinante do que a mais reluzente seda molhada: a textura sóbria da virtude. "Todo mundo sabe disso", respondeu ela, e Bech ouvia-lhe a voz ressoar no ventre. Encostou o ouvido naquele ventre plano. Era quente, através da lã gasta. Pele e pêlos estavam ao alcance de seus lábios.

"Você tem razão", disse ele. "A academia dos Quarenta é uma farsa. Só que eu acho que é uma farsa inofensiva."

"Nada é inofensivo", disse Martina, severa, "se ocupa espaço. Espaço mental e espiritual. Você precisa se livrar dessa história."

"Eu vou. Já. Já me livrei." Desprendeu-se do abraço pegajoso do pufe para abraçar a parte mais larga do corpo de Martina, a coxa e as nádegas, onde músculos e gordura dispunham-se em torno de uma pélvis generosa. Pensou em todas as camadas que havia nela, desde os ossos até as roupas, e anteviu o prazer profundo de remover só as mais superficiais. Havia semanas que não faziam amor, por causa daquela tensão política constante entre eles. "Fique comigo esta noite", implorou Bech, rouco. "Juro que nunca mais vou presidir nada." Estaria ele imaginando ou o odor de almíscar estava mesmo atravessando a lã do vestido, bem na linha horizontal em que, se Martina fosse uma sereia, começaria sua metade peixe?

"Você pode presidir", disse ela, com um gesto impaciente de braços, de quem quer se livrar. "Só não pode é ficar tão orgulhoso disso. Você fica ridículo, fica parecendo um poltrão."

"Está aí uma palavra que você deve ter aprendido com um desses escritores prima-donas", disse Bech, deixando-se cair de novo no pufe. Estava cansado, mas era só relaxar que tudo aconteceria, tal como água escorre ladeira abaixo; Martina já estava tirando o casaco e desabotoando a blusa, a blusa com botõezinhos que pareciam pérolas. *Chestnuts in blossom*, repetia o saxofone. "Você realmente acha que eu sou melhor que o Izzy como escritor?"

"Como *escritor*", disse Martina, tirando as roupas e lentamente enchendo o estúdio com seus odores, tal como maçãs apodrecendo no capim úmido perfumam todo um pomar. "Ele é melhor como *pensador*. Porque você, Henry, meu querido" — ela estava cada vez mais próxima —, "dá a impressão de que quase nunca está pensando nada."

* * *

A reunião de primavera dos Quarenta, embora estivesse chovendo no dia, teve o maior quorum de todos os tempos: vinte e três membros estavam presentes. O zunzum era intenso; as cabeças brancas inclinavam-se uma para a outra enquanto a chuva tamborilava nas vidraças do solário, que se arqueava sobre suas cabeças como uma cúpula. Durante o inverno, haviam falecido o venerando MacDeane e também Amy Speer deLessups, cujo coração ávido e inconstante parara de bater sem mais nem menos após uma última leitura de poesia na ACM da 92nd Street. Bech sentiria a falta daqueles dois. Ele os lera quando jovem; junto com eles havia morrido o glamour do pós-guerra, dos tempos em que a Escola de Nova York estava eclipsando Paris, em que se tinha a impressão de que a qualquer momento surgiria um segundo *Adeus às armas* e que logo tudo ia voltar a ser como era antes da guerra, só que melhor, sem a pobreza e as crueldades do racismo. Almoçava-se nas drugstores, um livro custava dois dólares, os estudantes universitários usavam gravata, e as máquinas de escrever eram os processadores de texto mais avançados que existiam. Naquele tempo, Amy era uma mulher elegante e esguia, que usava chapelões de palha e dormia com Delmore Schwartz e Philip Rahv, segundo boatos que tornavam aquelas uniões tão excelsas e nebulosamente castas quanto as cópulas dos deuses. Agora ela também estava morta, tal como Schwartz e Rahv e Wilson e Trilling e todos os outros guardiães das aspirações juvenis de Bech.

Findos os trâmites triviais de informes e leitura de atas, a mão parda e graciosa de Jason Marr ergueu-se. Bech julgou que ele iria fazer algum comentário sobre o número inédito de indicações de candidatos afro-americanos. Mas não; Marr queria pronunciar-se a respeito de um assunto mais sério e mais geral.

"Presidente", disse ele, com sua voz bela e lenta, que guardava resquícios do púlpito, "como ficamos sabendo na última reunião, há elementos no seio desta instituição que, por motivos inimagináveis, pretendem dissolvê-la. Gostaria de manifestar meu repúdio indignado por tais sentimentos. Desde o tempo em que eu era menino, nas ruas inóspitas do extremo norte desta ilha, eu já ouvia falar nos Quarenta; as ruas não eram tão inóspitas, nem nossa ignorância tão completa, que nos fosse negado conhecimento do fato de que, em algum lugar desta ilha tão dura, se encontrava o pináculo da realização artística — a saber, no exato prédio onde ora, para meu eterno maravilhamento e minha eterna gratidão, tenho o privilégio de estar. Muitas vezes tenho ouvido colegas queixando-se de que esta instituição não tem outro propósito definido que não a autoglorificação. Porém quantas instituições haverá que, muito embora suas realizações louváveis não apareçam estampadas em manchetes, simbolizam, em sua própria existência, a permanência de algo de eterno e de valor inquestionável? Estará o amor à arte tão extinto — terão ido tão longe nossa degradação eletrônica e nossa volúpia de lucro material — que chegamos ao ponto de pensar a sério na possibilidade de extinguir um sonho nascido ao alvorecer deste nosso século, o mais cruel de quantos já houve, no coração de uma refinada herdeira, Lucinda Baines, que ousou nutrir a esperança de redimir as origens malsãs da fortuna de sua família dedicando uma fração desta à criação de um modelo, um modelo para a mocidade desta nação, um monte Sinai, um monte Olimpo, um monte Everest do espírito, a desafiá-los a tentar chegar ao alto? Eu gostaria de ouvir um comentário da presidência, um endosso ou uma refutação dos sentimentos que acabo de manifestar." E sentou-se.

A cabeça de Bech rodava um pouco; havia mais coisas em jogo ali do que ele supunha. O que a "volúpia de lucro material" tinha a ver com a história? Respondeu, cauteloso: "Senhor Marr, seus sentimentos nem precisam de endosso, tal a eloqüência com que foram manifestados. Mas uma pessoa que se colocasse na posição de advogado do diabo poderia muito bem perguntar: não estaremos nós representando uma idéia que pertence a um mundo já morto, um mundo marcado pelo elitismo e por valores convencionais que saíram de moda? Valores esses — e nem preciso lhe dizer tal coisa — que foram estabelecidos por uma hierarquia de pessoas do sexo masculino e de etnia branca, cujo idealismo confortável fundava-se na exploração inconfessa de mulheres, operários e pessoas de cor." Martina, pensou ele, teria gostado particularmente da inclusão dos "operários" entre as minorias espoliadas.

Indignado, Marr pôs-se de pé. "Presidente, não falei como pessoa de cor. Falei como pessoa de sensibilidade, eleita para esta academia em reconhecimento a meu trabalho. Se o conteúdo de minha obra é a raiva, a raiva dos negros, sua forma é atemporal, é eterna. Como poeta, considero como meus irmãos Safo, Whitman, Shakespeare — até mesmo Kipling e Tennyson e todos os outros que cantaram as glórias do império branco de seu tempo. Se for extinta a academia dos Quarenta, ser-me-á negado um dos raros espaços em que posso exprimir essa irmandade imorredoura — eu, e todos os meus irmãos e irmãs de cor. Nós nos esforçamos para galgar o monte imortal; e agora alguns querem extirpar esse monte!"

"Mas", observou Bech, "não há nenhuma moção de extinguir os Quarenta."

"Proponho essa moção, presidente", uma voz ribombou em meio à multidão de cabeças, na penumbra do dia chuvoso. Bech reconheceu a voz de Isaiah Thornbush, com aquele glacê de sotaque britânico cobrindo um sólido bolo de áspera farinha indígena. Várias outras vozes imediatamente apressaram-se em endossar a moção.

"O senhor Thornbush", disse Bech, tentando manter a circunspecção, "gostaria de formular a moção?"

"Você já disse tudo, Henry", retrucou Izzy, com uma intimidade impertinente. "Elitista. Antiquada. Convencional. Morta. Quem não faz parte do progresso faz parte do obstáculo que o entrava. Esta organização luxuosa, ociosa, *honorária*" — enfatizando e prolongando o termo com escárnio — "é um empecilho. É um entulho cultural, se me perdoam o quase oxímoro."

Ao lado de Bech, o lápis de Edna rabiscava freneticamente no bloco. *Os estatutos não prevêem a dissolução*, ele leu com dificuldade. Sua cabeça rodava mais e mais; tinha a sensação de que estava sendo içado por um helicóptero, para longe daquela disputa. As cabeças dos acadêmicos pareciam ovos embalados numa caixa. A mesa da presidência estava do tamanho de uma caixa de sapatos. "A diretora", disse Bech à assembléia, de sua tribuna elevada, "acaba de me informar que os estatutos da instituição não prevêem sua dissolução."

"As leis foram feitas para os homens, não os homens para as leis", gritou um dos compositores das últimas fileiras.

Seidensticker, do alto de sua imensa e abstrata irritabilidade, proclamou: "Não eleger ninguém, não eleger esses artistas de araque — é assim que a gente acaba com essa besteirada toda. É que nem o Fundo Nacional de Apoio às Artes, dando dinheiro pra esses performáticos, uma mulher que raspa a boceta em público, se lambuzando toda de pudim de chocolate, ou a tal de arte ambiental, um buraco enorme cavado no meio do deserto — pra que isso? Fotorrealismo — empulhação. Qualquer babaca com uma Polaroid e um ampliador pode fazer isso! Não é desenho, é *embromação*!".

Também outros queixaram-se das injustiças e humilhações sofridas em toda uma existência dedicada à arte. Embusteiros, impostores, pedantes, narcisistas — eram esses os concorrentes, que ganhavam todos os prêmios e elogios. A voz bombástica de Izzy irrompeu em meio à confusão: "Uma pergunta simples dirigida à diretora: Quem é o dono deste prédio?".

Bech olhou de relance para Edna; seu perfil de camafeu estava rosado. Um tom de framboesa, como uma mancha em papel de tornassol, subira até colorir-lhe a garganta. A assembléia silenciou-se. Disse ela, com um esgar de desdém por aquela violação da privacidade da instituição: "O testamento não deixa isso muito claro. O advogado que o redigiu era amigo íntimo da senhorita Baines, e ele próprio administrou a propriedade em fideicomisso por muitos anos, até morrer; desde então é a firma dele de Wall Street, a Briggs, Parsons, and Traphagen, que tem atuado como fideicomissária e cuidado dos detalhes financeiros".

"Mas se a firma é fideicomissária", insistiu Izzy, "quem é o herdeiro?"

"Bem", reconheceu Edna, sua garganta lentamente reassumindo a alvura habitual, o lábio superior tenso como se congelado, "a redação do documento dá a entender que a senhorita Baines deixou a propriedade diretamente para os Quarenta, tal como o grupo seria constituído após sua morte. Mas isso é legalmente impossível."

"Não vejo por quê", disse Izzy. Ele não precisava mais levantar a voz para se fazer ouvir; um silêncio alerta havia se instalado no solário, tão intenso que dava para ouvir o pessoal do serviço de bufê no andar de baixo colocando as garrafas na mesa e fechando as portas de aço inoxidável da estufa. "O prédio pertence aos Quarenta, e a verba é para a manutenção dele, e se a academia fosse dissolvida a propriedade seria repartida entre os quarenta membros. E como... quantas vagas estão abertas no momento, Edna?"

"Nove."

"Como há nove vagas abertas, entre apenas trinta e um. Uma quantia razoável, imagino eu — no tempo de Lucinda isto aqui era um caixa-pregos, mas agora o bairro está muito valorizado. E não devemos esquecer os quadros pendurados nas paredes. Chase e Sloan não são de se jogar fora."

Seguiu-se um furor animado; Bech encarou o tumulto, mas com uma sensação inelutável de afastamento, de desligamento. Metade de seu mandato de três anos já havia transcorrido, e ele estava cansado de presidir. J. Edward Jamison, trêmulo de indignação, disse que aquilo seria um rompimento inominável com a tradição; seu minúsculo bigode grisalho à Brian Aherne saltitava enquanto ele afirmava, zombeteiro, o que pensava dos que eram capazes de vender a mansão de seus pais por um prato de lentilhas; Jason Marr já havia determinado o tom bíblico da discussão. Von Klappenemner, com sua cabeça calva em forma de cunha de machado, levantou-se e teceu considerações a respeito da eutanásia grupal que sua senilidade avançada tornava totalmente ininteligíveis, embora os gestos de maestro continuassem graciosos como sempre. Lulu Fleming disse que, na sua opinião, o pouco de nobreza que restava nos Estados Unidos estava ali mesmo naquele recinto; dissolver os Quarenta seria uma atrocidade, se bem que para ela, também membro honorário da Academia Brasileira de Letras e da Academia Venezuelana, não seria o fim do mundo.

Os contras, os prós, eram todos muito parecidos — a mesma gritaria, o mesmo recurso à primeira pessoa do singular, a mesma defesa de prerrogativas imaginárias. Bech pensou em Martina, abrindo o roupão de banho para deixar escapar zéfiros de odores carnais, o rosto sério e severo encimando aquela nudez sólida, e tudo o mais lhe pareceu vaidade e maya. Seu quietismo, sua ausência psicológica durante toda aquela tempestade de retórica, foi pouco a pouco percebida como um insulto pelos acadêmicos exaltados. Disse Izzy: "Presidente, eu gostaria de formular a moção".

"Qual é a questão?"

"Ser ou não ser, eis a questão. Se os Quarenta devem ou não deixar de existir, vender a mansão e dividir a quantia arrecadada entre os membros como estímulo ao que há de melhor na arte americana contemporânea."

"Moção endossada!", rosnou Seidensticker.

Na apuração, foram onze a favor da dissolução e onze contra. Bech não tinha votado. Todos os olhos voltaram-se para ele. Os de Edna estavam em pânico, e suas faces de súbito haviam se tornado febris. Ela estava uma pilha de nervos, e Bech sempre vibrava em sintonia com o nervosismo das mulheres, sua aura iridescente de histeria potencial. À deriva, tentou encontrar um porto seguro de onde pudesse encarar a questão difícil e desagradável que era preciso resolver. "Bem", começou ele, "quando metade de uma organização está disposta a se vender, não faz muito sentido a outra metade negar a ela esse prazer. Eu gostaria de renunciar e pedir a meu velho amigo e colega Isaiah Thornbush que venha presidir em meu lugar. Afinal, é ele que já está dando as cartas mesmo, lá da fileira de trás."

Edna escreveu em seu bloco, com uma letra que parecia um risco de eletrocardiograma: "Impossível. Só convocando eleições".

Bech reassumiu um timbre presidencial: "Mas como tal coisa é impossível, evidentemente, permaneço na minha cadeira, voto contra a moção e proponho que nossa competente diretora consulte a Briggs, Parsons, and Traphagen a respeito dos parâmetros financeiros e legais do caso e nos entregue um relatório completo na reunião do outono".

Não havia como ignorar os longos braços de Von Klappenemner a se agitar, e ele já estava mesmo se levantando, com ou sem a permissão de Bech. "Ah, *essa* não, seu presidente sapeca", trauteou ele, com sua voz amalucada mas ainda musical. "*Essa* não, seu escritor espertinho. O senhor não vai me fazer perder a minha parte desta mansão — é coisa de milhões de dólares, pelo que meus colegas compositores acabam de me dizer. Milhões pra todo mundo! Eu mudo meu voto. Eu voto sim, sim, é uma questão de bom senso, um golpe de misericórdia nesta academia. Vamos morrer, todo mundo! Isto aqui está há anos vivendo como um paciente de UTI todo intubado. Chega de tubos, respiradores, corações de plástico, chega de transplantes de fígado e pulmões. Vamos todos morrer! Morrer ricos!!"

Bech perguntou a Edna em voz baixa: "Antes ele votou contra?".

"Infelizmente, Henry."

"Ah", anunciou ele, com incontido alívio. "Muito bem. Com a mudança de voto do senhor Von Klappenemner, a contagem de votos fica em doze a onze a favor da dissolução, liquidação e divisão do butim. Mas diante de uma decisão tão drástica, é necessário notificar todos os membros e pôr a questão em votação por escrito. É preciso consultar os advogados. É preciso consultar também o Congresso Federal, que nos concedeu nosso alvará em 1904. Tudo isso leva tempo. Agora é hora, senhoras e senhores, de descer para comer e beber. *Carpe diem*, que a noite é próxima." Ainda sem martelo, bateu com os nós dos dedos várias vezes na mesa ressonante.

"Muito bem dito, presidente", murmurou Edna enquanto os cacos sedentos e esfomeados da organização espatifada acotovelavam-se em direção à saída.

"Mas, Edna, isso não está cheirando bem. Quando ficarem sabendo que tem dinheiro em jogo..."

Ela bufou: uma exclamação ruidosa de indiferença desprendeu-se daquele rosto pequeno refinado, confessando que eles dois, por assim dizer, haviam dormido juntos. Havia algo de selvagem, de aborígine, naquele som. Então sua boca fechou-se, e seu rosto readquiriu a compostura de sempre. Havia um cansaço explícito nos olhos azul-giz, nos lábios cinzelados. "Ando pensando em me aposentar, Henry. É muito tempo — trinta e cinco anos com os Quarenta. Cheguei a Manhattan com vinte e dois anos — vim fazer pós-graduação em antropologia, imagine, na Columbia — sem a menor intenção de ficar. Você nasceu aqui, imagino; para você a coisa não pesa tanto. Por muitos anos, eu acordava todo dia com a sensação de estar presa numa máquina imensa que me cercava por todos os lados. Comecei a trabalhar com Grace Paul quando eu estava sem eira nem beira e ela estava ficando gagá, e acabou que nunca mais fui embora daqui. O salário era bom. Eu gostava da casa; não só admirava os membros como gostava deles; e, o mais estranho de tudo, acho que me apaixonei pela Lucinda Baines. Você já viu os retratos e fotos dela espalhados pela casa; coitadinha, ela era feia de doer. Eu tinha pena dela, não que *eu* me considerasse feia, mas, olhando para trás, vejo que era como se fosse. Minha vida foi a vida de uma mulher muito feia. Mas chega, meu amor, que já estou falando demais."

"Pode falar, esfinge."

"Você é boa pessoa. Como a maioria de vocês. São autocentrados, claro, como todo artista que cria alguma coisa de importante."

Lá de baixo vinha a zoeira dos acadêmicos em plena boca-livre, conversando e bebendo e comendo sanduíches de agrião. O solário quase deserto agregava, na sua enorme tigela emborcada, o lusco-fusco de primavera. Pólen e amentos de um verde-claro tingiam as sarjetas e os tetos dos carros, na primavera de Manhattan, e o cheiro de asfalto intensificava-se. *Pólen e amentos/ tingem de verde carros e sarjetas./ Do chão, um cheiro bom de asfalto.*

Edna pôs um dedo logo abaixo de um dos olhos, depois olhou para a ponta para ver se estava úmida. "Desculpe, Henry. Não posso deixar de me emocionar neste momento, é claro. Minha irmã viúva tem uma fazenda enorme na serra ao norte de Adelaide. Há anos que ela quer que eu fique com ela, para ajudar a administrar as vinhas. E os carneiros." Jogou para trás uma mecha de cabelos brancos e sedosos e voltou a acariciar o ponto abaixo do olho, como se estivesse redespertando para as sensações simples. "Vai ser estranho, depois de Nova York, poder voltar a ver o horizonte. Eu me lembro de que havia muito horizonte, uma barbaridade de horizonte."

Já foi dito — sem qualquer intenção pejorativa, naturalmente — que Henry Bech escreve haicais americanos. Porém, ainda que alguns de seus parágrafos preciosos, destilados molécula por molécula, como gotas de orvalho, dêem a impressão de que o autor contou-lhes as sílabas, não vejo Bech como herdeiro de Basho, Buson e Issa. *Sem bagagem*, o romance com que o autor irrompeu no cenário dos anos 50 como um motoqueiro com casaco de couro numa festa de gente engravatada, certamente tem afinidade com as narrativas do demi-monde escrachado do compassivo e desinibido Ihara Saikaku, e seu romance seguinte, *Irmão porco*, com a fantasia grotesca do esplêndido Ueda Akinari. *Os eleitos*, com sua subcorrente de moralismo não menos irresistível por ser fortemente temperada com ironia sardônica, evoca outro mestre do período dos Tokugawa, o prolífico, porém nobre, Takizawa Bakin, e *Pense grande*, ainda que não seja propriamente o *Genji monogatari* (para dar o nome exato da famosa narrativa) de Bech, sem dúvida contém cenas que, com sua estilização cálida e fluente, sua franqueza elegante, talvez não causassem constrangimento à senhora Murasaki. Mas é com um poeta lamentavelmente pouco conhecido, Tachibana Akemi, nascido no ano em que Napoleão foi derrotado e morto, no ano em que Ulysses Grant foi eleito presidente, que Bech tem afinidades mais próximas, havendo um poderoso presságio anagramático entre eles. Pois, como todos sabem, foi Tachibana que, juntamente com Okuma Kotomichi e o sacerdote budista Ryōkan, arrancou dos poetas cortesãos o tanca — uma forma com dois versos a mais que o haicai — e transformou-o num veículo capaz de descrever não apenas a lua outonal e as cerejeiras em flor como também as inelutáveis minúcias das eventualidades cotidianas, inclusive os desdobramentos políticos e outros acontecimentos da era Tokugawa que, não fora sua incorporação à poesia, não teriam chegado até nós. Este é o Bech de valor inestimável — o Bech que se aproxima de nós como um garçom trazendo não apenas a terrina de sopa feita da tartaruga sobre cujo casco, segundo reza a lenda, todo o universo se apóia, como também a carne, as batatas e as ervilhas do dia-a-dia, transformadas em ambrosia por uma culinária cuidadosíssima. Fosse Bech menos cuidadoso, a estante que contém sua obra seria três vezes mais longa do que é, porém talvez nos inspirasse apenas um terço da gratidão que sentimos por seu incomparável *yugen*, para usar um termo japonês normalmente traduzido como "mistério e profundidade". Parabéns a Henry, esse escritor indispensável — setenta anos é uma idade a ser levada a sério por aqueles que ainda possuem o espírito meninil do prestidigitador!

Essa foi a manhosa colaboração de Isaiah Thornbush para o Festschrift em homenagem a Henry Bech, que fora preparado, contra a vontade de Bech, pela assistente de seu editor de texto, Jim Flaggerty. A assistente que Bech conhecera, Arlene Schoenberg, um tipo moreno e mignon — por algum tempo

Bech se apaixonara pelas sombras de suas formosas mãos na máquina de xerocópia —, já não trabalhava com ele havia muito tempo; sua mais recente substituta, que tinha o nome bem nova-era de Crystal, até que não se saíra mal na compilação do volume; porém a qualidade da produção do livro, para não falar no fervor encomiástico dos colaboradores, parecia a Bech bem inferior à do Festschrift de Thornbush, de dois anos antes. A festa do lançamento teve lugar não numa cobertura na Park Avenue, e sim numas salas de fundos do Michael's Pub. Um pianista e um baixista tocavam discretamente, mas Woody Allen, embora convidado, não aceitara participar. Também não veio Donald Trump, embora Pamela Thornbush afirmasse que havia arrancado dele e de Marla o que lhe parecera ser uma promessa.

Thornbush até que se esforçava para que seu corpanzil passasse despercebido pela multidão de bechófilos, porém era difícil não ver sua calva reluzente, com asas que lembravam um cisne prestes a pousar numa lagoa. Bech rapidamente achegou-se a ele, furando uma barreira formada por três agentes literários com ternos Armani. "Izzy, eu não sabia que você lia japonês."

"E não leio, não. Eu consultei a *Britânica*. A edição de 1969, a última inteiriça, antes de eles inventarem aquela divisão idiota entre micro e macro. A Pam me disse que você pareceu se ofender quando ela lhe disse que você escrevia haicais."

"E desde quando eu sou tão sensível? Alguma vez me queixei daquela crítica arrasadora de *Pense grande* que você publicou na *Commentary*? Quando se chega à provecta idade de setent'anos, não se guarda esse tipo de rancor. Cadê a Pam? Vou dar-lhe um abraço que vai fazer os peitos dela guinchar."

Izzy parecia um pouco deprimido. "Não deu pra ela vir — o irmão fez ela entrar pra diretoria de uma organização de caridade cristã. A qual manda leite condensado pros etíopes que estão morrendo de fome — sei lá. O tal do Zeke Jr., quem diria, é um tremendo irmã Paula. Ela disse que ainda ia tentar dar um pulinho aqui, mas essas reuniões beneficentes não acabam nunca."

"Quer dizer que nada de Pam, não é? E a Martina?"

Thornbush parecia realmente acabado. Sob seus olhos havia pregas amarelentas, e debaixo das asas abertas de seu cabelo as orelhas estavam vermelhas como sinais de trânsito. *Olhos com pregas amarelentas./ Sob as asas abertas dos cabelos,/ orelhas vermelhas qual sinais de trânsito.*

"Você não está sabendo?", disse ele a Bech. "A Martina saiu da Aesop pra trabalhar no boletim bimestral de um centro de pesquisa conservador lá de Washington. Ofereceram a ela uma quantia que ela nem sabia que existia, mais a possibilidade de entrar pro conselho editorial dentro de dois anos, se ela aprender a rezar pela cartilha neoconservadora deles. E com a minha megacoletânea de ensaios ainda pelo meio. Mexi com ela, disse que estava virando apologista do capitalismo, mas ela ficou toda séria, sabe, aquele jeito dela, e disse: 'E tem outra coisa em que se possa acreditar hoje em dia?'. Mas ela já deve ter lhe dito isso tudo."

"Não. Como certamente ela deve ter dito a *você*, a gente terminou quando a academia dos Quarenta começou a fazer água. Eu sei que não devia achar que a culpa era dela, mas achei assim mesmo. Cismei que a Martina era uma figura tentadora. Na minha cabeça, a Edna representava tudo que havia de nobre e foi violentado. Com isso, a Martina virou uma estupradora. Ela e você, é claro."

"Eu? *Eu*? Eu não fiz quase nada. Foram os compositores e artistas plásticos, eles só gostam da merda que eles mesmos fazem. Eu tanto podia votar de um lado quanto passar pro outro. Era divertido ir de vez em quando às reuniões dos Quarenta, mas, pra falar com franqueza, sempre achei a Edna meio deslocada ali. Você tem notícia dela?"

"Me mandou um cartão-postal. Disse que depois de tantos anos conosco, acha os carneiros muito sensatos."

A eleição pelo correio, no último verão, resultara em cinco votos contra, seis abstenções e vinte a favor de dissolver a organização e dividir os bens. Os herdeiros da família Baines — um punhado de primos dispersos por Indiana e Oklahoma — entraram com ações contestando a interpretação do testamento de Lucinda, exigindo que o que restasse do espólio após os gastos com advogados fosse dividido entre os Baines vivos. A questão rolaria na justiça por muitos anos, talvez para sempre. Na reunião do outono, tudo que aconteceu foi Bech dar os informes sobre os trâmites legais e anunciar que Edna ia receber uma medalha de liga de ouro cunhada especialmente para ela, recompensando-a por tantas décadas de serviço. No jantar, houve brindes espontâneos, até mesmo um pouco de cantoria; vários membros declararam que tinha sido o melhor jantar de todos os tempos, e que aguardavam ansiosamente o do ano seguinte. Não compreendiam que não haveria ano seguinte. Bech só presidira por dois dos três anos de um mandato normal. Foi o último de uma linhagem iniciada com Clarence Edmund Stedman, escolhido a dedo por Lucinda em seu leito de morte. A mansão já encontrara um comprador, e o preço era uma cifra de oito dígitos. Os advogados de todas as partes envolvidas concordaram em deixar que a venda se realizasse, para que a manutenção do imóvel não reduzisse o montante do espólio.

Perguntou-lhe Izzy: "O que você acha de *Summa saeculorum* como título?".

"Título do quê?"

"Do meu livro, seu *basbaque*. Veja só: é a minha súmula, e *saeculum* é uma era, a nossa era, além de mundo, o mundano, você sabe, em contraposição a *theologica*."

"Você e Tomás de Aquino, juntos outra vez. Não acha meio assim, sei lá, pomposo?"

"Falou o mestre dos haicais. Mas escute, falando sério" — mais uma vez agarrou-o pela parte mais macia do braço — "você se saiu muito bem nos Quarenta. Alguns dos membros viram que era hora de acabar, e você soube fazer a coisa com dignidade. Eu sabia que você ia conseguir. A Edna concordou."

"Ela também achava que era hora?"

"Talvez não conscientemente, mas de modo intuitivo. Sabe como é que são as mulheres, não é? Epa, quem é essa coisinha fofa aí?"

Uma jovem com um vestido prateado curtíssimo, de cabelos platinados que lhe cobriam o belo crânio oval como uma fina camada de pelúcia, surgira ao lado de Bech. "Izzy", disse ele, "quero lhe apresentar Crystal Medford, a assistente do Jim Flaggerty lá na Vellum, que organizou o meu Festschrift. Foi um atentado à minha modéstia, mas não houve jeito de eu impedi-la de fazer o que afinal de contas ela é paga pra fazer."

"Crystal", repetiu Izzy. "Claro. *Adorei* a sua carta; você conseguiu que eu fizesse uma coisa que jurei nunca mais fazer — lançar mais elogios sobre esse sacana metido a besta. Quer dizer que a sua mãe lhe deu o nome de Crystal. Aposto que foi alguma visão que ela teve."

"Meus pais me contaram que a idéia foi do papai", disse a assistente, educada; sua mãozinha estava perdida, e claramente esquecida, na manzorra forte como uma tenaz do velho construtor de labirintos. "Ele é que é chegado a quartas e quintas dimensões."

"Ah, sei, sei. E ele ainda continua entre nós, o seu pai? Quer dizer, no plano terrestre?"

"Está sim, e muito bem de vida. Ele faz umas casas pra pássaros lá em Vermont, muito especiais. São iguaizinhas a edifícios de apartamentos, casa de andorinhas, pra pôr nos brejos e nos campos de golfe."

"Encantador", disse Izzy, e Bech percebeu que o mecanismo gasto de seu velho rival começou a entrar em ação — edifício de apartamentos, aves, uma cidade de gaiolas assim, uma obra herói-cômica satirizando a sociedade moderna, pena por pena. Um músculo na mandíbula de Bech começou a doer com o esforço de conter um bocejo.

"A Crystal tem os pés bem no chão", disse ele, protetor.

"Espero que não o dia inteiro, sem nenhuma interrupção", replicou Izzy, num galanteio ousado, soltando a mão que apertava entre suas tenazes como quem revela pouco a pouco um segredo úmido.

Crystal olhou para a própria mão amassada e disse a Bech, tensa: "O senhor Flaggerty diz que tem uns alemães aqui, de um círculo de livros, que ele quer apresentar ao senhor". Enquanto acotovelavam-se por entre a multidão rumo a esses convidados mágicos, Bech tentou confortá-la; a mão dela ficara vermelha com a pressão prolongada. "É o escritor mais portentoso do país", disse ele. "Você não teve que ler nada dele na faculdade?"

"Um sobre o Nixon", disse Crystal. "Não, esse era do Philip Roth, não era? Não sei. Só li o começo. O Nixon é que era o presidente com mania de acertar bolas de golfe nas pessoas?"

"Experimente ler o Izzy quando você tiver mais idade. Ele é o que no nosso meio a gente chama de *un monstre sacré*. *Guten Abend, meinen Herren*", foi dizendo Bech quando se viu diante dos alemães sorridentes, que falavam um inglês tão perfeito que dava a impressão de haver uma máquina de traduzir de metal polido pendurada à frente da cara de cada um deles.

Com a ajuda de dois coquetéis e um copo de vinho reenchido constantemente, Bech concluiu que a festa estava sendo um tremendo sucesso, uma explosão espontânea de amor pela sua pessoa e de admiração por sua obra magra, porém ágil. Mesmo os ausentes estavam presentes: sua mãe, morta havia trinta anos, porém ainda viva dentro de Bech como um estímulo constante, com sua fé nele; e Norma Latchett, sua amante e fator de irritação criativa por muitos anos, e Bea Latchett, sua esposa e musa apaziguadora por um período infelizmente muito curto; e mais todas as mulheres que ele desejara ardentemente e as que (estas bem menos numerosas) ele possuíra, ainda que por pouco tempo; e, vindo juntar-se ao pianista e ao baixista, o próprio Woody Allen, atingindo notas cada vez mais altas em seu velho clarinete. Mentalmente Bech presidia àquela reunião — *Dies ist mein Endfest*, ele dissera aos alemães, provocando gargalhadas perplexas e corteses — com energia e charme sobre-humanos, passando de um grupo de convidados para outro, soltando a palavra exata que convencia cada um de que sua presença era particularmente importante. Cada um trazia a ele, tal como os vermes traziam Badroulbadour de seu túmulo no poema de Wallace Stevens, um pedaço de si próprio, desde seus tempos de peralta no Upper West Side até seus momentos de glória como objeto de intercâmbio cultural entre os Estados Unidos e o estrangeiro. Estavam lá Skip Reynolds, já aposentado do serviço diplomático e presidente de uma faculdade falida em Long Island; e Angus Desmouches, o onipresente fotógrafo de moda, cujos fartos cabelos grossos e negros haviam se tornado tão brancos quanto carvão num negativo; e Lucy Ebright, que introduzira Bech em um de seus incontáveis romances, mas de tal modo que ele próprio não se reconhecera; e Tad Greenbaum, com seu metro e noventa e três de altura, o simpático personagem herói de *Pense grande*, único best-seller da carreira de Bech. Até mesmo Pamela Thornbush apareceu, tal como prometera — Bech não ousara ter esperanças de acreditar em sua promessa —, de braço dado com seu irmão acriançado, Zeke Towers, Jr.

Bech abraçou Pamela, mas seus seios não guincharam.

Beijou-a, e sua face, ao contato com seus lábios, era como uma maçã fresca e lisa, recém-chegada do interior num caminhão refrigerado. "O Izzy aprontou alguma?", cochichou ela ofegante, provocante, em seu ouvido.

"E você já viu ele *não* aprontar nenhuma, meu bem?" Era uma coisa que Bech adorava nele mesmo, essa sua capacidade de falar como o mais refinado cafajeste.

"Quem é a garota de vestido prateado que ele encurralou?"

"O nome dela é Crystal, mas pode ficar tranqüila. O que ele quer não é sacanagem, não; ele quer é uma escrava otária pra fazer a revisão do maior livro que existe depois do dicionário Oxford. *Summa summorum*. Por que você não convence ele a pensar pequeno uma vez na vida? Vai ser bom pro sistema cardiovascular dele."

"Henry, por favor, deixe de bobagem. Meu irmão tem uma coisa séria pra dizer a você."

O jovem Zeke encarou Bech bem nos olhos, amorosamente, e disse: "Senhor Bech, eu queria agradecer tudo o que o senhor fez no sentido de tornar acessível a propriedade Baines".

"Propriedade Baines? Ah. Eu não fiz nada, não — fiz?"

"Ora, não tente negar. Meu cunhado diz que o senhor era a única pessoa que seria capaz de fazer a coisa, com sensibilidade e tato. Nós estamos precisando daquele pedaço há anos, para completar nosso pacote. Agora temos toda a metade do quarteirão, e se a prefeitura topar vamos construir um prédio três metros mais alto que o prédio da Citicorp."

"Três metros?" Bech teve a sensação de que seus dois pés tinham sido arrancados das nuvens, onde brilhavam como os da Fada Sininho, para serem abruptamente enfiados no terreno lodoso da realidade.

"Quer dizer, sem contar o mastro de bandeira e as luzes pra alertar os aviões. O Towers Building — o grande sonho do papai. Vamos ter um túnel próprio pra estação da 53rd Street da linha de Queens e outro pra estação da 51st Street na linha de Lexington. Um dia, quando fizerem reforma no metrô, quem sabe a gente não ganha uma estação própria? Imagine só: o trem chegando, e você vê o nome TOWERS escrito nos ladrilhos da parede."

Pamela interrompeu para acrescentar: "Estamos muito empolgados e agradecidos, Henry". Seus olhos azuis brilhavam como ametistas; as sardas visíveis em seu seio dançavam; as bochechas redondas avermelharam-se. É isso que o dinheiro faz, pensou Bech — melhora a saúde e fortalece os laços de família.

"Nossa gratidão vai se manifestar, pode contar com isso", Zeke garantiu ao escritor septuagenário. Bech recuou um pouco diante do fulgor daquela sinceridade juvenil, daquela inocência deslumbrante de protestante quatrocentão que nunca foi perseguido nem ridicularizado.

"Eu não mereço gratidão nenhuma, falando sério", protestou Bech, tentando ao mesmo tempo, com um frêmito que lhe entorpeceu o corpo dos pés à cabeça, imaginar de que forma poderia vir a manifestar-se aquela gratidão de plutocrata. Um Mercedes? Uma casa de praia em East Hampton? *Após toda uma vida/ em meio a sutis nuanças/ por fim a recompensa.*

Bech declara-se culpado

Agora, e só agora, a história pode vir à tona. Até recentemente, os possíveis desdobramentos legais condenavam ao silêncio as três semanas que Bech passou certa vez em Los Angeles, sendo processado por difamação. Isso foi em 1972. A guerra do Vietnã se aproximava do fim, e as sementes de Watergate estavam germinando no seio cálido da paranóia de Nixon. Bech tinha apenas quarenta e nove anos, e estava no prolongado nadir entre a publicação de sua obra-prima, *Os eleitos*, cuja recepção fora decepcionante, em 1963, e a de seu best-seller triunfalmente vulgar, *Pense grande*, dezesseis anos depois. Vivia sozinho em seu esquálido apartamento de solteiro na esquina de West 99th Street com Riverside Drive, e embora continuassem a gotejar os direitos autorais de *Sem bagagem* — seu romance semi-beat que, publicado em 1955, já havia se tornado uma obra quase clássica —, juntamente com outras rendas minguadas, sua necessidade de dinheiro era intensa o bastante para obrigá-lo a enfrentar a ágora ensolarada de uma América mais ampla: apresentava-se nas faculdades interpretando o personagem de si próprio, e de vez em quando aceitava escrever para alguma revista, quando a tarefa lhe parecia excêntrica o bastante para poder ser transformada, com um toque especial, em arte. A arte — tal como era concebida em sua meninice, um período que se estendeu da Depressão até o final da Segunda Guerra Mundial, na qual ele combateu, ainda menino — era seu deus, sua estrela guia.

Quando um quinzenário nova-iorquino chamado *Flying Fur* — o nome era uma tentativa de pegar carona no sucesso da *Rolling Stone* — encomendou-lhe "uma matéria bem impressionista" sobre a nova Hollywood, após o ocaso dos grandes estúdios, Bech topou, imaginando que iria conhecer o berço de tantos melodramas em preto-e-branco que fascinaram sua adolescência. Porém viu-se num mundo horrorosamente colorido, que lembrava filme Kodachrome superexposto, já fermentando — muita corrupção, agentes e manipuladores tentando com voracidade, no vácuo que se formara com o fim dos velhos estúdios autocráticos, montar "pacotes" potencialmente arrasadores a partir da caótica sopa primal de mão-de-obra subempregada — atores, diretores, dublês e tantos outros desocupados outrora consumidos em larga escala pela indústria cinematográfica, no tempo em que suas linhas de montagem estavam sempre em movimento, e seu público de massa ainda não havia sido seqüestrado pela televisão. Bech descreveu o que viu e sentiu, e acabou sendo processado por seu esforço. Embora antigamente fosse um admirador de melodramas de Hollywood, não conseguia acreditar no que ouvia. "Você está me dizendo que eu vou mesmo ter que me sentar no banco dos réus e ser processado por ter dito a verdade pura e simples?"

"O que é a verdade?", perguntou seu advogado nova-iorquino pelo telefone. Cada sílaba que ele pronunciava era mais um estalo no seu taxímetro, que naquela época marcava cento e dez dólares por hora.

Bech recebera 1250 dólares pelo artigo, mais as despesas da semana que ele passara na Califórnia fazendo pesquisa. Dois anos após a publicação, *Flying Fur* já havia entregado os pontos. Os editores e diagramadores da revista tinham se dispersado para outras fronteiras, e as salas da antiga redação na East 17th Street — as paredes amarelo-canário cobertas de gravuras de pop art — foram ocupadas por uma equipe de jovens especialistas em implantações dentárias. Porém o processo ainda sobrevivia, como um zumbi impossível de matar, atacando suas vítimas num cenário cheio de brumas.

"Você vai adorar nossa equipe californiana", disse o advogado, tranqüilizando-o. "Quem olha pra ele nem acredita, Bech, mas o Tom Rantoul é um mestre. Nem me lembro qual foi a última vez que ele perdeu um processo; certamente foi antes do meu tempo."

Rantoul era um ex-atleta, grandalhão e afável, natural do Sul, com uma cabeça achatada atrás e mãos gordas, embora bem cuidadas. Num almoço com seu cliente, no quarto dia de Bech em Los Angeles, Rantoul proclamou: "Pois bem, minha senhora e meus senhores, parece que finalmente a gente conseguiu arranjar um juiz". Com as mãos de unhas impecáveis, indicou o filé de linguado grelhado, cuja superfície externa estava crestada, que havia no prato do réu. "Ele é mais ou menos da cor desse peixe aí."

Bech hesitou com o garfo, e em seguida cortou e atacou a carne branca. À primeira vista, parecia não haver nenhuma questão racial em jogo. Ele estava sendo processado por ter escrito que o querelante, um venerando agente de Hollywood chamado Morris Ohrbach, era um "arquiextorsionário" que, "com o fim de engordar a própria burra", havia "alargado o trágico abismo que atualmente se interpõe entre as artes literária e cinematográfica". Ele sabia as palavras de cor, pois elas haviam sido analisadas numa série de comunicações esporádicas, cada vez mais aterradoras, desde que seu artigo fora publicado sob o título (bolado por um editor-assistente já há muito desaparecido) "Os únicos vitoriosos da Hollywood de hoje". Ohrbach afirmava que o sofrimento pessoal e a humilhação que lhe foram impostos valiam cinco milhões de dólares, sem contar com outros cinco milhões referentes à perda de credibilidade profissional. No decorrer daquela semana, dois anos antes, em que Bech sobrevivera a tantas refeições indigestas, telefonemas em cabines e esperas intermináveis sob o sol californiano, cuja constância era implacável, o nome de Ohrbach viera à tona vez após vez, envolto naquele misto de indignação e admiração com que os carnívoros do mundo cinematográfico agraciam um predador particularmente notável. Fora Ohrbach quem inventara a prática de o agente cobrar de honorários quinze por cento do faturamento do cliente, sendo este obrigado a fazer um pagamento inicial não reembolsável; fora Ohrbach quem criara uma cláusula discricionária por meio da qual, acima de quinze por cento, até metade da renda do cliente deveria ser investida conforme o determinado pelo agente, sendo uma comissão de investimento de três por cento retirada semestralmente do capital. Bech ficou sabendo que, tendo arrancado milhões de dólares da grande cantora popular Lanna Jerome e do homem simplório com quem ela estava casada na época (um ex-cabeleireiro de animais de estimação, famoso por suas tosas em poodles), Ohrbach cobrou-lhe mais meio milhão para ajudar a manter em pé a precária edificação de investimentos em opções de carne suína e poços de petróleo secos que ele havia construído, e imediatamente abriu um processo contra Lanna quando ela e seu novo marido (ex-leão-de-chácara de discoteca) por fim tomaram medidas no sentido de pôr fim àquela exploração. Ohrbach abria processos com a rapidez de um relâmpago. Tal como os escorpiões — que, segundo se conta, picam a si próprios quando assustados —, era capaz de processar seus próprios advogados quando achava que sua atuação num processo não fora competente.

Quanto a Bech, ele tinha um fraco por Lanna Jerome. Havia conhecido Claire Hoagland, uma loura trêfega que namorara no tempo em que seu coração era relativamente jovem e pouco calejado, ao som do primeiro sucesso de Lanna, "Com toda a força", e dela se separara, quatro anos depois, quando "Não devolva minhas cartas" ("Guarde cada uma/ Dentro de seu envelope/ Essas cartas escritas/ Com o coração a galope") tocava o tempo todo no rádio. Talvez tenha sido essa fraqueza de Bech, ao ser informado dos estragos causados por Ohrbach na fortuna que Lanna Jerome construíra com base nos sentimentos ternos, que terminou por deixá-lo à mercê dos advogados. No próprio momento em que a escrevia, achou a palavra "arquiextorsionário" um pouco forte demais, marcada por uma ênfase artística adicional. Porém, pensou, não era nada que pudesse levar a um processo. Uma sensação de irrealidade foi se apossando de Bech pouco a pouco, à medida que se acumulavam as cartas escritas em papel timbrado de firma de advocacia, e ele via-se obrigado a contratar um advogado também, e eram tomados depoimentos numa atmosfera tensa em que se misturavam gracejos e ameaças, e as várias manobras proteladoras e tentativas de extinção do processo esboçadas por seu advogado eram consumidas pela voracidade implacável da outra parte litigante. Por fim Bech viu-se legalmente obrigado a mais uma vez cruzar o continente e ir a Los Angeles, a capital da irrealidade organizada. Ali o mundo da lei sentia-se em casa, com seus movimentos em câmara lenta e sua cortesia espúria — um mundo de faz-de-conta no qual, em meio a colunas de gesso e alçapões escondidos, o monstro da imprevisibilidade rondava à solta. Tendo levantado o espectro da raça, Rantoul agora abordava os riscos dos preconceitos regionais, afirmando com toda a seriedade que não havia como prever de que modo o júri reagiria à reputação de Bech, de nova-iorquino sofisticado.

"Quer dizer que o Ohrbach é do Oeste, é? Um caubói e tanto", disse Bech.

Seu advogado limitou-se a sorrir lentamente. "É, de certo modo Morris é um dos nossos", confirmou. Falava com um sotaque híbrido em que a Geórgia ainda controlava as vogais.

"Ele e os ratos do depósito de lixo de Santa Monica", retrucou Bech; havia todo um mar de indignação represado dentro dele. "São urubus como ele que estão inundando Hollywood de vulgaridade e cocaína." Mas enquanto falava perguntava a si próprio se ele, na adolescência, quando buscava refúgio, todas as tardes de sábado e em muitas noites durante a semana, nos hipertrofiados palácios da sétima arte que margeavam a Broadway, não idealizara a velha Hollywood, a linha de produção dos sonhos de celulóide.

O assistente do advogado falou então. Chamava-se Gregg Nunn; usava uma franja reta sobre a testa e óculos grossos de aviador. O timbre de sua voz era irritante, um quase guincho que lembrava o som semimusical que se produz esfregando o dedo umedecido na borda de um copo de cristal. "Pois eu acho que ele é um tremendo puritano", disse ele. "Trabalha feito um mouro e mora numa casa bem modesta em Westwood, atrás do campus. Ele se vê como um defensor consciencioso dos interesses dos clientes dele."

Irritado com a admiração perversa manifestada por aquele mero assecla, Bech dirigiu-se a Rantoul. "Voltando àquele assunto: não acredito que um júri formado de gente trabalhadora de Los Angeles possa se identificar com um mandachuva impiedoso de Hollywood."

"Aí é que você se engana", respondeu o advogado, com sua fala cantada de sulista. "Aqui todo mundo só pensa em cinema. As pessoas se orgulham tanto do produto local quanto o pessoal de Iowa se orgulha do milho de lá. Nossos adversários certamente vão apresentar a questão como um intelectual nova-iorquino decadente difamando um profissional daqui. O que você chama de extorsão, eles vão apresentar como os honorários normalmente cobrados por um profissional digno."

A voz de Bech, após a de Rantoul, parecia a seus próprios ouvidos ansiosa, afobada, aguda — voz, imaginava ele, de intelectual nova-iorquino decadente. "Mas e o que ele fez com o dinheiro da pobre da Lanna Jerome? Aquilo foi uma verdadeira carnifi*cina*." Imagens violentas e sanguinolentas — serras circulares rasgando pilhas de cédulas, abutres e hienas disputando a carcaça de uma suculenta cantora sob um escaldante sol de deserto — invadiram a mente do réu. Talvez aquele processo tivesse mesmo razão de ser; ele era sugestionável demais para ser um jornalista sério. Seu pai sempre fizera pouco das pretensões de Bech de tornar-se escritor. Talvez, ao escrever um artigo desmascarador e agressivo como "Os únicos vitoriosos da Hollywood de hoje", ele estivesse tentando convencer o velho de que era capaz de ganhar dinheiro quando precisava. Abraham Bech morrera no ano anterior, dentro do metrô, metros abaixo da torrente imunda do East River. Pelo menos não vivera o bastante para tripudiar sobre o filho.

"Agora você está falando a língua daqui", disse o advogado, levantando a vista de seu prato raspado para o peixe ainda pelo meio no prato de Bech. "Se a gente conseguir fazer a Lanna Jerome depor, o júri é todo seu. Só que ela está enfurnada lá em Palm Springs e se esquivou de todas as nossas tentativas de entrar em contato com ela."

"Mesmo assim", disse Gregg Nunn, "não se pode prever

qual seria a reação do júri. Aquele caso prolongado que ela teve com o governador de Nevada pegou mal com os fundamentalistas daqui."

Explicou Rantoul: "Hoje em dia Los Angeles está que nem a Pérsia: a população está polarizada entre fundamentalistas e putas. E tem outra coisa: se a gente der a impressão de que a Lanna está do nosso lado, o júri pode achar que tem muito dinheiro rolando, então por que não dar uma compensação pro velho Morris — digamos, um milhão?".

O milhão que eu não tenho, pensou Bech. O peixe que ele já havia engolido mordia as delicadas entranhas de seu estômago; desejou ardentemente ver-se de volta no pequeno restaurante italiano que ele freqüentava, na 97th Street, quase esquina com a Broadway, sozinho, com um fettuccine e o *Post* daquela tarde a sua frente. Nem mesmo em sua fase idealista do pós-guerra, nos tempos da *Partisan Review* e *Accent*, ele sonhara que as palavras, meras palavras, pudessem ter tanto poder — o poder de arrastá-lo do outro lado do continente até aquele restaurante luxuoso, na companhia de três desconhecidos caros. O restaurante era largo, profundo e escuro, naquele estilo aristocrático pesado que marcara Hollywood em seus tempos áureos. Havia madeira trabalhada nas paredes, modilhões de pedra e janelas com caixilhos de chumbo e arcos góticos. Errol Flynn e o xerife de Nottingham (interpretado por Basil Rathbone) poderiam entrar a qualquer momento.

A quarta pessoa à mesa, a "minha senhora" a quem Rantoul, gaiato, se dirigira pouco antes, era uma paralegal chamada Rita: longos cabelos negros presos com severidade, lábios carmesim, brincos de argola, uma latinidade séria. Num bloco com pautas azuis ao lado de seu prato ela esporadicamente fazia anotações breves.

Flying Fur tinha um seguro para casos de difamação, mas

com a falência da revista ele fora cancelado. Se o júri favorecesse o réu, Rantoul pretendia abrir uma contrademanda, para que a outra parte litigante cobrisse os custos legais. Enquanto isso, Bech havia recorrido a suas economias e contraído um empréstimo junto a sua editora, com base num romance que ele estava tenso e sobrecarregado demais para escrever. Já passara quatro dias dispendiosos em Los Angeles esperando que o sistema judiciário local encontrasse um juiz com disponibilidade para aceitar aquele caso. Os advogados de Ohrbach pediram um julgamento por júri, o que exigiria mais tempo. De tanto remoer e mastigar e digerir o ódio por Morris Ohrbach, Bech perdera o apetite; ele perguntou a seu advogado se ele não queria experimentar seu linguado. "Só um pedacinho", disse o homenzarrão, estendendo o garfo. "Falou-se muito na seção de culinária do *Los Angeles Times* sobre o novo chefe de cozinha daqui, que eles foram pegar lá em Grenoble, na França, mas, com base na costeleta de porco que eu comi, francamente não acho que ele está com essa bola toda, não."

O juiz, na verdade, era da cor de uma pasta de couro clara, era surpreendentemente jovem e tinha uma paciência extraordinária, pensou Bech, à medida que se sucediam os dias e o processo se arrastava. Ficava horas sem dizer palavra, um pouco inclinado para a esquerda, como se impelido pelos ventos da justiça que emanavam da banca dos jurados, cada vez mais cheia. Quando falava, era com uma voz firme e suave e uma consideração imerecida, pensou Bech, pelas chicanas embromativas do advogado de Ohrbach, um homenzinho agitado que se chamava Ralph Kepper. A equipe de defesa chamava-o "sargento Kepper". Usava sempre calças cáqui e um paletó esporte largo demais para ele, um traje cujo significado era: não sou nenhum lacaio da elite intelectual nova-iorquina, apenas um honesto operário da justiça.

Ao interrogar os candidatos a jurados, Kepper lhes perguntava se eles alguma vez tinham lido uma revista chamada *Flying Fur* (todos, sem exceção, respondiam que não) e se tinham algum preconceito a priori contra "o jornalismo sofisticado e debochado típico de Nova York". Às vezes perguntava-lhes se, quando ouviam a expressão "agente de Hollywood", eles sofriam algum impulso pejorativo. Na boca de Kepper, a linguagem fazia coisas estranhas, e volta e meia ele era obrigado a dizer: "Meretíssimo, eu me equevoquei".

Não obstante, essa figura amarrotada e ridícula era tratada pelo juiz de pele parda com uma gravidade inabalável, e seus incessantes desafios peremptórios levavam um jurado após o outro a abandonar a banca, humilhado. A tática, explicou a equipe de defesa a Bech, era simplesmente prolongar o processo o máximo possível, para que o réu se sentisse mais disposto a propor um acordo como a saída mais barata.

"E então?", indagou Bech. "Seria mesmo? A saída mais barata."

Rantoul ficou tão atônito que parou de mastigar. Engoliu e pousou a mão grossa na manga de Bech. "Mesmo que fosse", disse ele, "esta equipe aqui não ia deixá-lo fazer uma coisa dessas. Não vá me dizer agora que você não tem esprit de corps."

Uma lanchonete espaçosa ocupava o último andar do prédio do Tribunal de Los Angeles, e era ali que a equipe de defesa se reunia para almoçar todos os dias, durante os longos recessos. O protocolo determinava que, com exceção de breves e secos cumprimentos com a cabeça, eles ignorassem Kepper, que comia numa solidão melancólica, arrancando mordidas de um sanduíche que a toda hora se perdia em meio à papelada. Os trâmites estavam em andamento havia uma semana, e Ohrbach ainda não se dignara a dar as caras no tribunal. Rantoul achava que o júri, quando finalmente estivesse instalado, haveria de ressentir-se dessa demonstração de indiferença, enquanto Nunn pensava que, pelo contrário, isso poderia ser entendido como sinal de que ele era um homem muito ocupado, o que daria um certo realce a sua presença quando ele por fim aparecesse. "A ausência de Ohrbach", prosseguiu Nunn, fantasioso, gesticulando com as mãozinhas, o rosto de elfo sorridente sob a franja loura uniforme, "o transforma na figura central do drama, o Godot esperado, a divindade kafkiana cujos asseclas atuam à sombra de sua autoridade obscura, porém majestosa. A ausência é uma afirmação de poder, como atestam as religiões do mundo."

"Ele passa uma imagem de arrogância", observou Rantoul, mudando de posição na cadeira e em seguida abocanhando uma fatia grossa de torta de pecã com creme chantilly. "Isso já aconteceu de outras vezes. Ele faz tudo direitinho na hora de depor, depois se mete a besta. Enfia os pés pelas mãos. Ele já se prejudicou por isso, e é o que vai acontecer outra vez."

Aqueles comentários despertaram uma pontada secreta de simpatia no coração de Bech. "Metido a besta" e "enfiar os pés pelas mãos" eram expressões que seu pai teria usado para referir-se ao caminho que seu filho único resolvera trilhar na vida. O jovem Bech não punha os pés no chão, não tinha um pingo de juízo. Era verdade. A própria idéia de usar o termo "arquiextorsionário" já revelava um certo nefelibatismo; ele deveria ter deixado que os fatos e as estatísticas falassem por si sós. Porém cegou-o o amor por Lanna Jerome, fruto de uma confusa identificação feita entre ela e sua amada Claire. O fervor daquela denúncia fora uma tentativa de atrair-lhe a atenção. Mas como podia Lanna Jerome dar atenção ao que ele achava e ao que saía impresso num jornaleco nova-iorquino fadado à falência? Ela ganhava três milhões e mais uma percentagem do rendimento bruto de cada filme de que participava, e seu último LP conquistara um disco de platina uma semana após o lançamento.

Do terraço do prédio, junto à lanchonete, descortinava-se uma ampla vista de casas em tons pastel envoltas na névoa, arranha-céus envidraçados, auto-estradas a fundir-se uma na outra, e ao longe as serras, douradas de tão secas na aridez do inverno do sul da Califórnia. Num morro ali perto destacava-se o estádio azul reluzente onde jogavam os Dodgers, time outrora radicado no Brooklyn, e lá embaixo, do outro lado da rua, erguia-se uma ópera com enfeites dourados, com um pequeno parque verdejante a seu redor. Embora nada daquilo correspondesse à concepção que ele fazia de uma metrópole, Bech sentia-se à vontade naquele terraço. Quando era um desengonçado adolescente de treze anos, mudara-se com sua família de Manhattan para o Brooklyn. O Upper West Side estava ficando cheio de crioulos e cucarachas, pensava seu pai; além disso, dois dos irmãos de Abe Bech, Ike e Joe, já moravam havia anos no Brooklyn. Seu pai negociava com brilhantes e metais preciosos na West 47th Street. Os materiais eram preciosos, mas a concorrência era acirrada e a margem de lucro cada vez mais estreita. Os garotos do Brooklyn não eram necessariamente mais violentos que os do Upper West Side, mas eram provincianos — intolerantes com estranhos, incapazes de lidar com nuanças. Henry já era uma criatura cheia de nuanças. Para ele, quando queria um pouco de ar fresco, em vez de caminhar oito quarteirões até o Prospect Park e correr o risco de ser maltratado por garotos mais velhos, era mais fácil subir ao terraço do prédio da 9th Street onde moravam. Os outros telhados do Brooklyn se espalhavam numa planície vasta e escura, onde brotavam chaminés em abundância; numa das extremidades dessa planície erguia-se, irreal, como uma montanha retilínea tornada indistinta pela névoa de monóxido de carbono, Manhattan. Agora, no lado oposto do continente, Bech relembrava aquelas monótonas paisagens de asfalto, e mais uma vez, tal como na adolescência, sentia o desejo de bater asas e voar dali, partir daquele terraço para uma outra vida, a aérea e glamourosa vida literária.

Finalmente o julgamento teve início. Os advogados do querelante haviam esgotado todos os seus recursos. Rantoul tentou agilizar o processo não impugnando quase ninguém: apenas um velho e digno jardineiro de origem mexicana, cujo domínio do inglês parecia incerto (ele sentiu-se insultado, e protestou: "Eu entendo direito, sou cidadão há vinte ano!"), e uma matrona chique de Bel Air que já fora casada com um advogado. "Nunca se sabe como ela vai reagir", explicou Rantoul. "As ex-esposas não conseguem ser racionais com relação às questões legais."

Os doze jurados, solenemente instalados em suas funções, e mais os dois suplentes, estavam do lado esquerdo do tribunal. Bech e os poucos espectadores — um ou outro sem-teto; um funcionário do tribunal fazendo um intervalo no trabalho — ficavam de frente para a mesa alta do juiz, dela separados por uma área de mesas e cadeiras, na qual os advogados, os combatentes, atuavam, e o estenotipista, como um coro grego mudo, produzia metros e metros de anotações. O papel ia se dobrando, como uma sanfona, dentro de uma caixa de papelão colocada do outro lado do estenótipo. O estenotipista era um homem calvo, magro e pálido, com um bigodinho amarelo e eriçado, olhos azuis e vagos. Vestia-se como um cômico de vaudeville de antigamente: terno xadrez e gravata de bolinhas. Quando os advogados se reuniam com o juiz, ele ia correndo até eles com sua maquininha, para bisbilhotar e continuar anotando. Quando o juiz determinava que uma certa passagem do processo não deveria constar dos autos, seus incansáveis dedos alvos e compridos pousavam no colo, e seu olhar vago fixava-se numa parede nua perto da bandeira americana. Ele era a única pessoa presente que dava a Bech a impressão de não estar perdendo seu tempo.

Embora o artista, desde que o modernismo se impôs, viva nas fímbrias da respeitabilidade, num estado de desordem libertadora, Bech nunca tinha sido obrigado a comparecer a um tribunal. Sabia que as engrenagens da justiça eram minuciosas, mas não esperava que elas fossem tão frouxas, cada uma balançando para um lado, para todos os lados, menos o da verdade pura e simples.

A primeira testemunha de acusação foi um afetado professor de inglês da University of Southern California, que deu uma resposta prolongada às perguntas do sargento Kepper sobre as palavras em questão. O prefixo "arc", "arqui", que entrou no inglês via anglo-saxão e francês arcaico, deriva de um verbo grego que significava "iniciar, governar", e significa ou o mais elevado de sua espécie, como em "arcebispo", ou, para citar o dicionário Webster, "que representa com mais perfeição as qualidades de sua espécie". Assim, o artigo do senhor Bech afirmava que o senhor Ohrbach era o principal, ou mais rematado, extorsionário de toda a Grande Los Angeles. "Extorsão" vinha do latim *extorquēre*, e significava "arrancar (*ex*) torcendo com força" (*torquēre*). Se o senhor Bech tivesse optado por "trapaceiro", era curioso observar, ficaria mais nítida a implicação de malfeitoria, porém seria bem atenuada a conotação de força bruta. Já a expressão "com o fim de engordar a própria burra" é menos fácil de decifrar, e por algum tempo o perito pensou que poderia se tratar de um erro tipográfico ou algum cochilo da revisão. O termo "burra", naturalmente, está aqui no sentido de "cofre" ou "pé-de-meia". "Alargado o trágico abismo que atualmente se interpõe entre as artes literária e cinematográfica" também não está muito claro, já que as duas artes nunca foram muito próximas, e a tragicidade de tal separação é, parece claro, questão de opinião, no caso a opinião de um escritor cujas obras de ficção e jornalismo são parcamente remuneradas, e que talvez estivesse pensando na remuneração bem mais generosa recebida pelos roteiristas de cinema.

"Protesto. Conjetura", rosnou Rantoul, automaticamente.

"Protesto mantido", disse o juiz, de modo igualmente automático.

Todas aquelas dissertações semânticas estavam dando sono aos jurados. Estavam dispostos em duas fileiras de seis cada (cinco homens, sete mulheres; cinco brancos, quatro negros, dois asiáticos e um com ascendência cheroqui), mais os dois suplentes, sentados não dentro da banca elevada dos jurados, e sim ao lado dela, todos torcendo por uma oportunidade de ver Lanna Jerome, o rosto cheio de pó-de-arroz, a pinta artificial, o corpo gracioso e esguio à força de regimes, os cabelos pintados de negro e armados de laquê num penteado pontiagudo. "Gracioso e esguio": como sabiam seus milhões de fãs, Lanna tinha um fraco por refrigerantes e fast food. Quando terminou com o governador de Nevada, ela engordou quinze quilos de tanto comer porcaria para compensar a tristeza. Esse lado vulnerável e engordativo de Lanna só fazia aumentar o amor que Bech tinha por ela.

Rantoul e o filólogo discutiram sobre o prefixo "arqui" até que este terminou concordando, afetadamente, que sua utilização no caso em pauta podia significar apenas um status relativamente elevado entre os extorsionários, e não necessariamente a posição suprema, de comando absoluto, num grupo organizado de extorsionários.

A testemunha de acusação seguinte, um suposto "midiólogo", discorreu a respeito da circulação do periódico *Flying Fur* durante seu ano e meio de existência. Embora a revista contasse com apenas quarenta e dois assinantes no sul da Califórnia, dezoito deles bibliotecas, a influência desses poucos exemplares não devia ser subestimada; a revista, tida como uma publicação "quente" de Nova York, era devorada por agentes, atores, produtores e outras pessoas que atuavam na área do senhor Ohrbach, e uma menção negativa a ele publicada em suas páginas sem dúvida lhe causaria danos profissionais incalculáveis.

Rantoul pintou e bordou com essa testemunha, e comeu mais do que nunca aquele dia no refeitório da cobertura. O julgamento estava em pleno andamento, e nada de Ohrbach aparecer. Porém uma tarde Bech viu o juiz saindo do elevador, indo para casa. Estava com um terno de brim de um tom apetitoso de melão, com calças boca-de-sino e paletó sem lapelas. Quando não trajava sua toga de magistrado, parecia um garotão que sabe das coisas partindo para gozar a vida noturna da cidade. Ele evitou cuidadosamente encarar Bech nos olhos.

No mundo da lei, evitar olhares é uma arte. E Morris Ohrbach revelou-se um mestre nessa arte. Quando, no dia seguinte, finalmente apareceu, entrou no tribunal acenando e sorrindo para todos os lados, mas seus sorrisos não atingiam nenhum alvo, tal como os primeiros socos protocolares de um pugilista que está esquentando os músculos. Seu olhar, simpático e difuso como o de um ícone bizantino, passou de relance pelo rosto de Bech. Uma das excentricidades conhecidas de Ohrbach era o hábito de evitar religiosamente a possibilidade de ser fotografado; por isso Bech não fazia idéia da aparência de seu arquiinimigo. Era um homem já idoso, de estatura mediana, curvado para a frente, como se estivesse prestes a sair correndo; a boca ostentava um sorriso vago, o nariz era proeminente, e havia no topete uma mecha de cabelos crespos e brancos que lembrava os cabelos do próprio Bech, secos, duros e rebeldes. Bech ainda não estava ficando grisalho, e sua postura ainda estava ereta, porém a semelhança entre os dois era forte assim mesmo. Ohrbach podia muito bem ser seu pai.

Um frisson percorreu o júri, excitado pela presença de uma pessoa que, ainda que não fosse exatamente famosa, havia esfolado uma pessoa famosa. Por um momento, o juiz empertigou-se em sua cadeira e deu uma atenção escrupulosa às testemunhas daquela manhã, que vinham depor em favor de Ohrbach. Eram mulheres, socialites de Hollywood, as quais, de início timidamente, depois com maior espontaneidade, afirmavam a humanidade do querelante — era cortês, estava sempre de bom humor, jamais perdia a cabeça, contribuía com a maior generosidade para toda uma série de causas nobres, desde a manutenção do Estado de Israel até um time de beisebol dente-de-leite cujos integrantes eram filhos de mexicanos, da classe menos favorecida.

"Morrie Ohrbach é um ser humano *ma*ravilhoso!", exclamou uma viúva particularmente pneumática, num abrupto relaxamento de pressão; antes, ela fora sufocada pelos protestos levantados por Rantoul quando ela relatava, numa narrativa ofegante, que o agente fora muitíssimo prestativo e cheio de consideração quando ela perdeu seu marido. Além disso, acrescentou ela, em tom de desafio, quando Rantoul fez menção de levantar-se para sair-se com mais um protesto, *todos* os investimentos que ele a convencera a fazer deram certo — ela ganhara *rios* de dinheiro.

Uma outra mulher, angulosa, morena e coberta de jóias navajo, afirmou que, quando soube que seu querido amigo Morris tinha sido chamado de extorsionário por uma dessas revistas nova-iorquinas debochadas, começou a chorar e ficou chorando, intermitentemente, por vários dias. Ohrbach ia visitá-la no final da tarde e parecia arrasado — estava tão magro que ela tinha até medo de que ele afundasse na piscina, pele e osso como estava, e morresse afogado. Porque o pobre Morrie nem tinha mais piscina; morava sozinho num apartamentozinho de quarto e sala que era um ovo, em Westwood, e tivera de vender um dos carros esporte dele — para vocês verem como ele era extorsionário.

Ao reexaminar a testemunha, Rantoul conseguiu arrancar-lhe o fato de que a mudança para Westwood e a venda do carro haviam ocorrido depois do desfecho do processo de Lanna Jerome, desfavorável para Ohrbach. "Ah, aquela me*ge*ra!", foi a reação desinibida da testemunha. "Todo mundo sabe que ela deu em cima do governador de Nevada até conseguir destruir o casamento dele e *arrasar* a carreira do coitado! Ele, que podia até chegar à presi*dên*cia!"

No almoço, Bech confessou que estava ficando com medo. Ohrbach estava sendo pintado como um santo, e de fato ele parecia um amor de pessoa; até suas roupas meio velhas o tornavam simpático. Estava com um terno de linho já meio lustroso, e uma gravata-borboleta melancólica que chamava a atenção para as papadas do seu pescoço.

Rantoul bufou, irônico: "Você deve achar até jacaré simpático". Havia tirado o paletó e enrolado as mangas da camisa, para enfrentar umas espigas de milho. Seu queixo estava respingado de gordura.

"Mas ele tem mesmo uma cara meio simpática. Um ar sensível, tímido. Quando ele entrou, parecia vulnerável. Só ele e o coitado do sargento Kepper, contra todos nós."

"Nós, um bando de nova-iorquinos barra-pesada", completou Rantoul. "É essa mesmo a mensagem que ele está querendo passar. Ainda bem, Henry, que você não está nesse júri."

Rita riu, revelando dentes extraordinariamente afiados. "Você é que é um amor, Henry, de conseguir ver as coisas assim." Como Lanna Jerome, Rita tinha uma pinta perto do queixo. No caso dela, parecia ser de verdade.

"Pois eu", disse Gregg Nunn, "acho o rosto dele muito estranho. Só de olhar pra ele fico meio enjoado, meio tonto. Não tem centro. Parece um holograma. E os olhos dele. Qual a cor dos olhos dele? Ninguém sabe — todo mundo fica tão nervoso que nem consegue olhar, e se você prestar atenção, repare que mesmo quando ele parece estar sorrindo pra você os olhos dele estão virados pra baixo, como se ele estivesse tentando enxergar através das pálpebras. Ele é um extraterrestre — ele enxerga de olhos fechados!" Enquanto o rapaz elaborava sua fantasia, suas mãozinhas arredondadas iam descrevendo círculos cada vez maiores, e sua voz ficava tão excitada que várias pessoas na lanchonete viraram-se para olhar.

Kepper e seu cliente não estavam ali; estariam talvez procurando mais testemunhas favoráveis a Ohrbach. Ou testemunhas que atacassem Bech e sua carreira vergonhosa. Bech, que se recusara a aprender a ser joalheiro com o pai. Que resistira com insistência ao amor invasivo de sua mãe. Que não se tornara poeta, como Auden e Delmore Shcwartz, os quais ele conhecera na sua fase de freqüentar Greenwich Village, no pós-guerra, nem crítico, como Dwight Macdonald e Clement Greenberg, que também faziam parte de sua rede de conhecidos dessa época. Parecia-lhe, naquele tempo, que os críticos faziam uma coisa muito previsível, muito ditatorial: ele, preguiçoso, preferia submeter-se a suas próprias intuições e lampejos, e transformá-los em epifanias mais sucintas que as de Joyce e menos sinistras que as de Kafka. Havia decepcionado seu editor — "Big" Billy Vanderhaven, um sujeito jovial, que adorava a vida, sempre bronzeado de suas viagens — recusando-se a realizar, logo após o razoável sucesso de crítica de *Sem bagagem*, aquele romanção que já estava pronto, lá no mundo das idéias platônicas, só aguardando a hora de tomar de assalto o público e os círculos de livros; havia desapontado seu primeiro editor de texto — Ned Clavell, um homem elegante e exigente — recusando-se a retirar do texto imenso de *Os eleitos* todas aquelas expressões chulas, toda aquela frontalidade verbal que, no clima ainda puritano de 1963, dificultou a recepção crítica e popular do livro. Como escritor, como filho e como amante, Bech simplesmente recusara o sucesso. Uma mulher após a outra, depois de entregar-se a ele por completo, havia reclamado, indignada, que ele era incapaz de assumir uma relação. Bech olhava para trás e via toda uma seqüência de decepções, que remontavam a suas professoras da escola primária — a maioria delas freiras frustradas de origem irlandesa — e seus professores na New York University, que sempre lhe davam a impressão de se desapontarem com ele após um primeiro trabalho de impacto. Ele não havia conseguido formar-se, ou se recusara a tal. Não era um ser humano maravilhoso. Era um sanguessuga vaidoso e molenga grudado na perna da literatura, a qual atravessava o pântano de nossos tempos. Agora, na lanchonete do tribunal, Bech perdeu o apetite e deixou metade do sanduíche de salada de atum no prato, sem ter nem sequer tocado no sorvete de amêndoa que havia escolhido como sobremesa, para matar as saudades dos spumoni de seu restaurante italiano. Rantoul, tendo consumido toda uma porção de bolo de carne com molho, purê e ervilhas, delicadamente perguntou-lhe o que ele faria com aqueles restos, e logo os fez desaparecer.

As testemunhas seguintes eram outros agentes, que louvaram Ohrbach como seu mentor e inspirador, um pensador imensamente criativo e preocupado com os interesses da indústria cinematográfica. Fora Ohrbach — afirmou um brutamontes de camisa de seda sem gravata e uma série de cordões de ouro — que inventara o conceito vital de envolvimento total do agente: hoje em dia o agente não se limitava a fechar negócios vantajosos para o cliente, porém devia também verificar se as recompensas, na carreira incerta e por vezes curta de um artista, estavam sendo de fato recebidas e aproveitadas. Não se tratava apenas de administrar uma carreira, porém administrar toda uma existência — era essa a base do conceito, uma criação (segundo o brutamontes, que gesticulava com mãos cheias de anéis, enquanto as correntes de ouro afundavam nos pêlos abundantes do peito) do gênio de Morris Ohrbach. Depois as secretárias — louras-burras com cílios de plástico e peles curtidas de sol até os ossos — todas afirmaram a generosidade de Ohrbach como patrão, e contaram histórias de dias de folga paga quando lhes morria a mãe, de abonos concedidos tanto no Natal quanto no Pessach, de licenças generosas em períodos de problemas causados pela saúde ou pelos homens. Clientes — homens e mulheres de uma beleza já um pouco amarelecida e descentrada — disseram que Ohrbach os havia ajudado em períodos difíceis, reduzindo sua comissão a doze e meio por cento e dando-lhes conselhos paternais de graça, embora cada minuto de seu tempo valesse ouro.

Em meio a toda essa torrente de homenagens, o homenageado, sentado ao lado do sargento Kepper numa mesa dois metros à frente de Bech, não parava de praticar suas boas obras, rabiscando em pedaços de papel e anotando pequenas pilhas de correspondência, de vez em quando terminando e fechando uma carta, lambendo o envelope e socando-o contra a mesa de modo tão barulhento que o estenotipista olhava para ele e o juiz lhe dirigia um olhar severo. Estaria o juiz, de seu ângulo, recebendo a mesma impressão patética, de um homem idoso e vulnerável, que Bech estava tendo de trás? Os tendões do pescoço magro de Ohrbach estavam tensos; o colarinho de sua camisa parecia um pouco grande para ele e não muito limpo; das orelhas enormes brotavam fios brancos. O crânio frágil balançava-se de leve, de pura decrepitude.

Abe Bech jamais se permitira parecer velho, embora estivesse com setenta anos quando morreu. Usava rinsagem para manter os cabelos escuros, submetia-se a uma lâmpada ultravioleta no inverno para bronzear-se, ia trabalhar todos os dias com uma camisa branca lavada e engomada numa lavanderia que entregava a roupa pendurada num cabide para não amassar. Como todos os vendedores, dava o que tinha de melhor aos clientes potenciais e guardava sua raiva, seu sarcasmo e sua indiferença para a família. Embora já estivesse tendo problemas de circulação nas pernas e braços havia algum tempo, a hemorragia cerebral foi inesperada. Na morte, tal como na vida, foi abrupto e inacessível. O último impacto que teve sobre a metrópole — o único a dar nos jornais — foi um atraso de meia hora no metrô em plena hora do rush, causando transtorno a milhares de pessoas. Como o elevador de serviço da estação de Clark Street no Brooklyn estava com defeito, seu pai teve de ser carregado, inescrutável e implacável dentro do saco plástico, por padioleiros que subiram toda aquela escadaria suja, em meio a uma multidão de passageiros irritados. Na imaginação de Bech, a cena tinha a grandiosidade da procissão funerária de um faraó Nilo acima, até chegar às profundezas de uma pirâmide onde a casca embalsamada da alma permaneceria intata para sempre.

Se se debruçasse e esticasse o braço, Bech poderia dar um tapinha nos ombros magros e curvos de Ohrbach e pedir-lhe desculpas por tê-lo chamado de arquiextorsionário. Porém isso seria o reconhecimento de dez milhões de dólares de culpa, e uma traição à equipe que o defendia.

A equipe estava menos impressionada que Bech com os depoimentos apresentados pelos adversários. Rantoul chegou a ficar indignado com o quiroprático de Ohrbach, um sujeito de uma calvície autocrática que, no banco das testemunhas, afirmou ter constatado uma acentuada deterioração psicossomática em seu paciente assim que saiu a matéria de *Flying Fur*. Virando, com gestos solenes, as páginas de seus registros, num classificador pesadão, o quiroprático falou sobre espasmos na região lombar acompanhados de dor, que fizeram com que o agente, um homem sensível, ficasse incapacitado durante meses, e talvez viessem a prejudicar seu desempenho profissional em caráter permanente. Rantoul pediu para examinar as páginas consultadas pelo quiroprático e viu expressões como "causados por tensão emocional" e "depressão espástica" inseridas em letra menor, com numa tinta mais recente, num texto escrito dois anos antes, época da publicação de "Os únicos vitoriosos da Hollywood de hoje". No almoço, Rantoul gabou-se: "Eu pedi que o juiz aceitasse aquele registro como prova, e o Kepper ficou branco que nem bunda de esquimó. Retirou o testemunho. Se ele não faz isso, a gente pega os pulhas por falso testemunho".

"Pulhas" era um eufemismo utilizado por Rantoul, com seu cavalheirismo de sulista, em respeito à presença de Rita. Bech, já em sua terceira semana de Los Angeles, estava entendendo melhor aquela mulher. Seu jeito pão-pão-queijo-queijo de pensar e falar, fruto da herança hispânica, fora suavizado pelo espírito empresarial americano, com sua disposição para sorrir e explorar possibilidades. Um dia em que Rantoul e Nunn tinham outros compromissos profissionais, ela foi almoçar com Bech num restaurante mexicano perto do tribunal. Ele confessou a Rita todos os seus escrúpulos, sua tendência a sentir cada vez mais pena de seu adversário, que parecia ser o réu. "Eu me sinto tão *culpado*", disse Bech.

"Isso é um luxo a que você se dá", explicou Rita. "Uma coisa judaica, de se identificar com quem está tentando destruí-lo. Uma maneira de se colocar acima de toda essa briga. O que é muito bonito, Henry. Uma atitude adorável. É por isso que você precisa de nós, pra brigar por você."

"O Ohrbach também é judeu. Vai ver que ele também sente a mesma coisa em relação a mim."

"Quem dera."

"Como é que você acha que a coisa está caminhando?"

Ela deu de ombros, balançando os brincos. "A posição deles é *basura*, mas isso não quer dizer que o júri não é capaz de engolir a isca. Os júris tendem a simpatizar com quem está por baixo, e você ainda não conseguiu passar essa imagem de estar por baixo. Quem está fazendo isso é o Ohrbach. A gente acha que ele está comprando de propósito camisas com o colarinho grande demais, e também fazendo aquele gesto de menear a cabeça que dá até pena de ver."

"É mesmo? Essa me deixou danado. Rita, vamos acabar com a raça desse desgraçado. Posso chamar você pelo primeiro nome? Me diga, o que é que você faz à noite?"

As noites de Bech eram longas e vazias. Ele andava a esmo pelo hotel — um arranha-céu futurista, redondo, que brotara no ponto onde duas freeways se encontravam — com vários andares de restaurantes semivazios. Uma noite ele sentava-se num balcão e ficava vendo japoneses ágeis, com chapéus de mestre-cuca, fatiando carne e legumes, transformando-os numa espécie de origami comestível; na noite seguinte ia ao restaurante chinês, onde havia uma gruta com riacho e tudo, com uma pequena ponte curva guardada por uma recepcionista com vestido de seda. Tentava sair do hotel e caminhar pela noite, mas o centro da cidade era sinistro, vazio; parecia perigoso. Os únicos sons que se ouviam eram o vento nas palmeiras e o tráfego de alta velocidade. Bech jamais conseguia descobrir onde ficavam os cinemas, os restaurantes italianos pequeninos, os jornaleiros de esquina que se encontram por toda parte em Nova York. De manhã, porém, enquanto subia uma ladeira de concreto por cima de um abismo onde automóveis faziam a terra estremecer e turvavam a atmosfera de gás carbônico, Bech percebia, no sol limpo que o céu sem nuvens entregava sem falha, o que atraíra milhões de pessoas até aquele lugar: uma luminosidade desértica, uma transparência que ascendia do frágil panorama daqueles prédios de cores suaves até o vazio cristalino e sereno que se encontrava no âmago dos céus. Não havia especulação imobiliária e exploração implacável que conseguissem poluir irremediavelmente aquele ar sublime. Aquela era a Terra Prometida; era assim que devia ser Israel, e não aquela fatiazinha torta de terra, eternamente disputada, no meio do mundo árabe. Os espanhóis tinham sido expulsos, e no entanto permaneciam — na arquitetura, nos topônimos, no tom ocre, no fatalismo daquela miragem esplêndida. Bech chegava ao tribunal com uma leve camada de suor nas costas, um pouco ofegante de expectativa.

"Ah, você está perguntando só por perguntar", disse Rita. "Você deve ter um monte de namoradas, essas garotas nova-iorquinas inteligentes e lindíssimas."

"Não, estou interessado, sim", insistiu Bech.

"Estudo os processos, cozinho pros meus pais e tomo conta dos filhos da minha irmã", respondeu Rita. "Ela faz balé aquático nua numa piscina de vidro num bar lá em Venice, freqüentado por homens de negócios."

"E se eu levar você pra jantar uma noite dessas, enquanto a sua irmã está secando?"

"Henry, vamos esperar o veredicto. Sei lá se você vai ter dinheiro pra pagar um cachorro-quente."

No tribunal, a equipe de Ohrbach apresentou a testemunha mais engraçada do processo, que fez os jurados rirem até as lágrimas; mesmo o estenotipista sorriu, enquanto seus dedos formavam acordes no teclado, lembrando mais um pianista do que um datilógrafo. A testemunha era um oficial de justiça gordíssimo e muito bem-falante, um verdadeiro virtuose de tribunal, que, na tentativa de intimar Lanna Jerome a depor, escondera-se entre os arbustos junto ao prédio onde ela morava, em Palm Springs, e ficara ganindo como um cachorro, miando como um gatinho e chilrando como um pássaro ferido. A cantora e atriz era sabidamente apaixonada por animais, e ele imaginava desse modo encontrar uma oportunidade de jogar-lhe a intimação pela janela. Não colou. Lanna não pôs a cabeça na janela. O oficial de justiça fez uma demonstração, ganindo, miando e chilrando.

"Qual a relevância de todos esses efeitos sonoros?", perguntou o juiz, depois que os risos dos jurados — já um pouco forçados e esparsos no final, como risos gravados de seriado de tevê — terminaram por completo.

O sargento Kepper levantou-se. "Temos motivos para acreditar, meretíssimo, que a senhora Jerome mudou de opinião e agora encara de modo mais favorável a atuação profissional do senhor Ohrbach do que no tempo em que, sob a influência de um adevogado inescrupuloso, ele a processou. Quer dizer, *ela o* processou. Meretíssimo, eu me equevoquei."

"Protesto. Trata-se de testemunho indireto, irrelevante e impertinente."

"Protesto mantido." O juiz instruiu o júri a esquecer o depoimento que acabara de ser dado, e o oficial de justiça extraiu-se do banco das testemunhas com a perícia escolada de um sommelier desarrolhando uma garrafa de champanhe.

Na lanchonete, Rantoul estava jubiloso. "Eles voltam a toda hora àquela história da Lanna que nem um criminoso voltando ao lugar do crime. Se ela aparece, eles estão *ferrados*."

Disse Gregg Nunn, entusiasmado: "Vocês repararam que no meio daquela performance toda, daquela barulheira de bicho, o Morrie nem levantou a vista? Ficou o tempo todo rabiscando num bloco. Ele já entregou os pontos nesta causa e já está pensando na próxima. O cara não descansa nunca; ele é uma aranha, o tempo todo tecendo processos!".

Bech gostou de ouvir Nunn exprimir, a sua maneira afetada, a impressão que ele próprio tinha: Ohrbach era um fenômeno transcendente. À noite, debatendo-se insone na cama, tinha a sensação de que seu adversário o envolvia, sufocando-o. O quarto de hotel tinha exatamente a forma de uma fatia de bolo. A cabeça de Bech ficava na ponta estreita da fatia, perto do poço que percorria o centro da torre redonda, pelo qual passavam elevadores, zumbindo e pulsando, dia e noite sem parar: prostitutas caras subindo com seus clientes endinheirados de toda a orla do Pacífico, e depois descendo sozinhas. Por trás das janelas douradas do quarto havia uma floresta de arranha-céus de vidro, no centro estranhamente vazio e abstrato de Los Angeles. Ohrbach e seu implacável processo haviam trazido Bech até ali, àquele canto irreal do continente, tal como seu pai irascível o havia levado, na delicada fronteira da puberdade, para o Brooklyn. Esse paralelismo tinha o efeito de tornar Ohrbach uma força imensa e de certo modo benigna, pois todas as forças que nos criam nos parecem, por conta de nossa auto-imagem instintivamente positiva, benignas. Apesar do espírito belicoso de seus defensores, Bech nutria a secreta esperança de que ele e seu inimigo pudessem entrar num acordo — mais que isso, de que, por trás de todas aquelas ridículas maquinações da lei, eles *já* estivessem, por meios invisíveis, acertando um acordo. Bech sabia, com base no modo como o olhar vago e esquivo do velho roçava de leve por seu rosto todas as manhãs, que Ohrbach gostava dele; sua aparente implacabilidade ocultava uma misericórdia profunda e persistente.

Dito e feito: na hora de dar seu testemunho, o velho agente simplesmente derreteu-se. Melou sua própria defesa. Meteu os pés pelas mãos, como dizia Rantoul. Agora evitava os olhares dos jurados tanto quanto antes evitara os da equipe de defesa; a toda hora desviava a vista para as fichas que tinha consigo, e, enquanto os advogados e o juiz tentavam resolver alguma questão processual, ele fazia anotações de modo compulsivo, com uma caneta-tinteiro antiquada que arranhava. Kepper tentava fazê-lo relatar a angústia de ser caluniado em *Flying Fur*, mas Ohrbach parecia não estar mais interessado; só queria falar em Lanna Jerome: dizia que durante os muitos anos em que trabalhara para ela gostava muito dela e do primeiro marido, que ficara magoadíssimo quando ela, instigada pelo segundo marido, o leão-de-chácara, resolveu inexplicavelmente abrir um processo contra ele, e que o afeto e a admiração que ela lhe inspirava permaneciam intatos apesar de todas as "batalhas judiciais" que haviam travado. Confidenciou ao júri que seria capaz de dar a vida por ela, e que no fundo não tinha dúvida de que ela faria o mesmo por ele.

Lanna teria alguma vez — perguntou-lhe Kepper, tentando de todo jeito fazê-lo retomar o fio da meada — chamado a ele de "extorsionário"?

"Pode até ser, mas só de brincadeira. Brincadeira de amiga. Ela era assim mesmo, exagerada — coisa de artista."

Kepper ficou lívido. Algum de seus clientes, perguntou a Ohrbach, alguma vez, que ele se lembrasse, o acusara de extorsão?

"Sempre tem discussões", reconheceu ele, sorrindo, "antes de se chegar aos termos finais do contrato. Nessas horas as pessoas dizem coisas que não são pra ser levadas a sério."

Alguém, em toda a sua vida, perguntou Kepper, quase gritando de frustração, alguma vez o chamara de "extorsionário", quanto mais de "arquiextorsionário"?

Eram bolas fracas, pensou Bech, para serem defendidas sem nenhuma dificuldade; porém Ohrbach estava engolindo um frango depois do outro.

A cabeça branca do agente, sempre a menear, estava mais baixa do que nunca quando ele disse, numa voz trêmula que ainda tinha laivos de sotaque nova-iorquino: "Olhe, depois de cinqüenta anos em Hollywood, já fui chamado de praticamente tudo. Mas não me lembro de ter visto isso em letra de fôrma até sair o artigo desse rapaz simpático". E por um segundo seus olhos ariscos ousaram acompanhar a mão enrugada que esboçou um gesto tímido em direção ao lugar onde, dia após dia, Bech ficava sentado, sofrendo. Ohrbach estava estendendo um ramo de oliveira. Davi e Absalão. José e seus irmãos. O filho pródigo. O perdão, a prerrogativa dos patriarcas. Bech teve de esforçar-se para conter o impulso de levantar-se de um salto, ajoelhar-se diante da testemunha e abaixar a cabeça para que o velho lhe estendesse a bênção que seu próprio pai lhe negara.

"Porra", exclamou o sargento Kepper. Os braços curtos ergueram-se das ilhargas e depois caíram, como nadadeiras de pingüim. "Arrego." E pediu desculpas ao tribunal atônito: "Desculpe, meretíssimo. Eu me equevoquei".

"Você não morreu de pena dele?", perguntou Bech a Rita na noite de sábado, num restaurante polinésio na praia de Venice, onde grandes porções flamejantes eram transportadas de um lado para o outro em travessas que pareciam eletrificadas para amplificar a crepitação. "Até o advogado pediu arrego."

"Não, Henry", disse ela. "Sou tão sensível quanto qualquer mulher, mas não morri de pena dele, não. Dois maus atores se desentendendo no meio de um espetáculo, uma coisa que acontece muito. Acho que o cérebro do nosso adversário está meio perturbado depois de tantos anos de *escamoteo*."

"Ele deu a impressão de não entender nenhuma das deixas que o Kepper tentou passar pra ele."

"O seu extorsionário de estimação já não está em plena forma — isso lá é motivo pra você ficar triste desse jeito?"

A porta do restaurante estava aberta para que entrasse o suave crepúsculo californiano, o silêncio pacífico rasgado pelo som áspero de skates e patins propelindo corpos jovens e musculosos.

"Por falar em plena forma", disse ele, "onde fica o tal lugar em que a sua irmã se apresenta debaixo d'água?"

"Longe daqui, tanto em termos de distância quanto de ambiência. Não quero que você fique devorando minha irmã com os olhos. Quero você todo pra mim, Henry. Sou mais ciumenta que as suas garotas nova-iorquinas sofisticadas." Com uma explosão vulcânica de fogo e um crepitar trovejante de gordura fervente, o antepasto deles, fatias de porco à Molokai, chegou. Um bando de patinadores passou pela porta do restaurante. Bech se deu conta, com uma sensação ao mesmo tempo estimulante e angustiante, de que sua acompanhante estava disposta a enfrentar uma noitada completa.

A atuação da defesa foi um anticlímax rápido e eficiente. Rantoul havia encontrado um batalhão de testemunhas dispostas a jurar que Ohrbach não era nenhum anjo. Um venerando chefe de estúdio de tempos idos, um senhor octogenário com cabelos ainda mais níveos do que os do querelante, respondeu, quando lhe foi perguntado qual era a reputação de Ohrbach na indústria cinematográfica, com uma expressão singela: "A pior". Uma outra testemunha, uma atriz com um rosto liso e olhos amendoados que parecia vagamente familiar a milhões de pessoas por ter feito papéis de co-pilotos, andróides e princesas extraterrestres em filmes B de ficção científica, chorou ao relatar a fortuna ínfima que lhe restou após passar pelas mãos de Ohrbach.

Bech achou a atuação da mulher um pouco exagerada, mas ela teve o efeito de fixar todos os rostos dos jurados — que, vistos em perfil daquele ângulo, formavam um bloco compacto, como naqueles cartazes patrióticos em que Norman Rockwell colocava uma amostra representativa de rostos americanos. Na verdade, nem todos estavam fixos, porque um dos dois suplentes, uma mulher grandalhona de rosto redondo que sempre usava terninhos, cada um mais deplorável que o outro, agora vivia olhando para ele. Seu rosto luminoso de lua cheia incomodava-lhe o rabo do olho o dia inteiro. Sempre que Bech olhava para ela por acaso, a mulher piscava para ele. O que teria sido animador, se não se tratasse de uma simples suplente. Quando as mulheres do pedaço começavam a dar em cima, pensou ele, era sinal de que a gente estava ficando aclimatado ao ambiente. Já estava em Los Angeles havia três semanas, a um custo de pouco mais de mil dólares por dia. Se ele piscasse para a suplente, o juiz poderia anular o processo. Bech fixou a vista com determinação na cabeça de Ohrbach e percebeu que havia um melancólico ponto calvo, uma manchinha indefesa de pele rósea em meio às ondas de cabelos brancos, junto a um redemoinho. Ao contemplar o cadáver de seu pai no necrotério do Brooklyn, Bech ficara surpreso de constatar como estavam ralos os cabelos do velho Abe; em vida, o cabelo pintado, o bronzeado mantido o ano inteiro e a força de vontade férrea do velho sempre impunham a ilusão de uma cabeleira imponente.

Ao final da sessão do dia, Ohrbach estava parado junto à porta, trêmulo, e seu sorriso nebuloso, melancólico e reflexivo percorria os rostos do tribunal, quando o olhar de Bech por acaso cruzou com o seu; e Bech, lembrando-se da mulher de cara de lua, piscou para ele.

Mas piscou mesmo? Ele não acreditava que tivesse feito uma coisa tão desastrosa. Os olhos do inimigo ficaram opacos, como olhos de peixe; não tinham cor, como se arrancados das profundezas abissais aonde a luz não chegava. Bech corou de vergonha, e tentou imaginar dez milhões de dólares, em maços de notas de dez e vinte, presos com elásticos. Era isso que aquela piscadela lhe custaria. Quando voltasse a depor, Ohrbach poderia dizer: "Meritíssimo, senhoras e senhores do júri, o réu piscou para mim. Isso prova, sem qualquer sombra de dúvida, se mais provas ainda fossem necessárias, que ele me vê como um colega, um semelhante, e de modo algum como um arquiextorsionário!".

Porém Ohrbach, em vez de aproveitar-se daquele trunfo inesperado, mais uma vez sumiu do tribunal. A piscadela imprudente de Bech, se de fato ocorrera, o ofendera mortalmente, talvez. O velho escroque sentira-se ridicularizado; não se devia piscar para as maquinações da lei. Sem ele, o julgamento arrastava-se, em transe, rumo ao desfecho. Círculos de cabelos grisalhos haviam começado a surgir no black-power do juiz, e seu corpo estava cada vez mais inclinado para a esquerda, já tendendo à horizontal. Lanna Jerome não saiu de sua toca em Palm Springs, porém um contador e um advogado que trabalhavam para ela fizeram um longo e estupefaciente depoimento em partidas dobradas, demonstrando de modo detalhado todas as injustiças e semi-injustiças financeiras sofridas por ela. Suas relações com Morrie Ohrbach haviam começado ao som de "Com toda a força" e terminado com "Não devolva minhas cartas, meu advogado vai contatar o seu".

O próprio Bech foi chamado a depor. O tribunal, finalmente visto de um ângulo tão diferente, tinha um ar surreal, lembrando aqueles livros infantis em que uma ilustração tridimensional se ergue das páginas quando ele é aberto — o juiz bem perto, o júri espalhado em leque como uma arquibancada vista do campo, as marcas dispersas na fita de papel do estenotipista, quase legíveis. Com a mesma voz que usava nos debates em sala de aula no tempo do secundário, nítida como pegadas na lama, Bech afirmou que, tendo recolhido muitas informações junto a fontes fidedignas, ele achara o epíteto em questão apropriado e justo. O prefixo "arqui" fora utilizado em seu segundo sentido, o mais comum: "extremo, que representa com mais perfeição as qualidades de sua espécie".

Ele sempre imaginara que seria muito difícil mentir no tribunal, após fazer o juramento sobre a Bíblia, porém constatou que nada poderia ser mais fácil. Havia se transformado num ator, no protagonista de um drama, e as palavras eram meras armas empregadas no combate. Palavras: como poderia ele ter dedicado sua vida a coisas tão frágeis, tão flexíveis, tão fáceis de usar para enganar? Quando Rantoul lhe perguntou se ele visara exprimir como sua *opinião* que Ohrbach era um arquiextorsionário ou como *fato*, respondeu que sua intenção era exprimir a idéia como sua *opinião*. Haviam-no doutrinado cuidadosamente a respeito dessa distinção legal, da qual dependiam, ao que parecia, importantíssimas questões referentes à Primeira Emenda da Constituição, mas aquilo não fazia muito sentido para ele. Para que serve uma opinião se ela não exprime um fato? Porém obrigou-se a não dizer tal coisa, e seu advogado pescoçudo dirigiu-lhe um olhar de aprovação.

O sargento Kepper levantou-se para interrogá-lo. "Senhor Bech, o senhor se considera apaixonado por Lanna Jerome?"

O pequeno tribunal ficou tão silencioso que Bech ouviu o rangido do sapato de um dos jurados; o estenótipo bateu dois compassos de um esqueleto de melodia. "Não", ele mentiu. "Admiro o talento dela, é claro; mas milhões de outras pessoas também o admiram."

"Deixemos para lá esses milhões", disse Kepper, áspero. "O tom com que o senhor fala sobre as relações dela com o querelante me lembraram, se me permitem dizê-lo, um ex-amante ciumento."

"Protesto", interrompeu Rantoul. "Conjetura. Irrelevante."

"Protesto rejeitado", disse o juiz em voz baixa. "Pode vir a ser relevante. Prossiga."

"Seria apropriado afirmar", prosseguiu Kepper, "que sua paixão pela senhorita Jerome o levou a manifestar, em letra de fôrma, ódio, malevolência e despeito para com o senhor Ohrbach?"

Bech reconheceu a linguagem jurídica, o veneno na ponta da lança. "De modo algum", retrucou, com uma sinceridade invencível. "Não tenho agora, e jamais tive, sentimento algum de malevolência dirigido ao senhor Ohrbach. Não o conheço pessoalmente, não tive nenhum contato com ele." Reprimiu o impulso enlouquecido de confessar que não apenas não nutria sentimentos malévolos por Ohrbach como também, em tempos recentes, passara a sentir um certo afeto filial por ele.

Mal sabiam eles que Bech estava disposto a declarar-se culpado. Porém as tentativas do sargento Kepper de forçar os pontos fracos da armadura do réu foram se tornando mais frouxas, e pouco depois terminou o interrogatório. Não havia mais testemunhas.

No dia seguinte, Kepper resumiu o processo de modo dispersivo e espasmódico, "equevocando-se" a toda hora e permitindo-se longos vôos de oratória vazia sobre os perigos da mídia descontrolada. Falou sobre a Costa Oeste e a Costa Leste, aquela sendo o centro aberto da criatividade e do entretenimento, esta o lugar das picuinhas e críticas negativas. Quem é esse Henry Bech, um escrevinhador (pronunciado "escrevenhador") de renda modesta, para compreender o funcionamento das relações entre agente e cliente numa arte popular de sucesso extraordinário? Porém, embora levantasse e baixasse os braços curtos, claramente não estava mais empolgado com a causa. Na opinião de Rantoul, Kepper fora convencido a assumir o caso Ohrbach se não houvesse acordo extrajudicial; como de fato não ocorrera acordo algum, ele percebeu que havia embarcado numa canoa furada. Tudo isso — todo aquele terror, aquelas despesas — fora apenas uma encenação pro forma.

Ohrbach não quis estar presente para o desfecho. O tribunal era agora um corpo sem alma.

Rantoul, tentando tirar o processo daquele torpor, denunciou, com uma eloqüência quase cômica, a injustiça absurda da acusação de difamação, tendo em vista a péssima reputação do querelante; se neste grande país a opinião sincera, fundada numa farta massa de comprovação empírica, de que um homem é um arquiextorsionário não pode ser manifestada numa publicação informativa, então para que serve a Constituição, por que motivo foram travadas tantas guerras para defender a nação das tiranias fascistas e comunistas?

Porém o júri levou nada menos do que quatro horas, quatro horas em que o estômago de Bech fez piruetas dignas de um contorcionista, para chegar ao veredicto de inocente. Um dos jurados de origem asiática, Gregg Nunn descobriu e depois confidenciou a Bech numa carta cheia de fofocas, pensava que *Flying Fur* fosse uma revista pornográfica, e por ser cristão fundamentalista também não via com bons olhos o caso de Lanna Jerome com o governador de Nevada, nem tampouco suas posições, amplamente divulgadas, em favor do aborto legal e das mulheres que concebem filhos em esquema de produção independente.

O pai de Bech, Abe Bech, sofrera terrivelmente de varizes em seus últimos dez anos de vida, sintoma dos problemas circulatórios que terminariam por matá-lo. Não obstante, caminhava até a estação do metrô todos os dias, a estação da Atlantic Avenue, e passava o dia inteiro em pé na joalheria, uma loja escura, cheia de lampejos de brilhantes, quando não estava batendo pé na 47th Street, com seu passo manco, tentando fechar um negócio. É isso que os pais fazem, negociar, para que os filhos possam desprezar esse tipo de coisa e sair batendo asas por cima dos telhados. Mas no final caímos na realidade e nos vemos enquadrando um homem que passou a vida inteira negociando — fazendo o que era necessário fazer, segundo sua maneira de ver as coisas —, tudo por causa de uma frase irônica. Por 1250 dólares, mais as despesas. "Eu me sinto muito culpado", disse ele a Rita.

"Mas por quê, homem? Aquele sujeito é um filho da puta *podrido*."

A voz de Rita perdera seu decoro jurídico e relaxara de vez, assumindo um ritmo maternal e latino. Os dois estavam nus, na cama, no hotel futurista de Bech, lado a lado, fumando um baseado. Rita tinha ombros morenos, cor de biscoito de chocolate, pêlos negros e crespos nos antebraços, e cabelos curtos e emaranhados, um corte igual ao de Lanna Jerome em sua fase pré-punk. Estavam conversando a respeito da contrademanda que Bech ia abrir contra Ohrbach, não apenas para cobrir as despesas do processo como também para compensar o sofrimento mental, o tempo perdido e os danos incalculáveis a sua reputação profissional. Tom Rantoul estava lambendo os beiços. "O sacana vai se dar tão mal", jurava, "que nunca mais apronta outra." A ação, a ser paga na eventualidade de se chegar a um resultado favorável, levaria meses para ser preparada, e Bech tinha a impressão de que sua vida agora estava ali, na costa do Pacífico. Ele havia se informado, retomado alguns contatos que fizera dois anos antes, e estava até conseguindo alguma coisa. Será que conseguiria escrever roteiros para a televisão? Boa parte das comédias enlatadas se passa na Costa Leste, por causa da concentração populacional de lá, porém havia toda uma geração de roteiristas em Hollywood para quem Nova York era apenas uma fábula, um Velho Mundo do qual seus pais haviam emigrado. O pagamento proposto para um roteiro piloto era equivalente a metade de toda a renda de Bech no ano anterior. Ele disse que ia pensar.

"Eu adorava ele", disse a Rita. "Andava caído pra frente, balançando a cabeça, pedindo perdão a todo mundo e sabendo que não ia ser perdoado. Quando meu pai morreu", prosseguiu, "encontramos na gaveta dele as meias elásticas que eu tinha comprado pra ele, pra que as pernas não doessem tanto. Ele nunca tinha usado. Ainda estavam com o papelão dentro. Uns pedaços de papelão em forma de pé."

"Meu amor, eu entendo. Pés de papelão. O velho morrendo no metrô. A vida é dura. Mas aquele outro *judío* estava tentando ferrar você. Ou bem você ferra ele, ou bem ele ferra você. O que é que você prefere?"

"Olhe, não sei, não", respondeu o réu, tocando com dois dedos o mamilo erétil — cor de um damasco escurecido pelo sol, um damasco que não foi tratado com enxofre — do seio dela mais próximo. "Nenhuma das duas opções é ideal."

E nenhuma das duas costas é ideal; após mais algumas semanas de consultas legais e namoro, Bech voltou para a outra costa, enquanto às margens do Pacífico um coração feminino partido lentamente se recuperava, e as engrenagens da justiça, como mandíbulas a mastigar, continuavam seu movimento monótono, até que um dia, um dia em que ninguém estava olhando, pararam.

Bech noir

Bech tinha uma nova comparsa. O apelido dela era Robin. Rachel "Robin" Teagarten. Vinte e seis anos, pós-judia, longos cabelos crespos, mais para baixa e cheia. Ela atuava como interface entre Bech e o IBM PS/1 que seu editor o convencera a comprar. Era ela que determinava as configurações default, que reorganizava os ícones, que programava os formatos de estilo, que lhe dava acesso aos conjuntos de caracteres ANSI — Bech fazia questão de caprichar nos sotaques estrangeiros. Quando ele queria responder a uma carta, bastava ditar enquanto ela digitava. Quando Bech tinha um ímpeto criativo, Robin decifrava sua letra e a passava para o código digitalizado. Duas coisas que não aconteciam com muita freqüência. Bech pertencia à escola parcimoniosa de Ernest Hemingway. Para preencher o tempo vazio, ele e Robin dormiam juntos. Ele estava com setenta e quatro anos, mas dava-se um jeito nisso. Setenta e quatro mais vinte e seis dava cem; dividido por dois dava cinqüenta, o apogeu da vida. A energia da juventude junto com a sabedoria da idade. Uma equipe. Uma dupla.

Estavam em seu confortável estúdio, no último andar de um prédio na Crosby Street. Ele estava lendo o *Times* e tomando o café da manhã: café Folgers descafeinado, suco de laranja D'Agostino enriquecido com cálcio, bagel com semente de papoula levemente torrado. Os farelos e as sementes de papoula haviam se espalhado sobre o jornal e o colo de Bech, mas neste planeta cruel tudo tem seu preço. Disse Bech a Robin: "Ih, Lucas Mishner morreu".

Uma satisfação cremosa — da melhor qualidade, tornada ainda mais cremosa pelo calor da torrada — cobriu seu coração, numa camada espessa.

"Quem é Lucas Mishner?", perguntou Robin, absorta na leitura da seção D, o caderno de negócios. Ela era uma mulher prática, que nada sabia sobre a vida cultural anterior ao ano de 1975.

"Um crítico que já foi muito poderoso", disse Bech, arrancando cada palavra com uma mordida. "Seguidor da escola da *Partisan Review*. Às vezes dignava-se a ser publicado na *Trib Book Review*, quando ela ainda existia nesta margem do Atlântico. Desprezava o meu trabalho. Dizia que tinha 'uma energia superficial, mas sem a fibra, a força, que é a verdadeira marca do espírito americano'. Palavras dele, não minhas. Fibra, força. Hipócrita filho da puta. Quando publiquei *Os eleitos*, em 1963, saiu-se com esta: 'Por mais que ele se esforce e esperneie, Bech jamais atingirá o sublime americano'. Convencido, metido a besta, calhorda. Sabe quem ele achava que era bom de verdade? James Jones. James Jones e James Gould Cozzens."

Lá estava o rosto de Mishner no *Times*, vinte anos mais moço, fazendo um biquinho à guisa de sorriso e com uns fiapos de cabelo patéticos cuidadosamente penteados que davam o efeito de uma persiana quebrada projetando sombras zebradas sobre sua calva. A idéia da morte de Mishner enchia Bech de um langor cremoso. Disse ele a Robin:

"Morava lá nos cafundós de Connecticut. Três esposas. Favor não mandar flores. Havia anos que não publicava nada. Dizia-se que estava caduco por excesso de álcool".

"Você parece satisfeito."

"Íssimo."

"Por quê? Ele já tinha parado de publicar crítica, não é?"

"Não na minha cabeça. Ele tentou me prejudicar. Me prejudicou. Minha é a vingança."

"Quem disse isso?"

"Deus. A Bíblia. Acorde, Robin."

"Bem que eu vi que não parecia coisa sua", admitiu ela. "Pare de monopolizar a seção de artes. Vamos ver o que está passando em Greenwich Village. Estou a fim de um cinema hoje."

"Eu não estou lendo a seção de artes."

"Mas fica debaixo da que você está lendo."

"Eu ia chegar lá."

"É isso mesmo que eu chamo de monopolizar. Passe pra cá."

Bech entregou o jornal, espalhando sementes de papoula pela mesa de jantar de madeira tratada com poliuretana que Robin havia instalado ali. Durante anos, Bech e suas amigas comiam numa mesa de centro de vidro que ficava num trecho do estúdio mais perto da janela. Era bonito ver o sol entrar, mas comer naquela mesa baixa era ruim para os órgãos internos. Robin convencera-o também a tomar vitaminas e suco de laranja com cálcio. Ela achava que desse modo conseguiria desentortar-lhe a coluna. Havia anos que Bech não se sentia tão bem. Robin o obrigava a fazer abdominais e flexões. Ele estava duro e ágil para um homem que ultrapassara a idade bíblica de setent'anos. Estava pronto para enfrentar qualquer coisa. Gostava do tônus de seus próprios músculos. Gostava de ver a linha reta do maxilar largo de Robin do outro lado da mesa. Os cabelos fartos e saudáveis dela, os lábios gordos e proeminentes, o narizinho achatado. "Menos um", disse Bech a ela, misterioso.

Porém Robin estava lendo a seção de artes, no caderno B, e não ouviu. "*Con Air, a rota da fuga*; *A outra face*", foi lendo. Estavam no verão de 1997. "*Força Aérea Um*; *Homens de Preto*. Tudo violento. Horrível."

"Por que é que você tem medo de um pouco de violência?", Bech perguntou-lhe. "A violência é a nossa poesia, agora que o sexo está fatalmente estigmatizado."

"Ou então *Contato*", disse Robin. "Pelas resenhas, é uma história que mostra que o universo no fundo adora a espécie humana."

"Vá atrás", rosnou Bech. Se bem que a seiva que fervia nele tinha algo a ver com amor. A morte de Mishner acrescentava mais um centímetro ao seu pau.

Uma semana depois, Bech estava no metrô. A estação Rockefeller Center na Sixth Avenue, a velha linha IND. A plataforma no sentido centro estava apinhada de gente. Um bando de executivos da McGraw-Hill, Exxon e Time-Life voltava correndo para os braços das esposas em Brooklyn Heights. Ou então iam para a West 4th Street tomar chá de ervas e vestir-se de mulher para enfrentar a noite. O que não faltava agora era executivos monógamos metidos a travestis. Bech estava de péssimo humor. Tinha ido ao MoMA para ver a mostra de cartazes de cinema construtivistas e a sala Project 60. Na sala estavam expondo seus trabalhos três pintores figurativistas "quentíssimos", segundo a *New Yorker*: um fazia "retratos venenosos de vítimas da moda"; o outro era especializado em "coisas tão insossas que estão na fronteira do não-ser"; o terceiro trabalhava com "retratos artificiais e sedutores de estrelas pop e rapazes gays". Nenhum deles despertou interesse em Bech. A arte o deixara para trás. A literatura estava fazendo o mesmo. A música nunca o interessara de verdade, desde os tempos dos bailes na base militar. Aquelas gracinhas do Corpo Feminino do Exército, meninas de Ohio, com uniformes bem engomados. Aquela guerra acabou depressa demais — ele mal teve tempo de matar uns alemães.

Na estação do metrô, a uma luz amarelenta e oscilante, três conjuntos munidos de instrumentos eletrônicos — um de música country, outro de jazz progressivo e outro de funk evangélico — disputavam audiência, enquanto uma voz tonitruante e ininteligível bradava informes sobre cancelamentos e atrasos. No meio daquela cacofonia Bech viu um crítico inglês: Raymond Featherwaite, uma eminência de Cambridge atraída para a City University of New York pelas verdinhas. Do alto das ameias da CUNY, armado com um antiquado arcabuz de pederneira, havia vinte anos ele vinha disparando a esmo tiros sarcásticos contra escritores americanos, graças à anglofilia desenfreada da *New York Review of Books*. Prolixo e *voulu* — foi assim que Featherwaite qualificou o best-seller com que Bech voltou às estantes em 1979, *Pense grande*. A inflação chegava ao auge no governo Carter, o vírus da AIDS pintava e bordava sem ter sido ainda identificado e rotulado, e aquele inglês metido a besta chamava a sua chef-d'œuvre de prolixa e *voulu*. Quando, na época deflacionária presidida por Reagan, Bech ousou publicar uma inofensiva coleção de crônicas e contos sob o título *Compasso de espera*, Featherwaite escreveu: "Por mais que se tenha boa vontade com uma das reputações literárias mais cuidadosamente guardadas do país, pouco a pouco o desânimo vai crescendo à medida que vão se acumulando, página após página, as tentativas do autor no sentido de extrair alguma coisa de quase nada. Os prazeres da microscopia logo cansam".

Só mesmo um ouvido urbano escolado poderia perceber, em meio aos decibéis combinados dos três conjuntos musicais, o som da chegada da composição cujo atraso fora obscuramente anunciado. Featherwaite, como todos aqueles britânicos que se reproduziam como tatuzinhos na madeira podre da indústria editorial nova-iorquina, não era homem de se deixar ficar para trás. Embora mal houvesse espaço para colocar os pés naquele concreto imundo, ele havia conseguido chegar, insinuando-se e acotovelando-se, até a beira da plataforma. Seu perfil duro, com um queixo orgulhoso de prognata e sobrancelhas estudadamente avantajadas, virou-se com uma expectativa arrogante para o trem D, que se aproximava, ruidoso, como se ele estivesse fazendo sinal para um negro e servil táxi londrino ou uma berlinda vitoriana cheia de dourados. Os cabelos de Featherwaite formavam uma franja rala que lhe emprestava um ar de Nero. Os malares estavam corados, como se retocados com ruge. Aquela cabeça inglesa impecável ardeu nos olhos de Bech como se fosse um ferro de marcar.

Prolixo, pensou. *Voulu*. Bech tivera de consultar seu dicionário de francês. O epíteto arrasava toda a obra de Bech, pois afinal de contas, como Schopenhauer demonstrara, tudo era fruto da vontade.

Bech estava três corpos atrás de Featherwaite na multidão compacta, imerso na massa de cheiros, roupas, sotaques, bafos e vontades frustradas de outrem. Dois corpos largos, fornidos de fast food e malte fermentado, interpunham-se entre ele e o crítico, enquanto outros, importunos, empurravam-no por trás. Como se tivesse levado um súbito empurrão, Bech abaixou o ombro e jogou-se sobre o corpo a sua frente; como peças de dominó, este caiu por cima do outro, o qual, por sua vez, lançou o terceiro, o do inglês empertigado, para fora da plataforma. No instante seguinte, o trem, com a força de uma inundação súbita, entrou na estação, abafando todos os outros ruídos com um guincho histérico de metal torturado. No instante final, a mão de Featherwaite levantara-se e sua cabeça voltara-se para trás num espasmo, como se de súbito ele tivesse reconhecido um velho amigo. Em seguida, ele desapareceu.

Tudo se passou num instante, sem que o maquinista tivesse tempo de frear ou que algum outro usuário do metrô pudesse soltar um grito. Apenas o alívio de uma cabeça a menos na multidão espremida e fétida. O homem à frente de Bech, um negrão de olhos vermelhos, com um boné de malha na cabeça no auge do verão, recuperou o equilíbrio e virou-se para trás, indignado, mas Bech, fingindo-se furioso, olhou para trás também e foi saindo de fininho enquanto a multidão reagrupava-se em grupos cônicos diante de cada porta do trem agora parado. Uma voz alterada de mulher — estrangeira, estrídula — começava a alardear o fato terrível que ela havia testemunhado, e ao longe, do outro lado das roletas, um apito de policial soava telepaticamente. Porém enquanto os passageiros, ignorando o ocorrido, saíam do trem espremendo-se contra os que tentavam entrar, em meio aos compactos torvelinhos de corpos irritados e amassados, Bech, o velho rato de livraria, esgueirava-se lépido pela multidão, distanciando-se mais e mais de seus cúmplices involuntários. Introduziu-se no vagão seguinte, e agarrado a uma barra de metal polida por incontáveis mãos, junto a um anúncio de camisas-de-vênus e seringas hipodérmicas distribuídas gratuitamente, encostou na cara uma delicada edição Oxford da poesia de Donne, enquanto a notícia terrível se espalhava, e os assobios das autoridades distantes se aproximavam, e o trem recusava-se a sair do lugar, até ser finalmente esvaziado, enquanto a voz oficial, mais alta e menos inteligível do que nunca, gritava avisos sobre cancelamento, desastre, evacuação sem pânico.

Obediente, Bech saiu da composição imobilizada, cujas rodas estavam sujas de sangue, e subiu as escadas metálicas que cintilavam de vidro pulverizado. Suas entranhas estremeciam em consonância com a multidão que o empurrava, à beira do pânico. Aliviado, respirou o ar livre e anônimo de Manhattan. Avenue of the Americas, dizia uma placa, teimosamente insistindo num gesto obsoleto de boa vontade hemisférica. Bech caminhou para o sul, depois foi até a Seventh Avenue. Escrupulosamente, parou em todos os sinais fechados e jogou todos os folhetos que lhe foram entregues (GAROTAS! GATINHAS UNIVERSITÁRIAS NUAS DA CINTURA PRA CIMA! E DA CINTURA PRA BAIXO TAMBÉM A PARTIR DAS 18h30!) na lata de lixo mais próxima. Entrou na estação da Times Square, onde os túneis inumeráveis do velho sistema IRT confundiam-se na miséria comum de um imenso labirinto subterrâneo de passagens, escadarias, placas e bonbonnières. Bech comprou uma barra de chocolate e encostou-se num pilar recoberto de ladrilhos brancos, para ler a página em que se abrira seu livrinho.

Não te orgulhes, Morte, de teu poder:
Muito se engana quem te tem por forte;
Os que pensas matar, ó pobre Morte,
Não morrem, nem vou eu jamais morrer.

Bech pegou um trem N que o deixou na Broadway com Prince. A tarde se transformara suavemente em noite enquanto ele percorria os subterrâneos da cidade. As galerias começavam a fechar, os restaurantes a abrir. Robin estava no estúdio, mantendo a lasanha quente. "Eu pensava que o MoMA fechasse às seis", disse ela.

"O metrô da Sixth Avenue teve um problema. Tudo parado. Tive que andar até a Times Square. *Odiei* as coisas que vi no museu. Violência, só pra chamar a atenção."

"De repente chega uma hora", disse ela, "em que as novas tendências da arte não são mais pra gente, e sim pras outras pessoas. O que será que houve no metrô?"

"Ninguém sabia. Faltou energia. Ou houve um tiroteio em algum lugar. Algum psicopata", acrescentou, espantado com suas próprias palavras. Suas entranhas estavam agitadas, purgadas, lavadas, e no entanto não estavam cremosas. Talvez a sensação de cremosidade só viesse com o *Times* do dia seguinte. Bech teve medo de não conseguir dormir, de expectativa nervosa, mas Robin ainda lia com a luz acesa quando ele adormeceu, como se estivesse exausto após um longo dia de esforço físico.

CRÍTICO E PROFESSOR INGLÊS MORRE EM ACIDENTE DE METRÔ NO WEST SIDE, era o título da matéria, que começava no canto inferior da primeira página e continuava na coluna de obituário. A foto, tirada décadas antes, glamourizava Featherwaite — cabeça virada para um lado, ombros para o outro — de modo a fazê-lo parecer um irmão mais jovem e mais comportado de George Sanders. Testa larga, lábios finos, queixo vulnerável e insolente... *segundo testemunhas, ele teria se jogado nos trilhos no momento em que a composição se aproximava da plataforma... colegas da CUNY manifestaram espanto, porém afirmaram que ele vivia sob tensão, causada pelo trabalho de obter permissões para reproduzir textos no livro que estava organizando sobre estratégias narrativas pós-modernas... a ex-esposa, entrevistada em Londres, informou que o falecido era sujeito a mudanças bruscas de humor e crises de desespero criativo... publicou alguns romances satíricos na juventude, e um único livro de poesia que foi comparado à obra de Philip Larkin... Robert Silvers, da* New York Review, *afirmou, consternado, que Featherwaite era "um colaborador valioso e versátil, de uma integridade crítica a toda prova"... nascido em Scunthorpe, Yorkshire, terceiro filho, único varão, de um quitandeiro e uma dona de casa que dava aulas de piano...* e por aí afora. Uma vidinha irritante. "Ray Featherwaite morreu", disse Bech a Robin, tentando evitar um tom de triunfo.

"Quem era ele?"

"Um crítico. Menos importante que Mishner. Inglês. De Yorkshire, aliás — eu nunca soube disso. Estudou em Cambridge como bolsista. Eu pensava que ele tinha nascido em berço de ouro — era essa a impressão que ele fazia questão de passar."

"O segundo crítico desta semana", disse Robin, concentrada na análise das páginas densas e cinzentas das cotações da Bolsa.

"Uma entre cada três pessoas em Manhattan é uma espécie de crítico", observou Bech. Esperava que o assunto da conversa mudasse.

"Morreu de quê?"

Não havia como esconder o fato; ela terminaria lendo aquela seção também. "Se jogou na frente do trem do metrô, por incrível que pareça. Parece que andava deprimido, tentando conseguir autorizações para reproduzir textos, uma coisa assim. Vida de acadêmico é muito estressante. Eles vivem num mundo terrível — política universitária é uma coisa brutal."

"É mesmo?" Os olhos de Robin — brilhantes, luminosos, de um castanho vivo e volátil, de couro não curtido — não estavam mais pousados nas cotações da Bolsa. "Qual linha do metrô?"

"Sixth Avenue."

"Vai ver foi o tal problema de que você falou."

"É possível. Bem provável, até. Eu já lhe contei que o meu pai morreu no metrô, bem debaixo do East River? Causou o maior caos na hora do rush."

"Já, Henry", respondeu ela, com um tom de voz calculadamente paciente, para ressaltar que era ela mais jovem e lúcida.

"Desculpe."

"Então por que é que as suas mãos estão tremendo? Você mal consegue segurar o bagel." E sua outra mão, ele percebeu, estava fazendo as sementes de papoula tremerem sobre a folha do obituário, como se um trem do metrô estivesse passando por debaixo dela.

“Sei lá!”, exclamou ele. “Quem sabe eu não peguei alguma virose. Ontem eu apaguei assim que deitei.”

“Apagou, mesmo”, disse Robin, voltando ao jornal. Naquele verão, as ações estavam subindo de valor sem parar, quebrando um novo recorde a cada dia. Uma coisa irreal.

“Desculpe”, repetiu ele. A tranqüilidade voltava a fluir dentro dele. O passado afundava, a cada segundo, sob mais uma camada de passado recente, que o obscurecia. “Você se sentiu desprezada? Uma mulher jovem precisa de sexo.”

“Não”, respondeu ela. “O que senti foi ternura. Você estava com uma cara tão inocente, dormindo de boca aberta.”

Robin, tal como a mulher do Homem-Aranha, Mary Jane, trabalhava numa grande loja de informática. Ela não vendia computadores exatamente, e sim passava informações aos clientes que se debatiam entre ondas avassaladoras de inovação tecnológica e uma contracorrente rapidíssima de obsolescência. As exorbitantes exigências de memória impostas pelo Windows 95 da Microsoft haviam tragado IBMs e Compaqs de 4 ou 8 RAM de memória adquiridos apenas dois anos antes. O Macintosh, outrora poderoso, transformara-se numa mera poça rasa, onde applemaníacos se debatiam, se afogando aos poucos. Até para ficar no mesmo lugar no ciberespaço era necessário dispor de cada vez mais megabytes e megahertz. Essa perecibilidade alarmante despertava na mente de Bech paralelos incômodos referentes a sua própria sobrevivência dentro das turbulências do caldo de cultura. Figuras gigantescas no tempo de sua juventude — A. J. Cronin, Louis Bromfeld, John Erskine, Pearl Buck — haviam desaparecido além do horizonte da literatura legível, sobrevivendo no limbo das pequenas livrarias do interior. Como um viajante num daqueles experimentos imaginários de Einstein, talvez ele estivesse encolhendo a toda velocidade numa recessão desse tipo, e viesse a ser o último a saber. Bech se via classificado em trabalhos acadêmicos como "pré-pós-moderno" ou "pós-realista" ou "pré-minimalista", como se fosse uma borboleta minuciosamente estudada, nascida para procriar e morrer numa determinada semana de verão.

Não obstante, gostava de ver Robin em sua loja — na Third Avenue quase esquina com 27th Street, a poucos quarteirões do Bellevue Hospital — sólida e plácida, com um paletó cinza cujas lapelas eram afastadas para o lado pelo volume dos seios. Cercada por monitores e gabinetes de cor creme, ela recebia os apelos dos escravos da revolução informática. Em sua maioria, eram jovens magros, de cabelos secos e tez pálida de falta de sol. Muitos deles, Robin lhe dizia, esqueciam-se de dormir e tomar banho, tal o afã de comungar com o teclado. Ela falava a língua estrangeira deles, um idioma que Bech achava exótico, erótico. Gostava de ficar olhando para ela pela vitrine, vendo-a copular mentalmente com um freguês em transe. Robin tinha um jeito brusco de agarrar seus próprios cabelos crespos e volumosos e afastá-los para o lado por um momento, soltando-os depois sobre o rosto tensionado por uma exposição detalhada a respeito das vantagens, por exemplo, de trocar um modem de 14,4 kilobytes por segundo por um de 33,6. Às vezes Bech entrava na loja e, como se fosse um bug em forma de gente, interrompia o trabalho de Robin, levando-a para almoçar em algum lugar. Às vezes ia embora sem interrompê-la, contente de ter visto de longe aquela princesa emitindo decretos em seu reino. Admirava-se ao pensar que, no final do dia, ela se deslocaria pelo circuito da cidade e voltaria a ele. A tenacidade das conexões eróticas era um prenúncio da fidelidade do transistor e do microchip.

Bech nem sempre fora um homem mau. Desde cedo dedicara-se ao que lhe parecia ser uma causa inquestionavelmente boa, a arte. Ao sair do exército, parecia-lhe divertido e útil transformar pedaços contíguos do mundo em palavras, palavras que, quando dispostas de maneira apropriada e impressas, possuíam um brilho que se perdia, na realidade exterior ao mundo das palavras, sob o acúmulo cotidiano do hábito, das preocupações, do tédio. Que mal poderia fazer a arte? Que inimigos poderia ela ter?

Porém Bech descobriu que o mundo literário era um campo de batalha — minado pelo ódio, assediado por franco-atiradores. Seus primeiros contos e ensaios, divulgados em falecidas publicações de massa como *Liberty* e falecidas revistas de vanguarda como *Displeasure*, não despertaram muita atenção, e as reportagens que enviava para *The New Leader* da Normandia, logo após a invasão em 1944, e depois da batalha das Ardenas e de Berlim, passaram despercebidas em meio a tantas outras matérias sobre a guerra. Dez anos depois, porém, seu primeiro romance, *Sem bagagem*, teve um certo impacto, e pela primeira vez Bech viu, em letra de fôrma, um ataque malévolo dirigido a sua pessoa. Mais que isso: era uma distorção deliberada das suas intenções e uma divulgação canhestra de todas as guinadas inesperadas do enredo, desfazendo todos os efeitos de suspense cuidadosamente calculados. A idéia de um judeu nova-iorquino que escrevia sobre motoqueiros do Meio-Oeste irritou alguns críticos — uns judeus, outros do Meio-Oeste —, e o ascetismo irônico de seu livro seguinte, uma novela curta intitulada *Irmão porco*, incomodou outros: "A desdenhosa expressão usada na Idade Média para designar o corpo, que o autor utiliza como título, é mais do que apropriada", dizia uma resenha, assinada por uma mulher, "para nos preparar para a melancólica orgia de autoflagelação judaica, que terá o efeito de decepcionar e indignar os admiradores do senhor Bech — que são poucos, é verdade, mas que em alguns círculos rarefeitos são de uma fervor curioso". E sua obra-prima, *Os eleitos*, em que ele tentara agradar os críticos enfrentando as questões de etnia que havia deixado de lado propositadamente em *Irmão porco*, provocou uma chuva de comentários mesquinhos e desdenhosos, cheios de adjetivos espinhosos, nenhum dos quais deixara de cravar-se na pele sensível do autor. "Ignore esses cretinos", aconselhara-o sabiamente seu conhecido Norman Mailer. "Por que você se dá ao trabalho de ler essas merdas?", perguntou-lhe, com sensatez, Joseph Heller. Bech havia tentado seguir esses conselhos realistas, e já no meio de sua carreira julgou ter conseguido tornar sua pele, se não tão dura quanto a couraça de um rinoceronte, ao menos lisa e escorregadia como a penugem luzidia de um pato. Imaginava que as resenhas escorriam-lhe pelas costas e caíam, gotas frias e pesadas, sendo em seguida engolidas pelas águas negras do Letes.

Porém, à medida que avançava no território da velhice, trechos desfavoráveis emergiam do passado longínquo e brotavam-lhe na superfície da consciência, intatos — "não diz absolutamente nada com um aplomb surpreendente", "faltam-lhe dentes afiados ou astúcia para enfrentar a carne crua da realidade", "jamais tira o jogging para suar de verdade", "a vulgaridade sentimental de uma carta de amor pornográfica", "arabescos verbais de uma irrelevância colossal", "não quer ou não consegue ironizar suas posições reacionárias", "sexismo irrealista", "menor, mínimo, minúsculo" —, e rodavam em círculos em sua cabeça, paralisando-o às vezes, por mais que ele tentasse pensar em outra coisa, de raiva cega. Era como se esses insultos, essas bolas de lama jogadas contra ele, essas manchas na túnica de sua vocação, tivessem se transformado, agora que o fim se aproximava, em feridas sanguinolentas. A idéia de que uma crítica negativa poderia ser um veredicto falível, redigido às pressas, com um prazo apertado, para render uns trocados, por um escritor que tinha seus próprios problemas e limitações, era uma suposição razoável e covarde com que a dignidade de suas cãs não se contentavam mais. *Qualquer* resenha negativa, a mais leve ressalva contida numa crítica favorável, até mesmo entusiástica, lhe parecia um sinal de hostilidade aberta — um ataque, um assassinato virtual, uma tentativa malévola de castrá-lo, destruí-lo. O que havia de precioso e potencialmente perene em Bech não era seu corpo, aquele porco fraterno com um ego a guinchar, e sim sua obra. Qualquer desfeita a sua obra era um ataque ao que ele mais valorizava em si próprio. Depois de cinqüenta anos tentando tornar-se imune às críticas, ele agora se dava o direito de encará-las como ataques pessoais. Uma lava furiosa — uma indignação ácida que clamava pelo Pepsomar da satisfação cremosa e assassina — havia se tornado, secretamente, a essência de Bech, seu icor angelical.

A resenhista, Deborah Frueh, que em 1957 desancara *Irmão porco*, tachando-o de autoflagelação judaica, morava longe de Nova York, protegida, em Seattle, em meio a mantras da Nova Era e pós medicinais, entre a Boeing e o monte Rainier. Bech não conseguia tirar de sua cabeça idosa aquela resenha antiga — aquela autocomplacência serena e inquestionável, aquela certeza de deter a realidade inefável de pertencer ao povo eleito por Deus, enquanto ele, aquele pobre pseudojudeu, estava excluído. Começou a pensar uma maneira de atingi-la com o braço comprido da vingança. Sentia nos ossos que ela ainda estava viva. Ainda era jovem ao desferir aquele golpe cruel no jovem Bech, e em 1979 voltara à carga publicando, no *Washington Post*, uma resenha dura, quase patologicamente agressiva, de *Pense grande*, a qual começava assim: "Por algum motivo, nunca consegui me empolgar muito com Bech. Até mesmo (ou, talvez, especialmente) nas passagens mais espalhafatosas, seu texto me parece frágil, os desvarios vazios de um homem vazio, desprovido de qualquer identificação étnica mais séria, estimulado apenas pelo que há de mais trivial e consumista nos Estados Unidos...". Ao final dessa diatribe, a autora era identificada como professora de poesia e de romance pós-colonialista na University of Washington. Dos confins da Costa Oeste, suas críticas desdenhosas e pretensiosas chegavam cada vez mais raramente às colunas literárias do Nordeste. Talvez as seduções do mundo acadêmico a tivessem empurrado para as convoluções derrideanas, levando-a até o autocancelamento. Porém ela não conseguiria esconder-se de Bech, agora que, às vésperas da senilidade, ele se transformara num homem de ação.

Deborah Frueh era farinha fina demais para se deixar apreender nas malhas grossas do *Who's Who*, porém Bech descobriu seu endereço num catálogo geral de escritores em atividade, que listava umas poucas resenhas e um número ainda menor de livros de sua autoria, todos livros infantis com títulos piegas como *O aniversário triste de Jennifer* ou *O dia em que papai não voltou para casa* ou *O legado de um urso de pelúcia*. Aqueles livros, Bech percebeu, eram o calcanhar-de-aquiles de Frueh.

No porão da fábrica convertida em prédio residencial em que ele morava, havia um depósito para cada morador. Porém aqueles compartimentos fechados a cadeado não esgotavam o espaço subterrâneo: uma exploração do local revelava a existência de cavernas de alvenaria, remotas e mal iluminadas, que continham máquinas de costura enferrujadas e peças soltas cuja forma complexa não permitia adivinhar qual teria sido sua utilidade na extremidade oposta do século vinte. Num canto um pouco menos abandonado, a administradora do prédio — uma imobiliária com sede em Nova Jersey — guardava em prateleiras algumas latas de tinta e, penduradas em pregos, ferramentas de carpintaria, seções de canos e outras quinquilharias usadas de vez em quando para fins de manutenção. O zelador cuidava de mais de dez edifícios no SoHo e raramente aparecia naquele porão, embora uma poltrona rasgada e desfiada de couro artificial, uma pilha de *Hustlers* mofadas e um antiquado cinzeiro de pé, cheio de incrustações cinzentas, roubado de um saguão de hotel muitos anos antes, indicassem uma presença potencial que outrora, em tempos mais folgados, podia dar-se ao luxo de relaxar um pouco. Numa de suas expedições furtivas a essas catacumbas que remontavam à Era Industrial de Manhattan, Bech encontrou, num canto encardido, um estreito armário de madeira encaixado entre canos de esgoto e um jogo de hidrômetros abandonados. A porta trancada reduzira-se a um caixilho vazio, em que o lugar do vidro estava ocupado por uma tela de arame que de tão velha já começava a esfarinhar-se. Lá dentro Bech divisou, em meio a teias de aranha, um amontoado de potes de vidro escuros e secos, caixas de papelão amassado e uma bomba manual presa a um tubo de borracha, tudo endurecido pela idade, rachado e sarapintado de oxidação. Interessou-o, em particular, um frasco largo de vidro escuro cujo rótulo, com o estilo tipográfico rígido e ingênuo dos anos 40, anunciava VENENO e exibia nas margens uma variedade de baratas, ratos, centopéias e outras pragas, todas mortas, representadas à maneira singela das ilustrações de dicionário. Rasgando o arame apenas o suficiente para a passagem de sua mão, Bech pegou o frasco. Era do tamanho de uma lata de café, e inclinando-o para um lado ele percebeu que ainda estava pela metade. À luz pobre do porão, leu no rótulo que um dos ingredientes era ácido cianídrico. Temendo contaminar as mãos, levou para seu apartamento o velho frasco de pesticida embrulhado num jornal velho que o zelador tinha largado (a manchete era KOCH ATACA GOVERNADOR), e só se propôs a desatarraxar a tampa enferrujada após calçar as luvas de borracha verdes que Robin usava na cozinha. Fez força. Trincou os dentes; as coroas apertavam-se contra a dentina. A tampa cedeu um segundo antes que sua carótida explodisse. Após cinqüenta anos de hibernação subterrânea, desprendeu-se do vidro um cheiro penetrante, comparado, em tantos romances policiais, a amêndoas amargas. O líquido, incolor, parecia ansioso por vaporizar-se; sua essência espectral desprendia-se com abundância pela boca do frasco.

Bech tampou o vidro. Escondeu-o na gaveta do arquivo em que guardava resenhas antigas. Pesquisou os fatos básicos. O ácido cianídrico, ou ácido prússico, misturava-se com a água, e bastava uma quantidade mínima — umas poucas gotas de uma solução muito diluída — para desacelerar as batidas do coração, inibir a respiração, dilatar as pupilas, provocar convulsões violentas, causar a inconsciência e asfixiar a vítima pela perda total da força muscular. Os cianetos atuam em uma questão de segundos, impedindo a oxidação dos tecidos e interrompendo as funções vitais. O rosto da vítima fica azulado, um tom que nada tem a ver com azul-da-prússia, uma substância inerte que age como precipitante do veneno.

Bech escreveu uma carta de admirador para Deborah Frueh, numa letra infantil, bem devagar, com esferográfica preta, utilizando papel com pauta azul. "Querida Debora Freuh", escreveu ele, errando o nome de propósito. "A senhora é a minha escritora mais favorita. Já li os seus livros um montão de vêses. Eu gostaria muito se a senhora pudesse assinar as duas fichas que estou mandando uma para mim a outra para a minha melhor amiga Betsey e devolvesse no envelope que vai junto. Eu ficaria muitissima feliz e desde já agradeço a senhora." Assinou: "Sua fã de verdade, Mary Jane Mason".

Escreveu a carta uma vez, depois a reescreveu, segurando

a caneta com o que imaginava ser um punho de menina. Depois colocou-a de lado e trabalhou no envelope. Havia comprado uma caixa barata com cem numa loja de material de escritório na Broadway, e destruiu vários até conseguir realizar a alquimia perfeita. Calçou as luvas de borracha. Suas mãos começaram a suar. Com uma toalha de papel, umedeceu ligeiramente a cola seca do envelope — se passasse demais, o papel enrugaria. Depois, usando com todo o cuidado um bastão de vidro para preparar drinques, pingou três ou quatro gotas do veneno invisível na cola úmida. Para não haver possibilidade de que a cola tivesse um gosto amargo demais quando lambida e Deborah Frueh corresse para tomar um antídoto, Bech adoçou os pontos envenenados com água com açúcar preparada num copo de suco de laranja e pingada com um conta-gotas. Mais de uma vez ele teve de se deter quando ia, distraído, lamber a cola para testar o gosto. Recuava, como se estivesse caminhando na beira de um abismo e por um triz não tivesse escorregado e caído, no mar azul-da-prússia da asfixia e do olvido. No meio da vida, a morte estava sempre a um passo de distância.

A tarde morria; o rugido dos carros que subiam a Houston Street em direção ao túnel chegava a um crescendo sem que Bech se desse conta do fato; as janelas da fachada de ferro fundido do outro lado da Crosby Street recebiam o brilho amarelado do sol poente sem que Bech o visse. Ofegante, estava totalmente concentrado no trabalho. Seu nariz escorria; a toda hora ele enxugava-o com um lenço trêmulo. Sua mesa atulhada — um monstrengo comprado muitos anos antes numa loja de material excedente do exército, com os lados de metal verde e o tampo de plástico preto — fazia-o pensar nos trabalhos para a aula de arte nos tempos da escola primária 87, antes de seu pai resolver levá-lo, impensadamente, para o Brooklyn. Ele e seus colegas construíam metrópoles mirins com caixas de flocos de milho, borboletas com papéis coloridos e cola branca; criavam com tesouras corações vermelhos e silhuetas negras de George Washington; faziam até ovos de Páscoa e árvores de Natal de papel, sob as instruções das professorinhas bem engomadas, irlandesas e alemães, as quais introduziam, sem temer qualquer protesto, os alunos judeus no calendário cristão. Naquele tempo, as capas de revista nas bancas de jornais, as canções natalinas no rádio, os enfeites nas janelas das escolas, tudo manifestava uma única cultura, atolada na Depressão e na surrada lenda daquele jovem judeu aculturado que começou em Belém e terminou no Gólgota, uma história ainda comemorada pelas crianças, com papel, cartolina e cola.

Bech pensou muito no endereço de remetente que deveria aparecer no envelope, o qual poderia tornar-se, uma vez mordida a isca fatal, uma pista perigosa. Antes que o veneno fizesse efeito, talvez Deborah Frueh tivesse tempo de selar o envelope, o qual poderia, na confusão após sua morte, acabar sendo posto no correio. Seria perfeito — a pista ir parar dentro de um saco de correspondência e ser entregue, junto com anúncios e contas, na casa de uma família indiferente. No catálogo de Westchester, Bech encontrou uma família Mason em New Rochelle, e com sua mão de menina escreveu o endereço sob o nome da imaginária fã de Frueh. Ao dobrar o envelope, imaginou ouvir um leve estalido — seriam microscópicos cristais de açúcar e cianeto? Ou seria sua consciência, ressecada por aquele século de atrocidades e ateísmo, tentando manifestar-se? Bech colocou o envelope dobrado junto com a carta e quatro (por que não ser generoso?) fichas de arquivo dentro do envelope cuidadosamente endereçado com uma letra imatura de menininha. Ao lamber o selo, pensou no julgamento de O. J. Simpson e na insidiosa complexidade dos dados analisados num exame de DNA. Sêmen, sangue, saliva — cada um desses humores contém a pessoa inteira, expressa em fitas espiraladas de um código microscópico. Onde quer que deixemos um rastro líquido, nossa presença pode ser detectada. Bech, econômico, colou o selo lambido num envelope em branco e umedeceu o destinado a Frueh num canto de uma toalha de papel molhada na bica, e depois espremida.

As janelas altas e trêmulas do outro lado da rua lançavam uma frouxa rede de luz alaranjada sobre o estúdio de Bech. Antes que Robin voltasse do trabalho e se mostrasse curiosa a respeito daquela mesa bagunçada, ele arrumou tudo. As toalhas de papel e envelopes desperdiçados foram para o lixo da cozinha, e o frasco de veneno para o fundo da gaveta das resenhas antigas, que só interessavam a ele — a ele e a um pequeno grupo de estudiosos de sua obra, que estavam envelhecendo e morrendo sem serem substituídos por sangue novo. Até mesmo o funcionário encarregado de seu arquivo na NYU havia manifestado falta de interesse por seus recortes cada vez mais amarelados — entre os quais se encontravam preciosidades como frases de sua autoria incluídas na seção de citações pitorescas do *Reader's Digest* — argumentando que jornais velhos apresentavam "problemas terríveis de conservação".

Bech tirou as luvas de borracha e desceu apressado, o velho coração batendo com força, para colocar a carta de Mary Jane Mason na caixa de correio da esquina de Broadway com Prince. Um arrebol espalhafatoso, listrado como um salmão, pairava para os lados de Nova Jersey. As ruas estavam cheias de pessoas vivas e inocentes, indo para casa à luz dos raios horizontais do sol poente, piscando ao sair do metrô e após um longo dia diante de um monitor de computador. As ruas estreitas e os prédios comerciais baixos davam à rua um aspecto de intimidade animada, como se fosse um cenário teatral, semi-iluminado na hora em que a cortina é levantada. Bech hesitou por um instante antes de colocar a carta dentro da caixa azul, coberta de pichações, bem à frente da Victoria's Secret. Um delicado casal japonês de meia-idade, com tênis bulbosos de turistas, olhou timidamente para aquele habitante local, de cabelos brancos rebeldes, nariz agressivamente grande, costas curvas de quem vive diante de uma escrivaninha. Uma negra serelepe, com um penteado afro todo espetado, parou atrás dele com uma pilha de envelopes carimbados, impaciente para depositar na caixa aquela correspondência mais volumosa, menos letal. Bech sufocou seus escrúpulos. Um som oco ressoou na caixa oficial, quando a tampa, como uma língua larga e chata, fechou-se sobre as entranhas indevassáveis de correspondência ainda não classificada às quais ele confiou sua missiva. Toda a sua vida ele fora um devoto dos correios. Aquela era apenas mais uma oferenda.

Manhã após manhã, vinha o *Times* sem nenhuma notícia sobre a morte de Deborah Frueh. Talvez, tal como seu nome não constava no *Who's Who*, ela fosse arraia miúda demais para cair na rede do obituário do *Times*. Mas não; eles dedicavam um espaço respeitoso às mortes de centenas de pessoas totalmente desconhecidas para Bech. Ex-vereadores, superioras de conventos do interior, juízes de Nova Jersey, comediantes de programas de tevê do passado, fundadores de serviços de passear com cachorros — cada um recebia seu espaço, seus parágrafos formais, seu adeus. Percebendo a avidez com que ele sempre procurava a seção de obituários, Robin perguntou-lhe: "O que é que você está procurando?".

Bech não podia contar para ela. Sua reticência inevitável estava envenenando a relação entre os dois. Cada um de nós é um frasco fechado de fantasias e hostilidades gasosas, porém um segredo factual, com seu peso líquido, acaba vazando, de-

nunciado pelo próprio cuidado que manifestamos ao falar, como se tivéssemos uma pedra dentro da boca. "Nomes familiares", disse ele. "Pessoas que eu conheci."

"Que coisa mórbida, Henry. Tome, já li o caderno de artes e esportes."

"O que eu já li sobre artes e esportes", disse ele àquela rachada metida a besta, "dá e sobra até eu morrer." Agora seu tema número um era a mortalidade.

Foi à biblioteca pública, a filial da East Houston Street, e na seção de livros infantis encontrou um dos livros de Deborah Frueh, *O aniversário triste de Jennifer*, e resolveu lê-lo. Em seguida escreveu outra carta para a autora, dessa vez com esferográfica azul, em papel de carta sem pauta com um gnomo à *Submarino amarelo* num dos cantos — o tipo de papel que uma menina ganha de aniversário de um tio ou tia. "Cara Deborah Frueh", escreveu ele, "adoro seus livros tão interessantes. Adorei quando no final do *Aniversário triste de Jennifer* ela entende que até que o dia dela foi bem bom e que na vida a gente não pode depender dos outros para se divertir, a gente é que tem que saber se divertir e se distrair sozinha. Fiz um pedido de reserva para *O dia em que papai não voltou para casa*. Espero que não seja muito triste. Gostei do final positivo do *Aniversário triste de Jennifer*. De *O legado de um urso de pelúcia* eles nunca ouviram falar na biblioteca. Sei que a senhora é muito ocupada e deve estar escrevendo outros livros, mas eu gostaria de receber uma foto sua para pôr na parede do meu quarto, e se a senhora não tiver tempo para isso por favor faça um xerox da que tem na capa do *Aniversário triste de Jennifer*. Gosto muito do seu penteado, é que nem o da minha tia Florence atrás. Segue junto com esta um envelope selado para a senhora mandar a foto. Com um grande abraço da Judith Green."

Bech imaginava Judith Green cerca de um ano mais velha

que Mary Jane Mason. Sua ortografia era quase perfeita, e ela havia substituído a letra de mão aprendida na escola por uma letra de imprensa caprichada, a qual Bech praticou obsessivamente por horas a fio até conseguir que os O e M ficassem bem redondinhos, como convinha a uma garota. Experimentou colocar pequenos círculos em cima dos I, mas terminou deixando de lado esse estratagema, considerando-o pouco convincente. Porém ousou esboçar um rostinho sorridente, com laço de fita na cabeça. Intensificou a dose de ácido cianídrico na cola e diminuiu a água com açúcar. Quando Deborah Frueh desse sua lambida — Bech imaginava uma lambida ávida e extensa, com vários golpes daquela língua ferina e pontuda — só se daria conta do gosto amargo quando já fosse tarde demais. Aquela perua carola morreria sem entender nada.

O carimbo do correio era um problema. Era perfeitamente plausível que Mary Jane, lá em New Rochelle, tivesse um pai que, ao ir para o trabalho de manhã, colocasse em sua pasta a cartinha dela para postar em Nova York; mas duas cartas seguidas de Manhattan poderiam deixar Frueh desconfiada, especialmente se ela tivesse respondido à última e ainda estivesse se sentindo enjoada. Bech resolveu dar um passeio de barca, e foi do World Financial Center até Hoboken. Procurou uma família Green numa cabine telefônica perto do terminal. Escolheu uma na Willow Street para a pequena Judy. Hoboken despertava-lhe saudades do tempo da Depressão. Naquele velho porto densamente povoado, cheio de balaustradas de ferro trabalhado, entrou num restaurantezinho vagabundo e antiquado na Washington Street; havia reservados de madeira e um balcão com bancos; os pratos e seus preços eram anunciados em letras brancas móveis num quadro-negro com fendas onde as letras deslizavam. Bech sentou-se num reservado. Precisava de uma mesa para escrever o endereço do remetente. Se errasse, tinha um segundo envelope para usar, com um gnomo em cores pastel no canto inferior esquerdo. Porém achou que o endereço ficara bom. Para dar-lhe um toque extra, acrescentou um rosto sorridente embaixo do CEP.

A arte despertava-lhe o apetite. Consultou o menu do almoço e pediu fígado acebolado, um prato que não comia havia anos. A fatia de víscera frita chegou-lhe emoldurada por bolhas retangulares de gordura ensangüentada. Ele comeu tudo, arrotou e voltou a sentir o gosto de cebola. Pôs a carta numa caixa de correio pequena, presa a um poste de concreto — não sabia que ainda existiam caixas daquele tipo — e voltou de barca para Manhattan. Seus nervos cantarolavam. Seus olhos apertavam-se, para proteger-se do sol refletido pelo rio. Também os outros passageiros sentiam aquela animação causada pelas viagens pela água; conversavam em espanhol, em chinês, em afro-inglês. O que era mesmo que Whitman escrevera a respeito de travessias como aquela? *Preamar sob meus pés! Vejo-te face a face!* E, mais tarde, falando ansioso de sua sepultura: *Tal como te revigora a alegria do rio e o fluxo luzidio, também eu revigorava-me,/ Tal como tu te debruças imóvel sobre a grade, e no entanto fluis com a corrente célere, também eu, imóvel, fluía.* Aquele "também eu, imóvel, fluía" era brilhante, com toda aquela simplicidade brilhante de Whitman. Em breve, refletiu Bech, também ele estaria morto, olhando do fundo da água fluente para as gerações ainda não nascidas, seu rosto exangue mais triste que o de Whitman, porque, apesar de se esforçar tanto, de espernear tanto, ele — segundo Lucas Mishner, recém-incorporado às multidões fluidas do submundo — jamais atingira o sublime americano.

Jamais atingira, o caralho. O coração febril de Bech cantarolou até a Church Street, a Warren Street, depois até a prefeitura e por toda a subida da Broadway, até chegar em casa. *Tam-*

bém eu caminhei as ruas da ilha de Manhattan.../ Eu sou aquele que soube o que era ser mau,/ Também eu atei o velho nó da perversidade,/ Delatei, corei, me ressenti, menti, roubei, invejei...

Passou-se uma semana. Dez dias. A morte que ele desejava não dava nunca no *Times*. Imaginou que talvez um fã do sexo masculino despertasse uma reação mais positiva, uma lambida mais entusiástica, heterossexual, no envelope da resposta. "Cara Deborah Freuh", datilografou Bech, usando a desajeitada fonte Script oferecida por seu IBM PS/1:

> *A senhora é uma grande escritora, a maior do mundo na minha opinião. O seu livro intitulado O dia em que papai não voltou para casa mexeu muito comigo, de tão triste e verdadeiro. Quando a pequena Katarina conforta o irmãozinho dela, o Sam, e percebe que dali em diante um deles terá de ser o papai do outro, é uma coisa tão verdadeira que chega a doer. Eu passei por uma experiência semelhante. Aposto que milhares de leitores seus também passaram. Não quero fazer a senhora perder mais tempo lendo esta carta para que possa escrever outro livro genial, mas seria o máximo se a senhora assinasse este envelope de primeiro dia de emissão do selo de Sarah Orne Jewett, a maior escritora americana antes de a senhora surgir. Mesmo que a senhora tenha por prática não dar autógrafos, eu agradeceria se pelo menos o devolvesse no envelope que estou mandando, pois eu coleciono selos e gastei toda a minha mesada para comprar este envelope na loja filatélica aqui de Amityville, Long Island, NY. Por favor, assine na linha que tracei a lápis. Depois que a senhora assinar, eu a apagarei. Estarei aguardando ansiosamente a sua resposta.*
>
> *Com muita admiração,*
> *Jason Johnson, Jr.*

Realmente, os meninos eram mais aventureiros e ousados do que as meninas, Bech descobriu por esse ato de ventriloquia epistolar. Talvez ele devesse atenuar um pouco o tom grandiloqüente de Jason. O processador de texto, com sua ausência de atrito, estimulava, como há anos vinham argumentado os acadêmicos, a prolixidade. Porém Featherwaite o tachara de prolixo já no tempo em que ele usava máquina de escrever manual, uma Smith-Corona portátil. Resolveu respeitar o estilo do menino.

Foi uma agradável quebra da rotina excessivamente monótona da vida de Bech ir de trem até Amityville para pôr no correio a carta de Jason Johnson. A própria Penn Station já lhe oferecia uma perspectiva diferente — a grandiosidade romana daquela estação que lhe trazia à memória seus tempos de jovem, antigo templo da Fortuna dos viajantes, ora reduzido àqueles tetos ignóbeis, àqueles corredores miseráveis. E, depois dos telhados cobertos de piche de Queens, as pitorescas estações de subúrbio, que pareciam brinquedos vitorianos, de pedra laboriosamente trabalhada, com automóveis reluzentes enfileirados no estacionamento e extensões de parques suburbanos. Cada parada do trem representava a felicidade para milhares de pessoas e fazia Bech pensar no tempo em que morava em Ossining, casado com Bea, padrasto de duas gêmeas e um menininho. Naquele tempo, sentia-se constrangido, um judeu com doze mil metros quadrados de terreno, cachorro de estimação e automóvel na garagem, como se tivesse invadido o sonho de alguém; mas a América não era o lugar onde a gente vivia num sonho, um sonho determinado não pelo nosso subconsciente, e sim pelo inconsciente coletivo de milhões? Bech não era infeliz, até que a bolha estourou e a implacável força gravitacional de Nova York o tragou de volta. Em Amityville ele encontrou um Johnson na Maple Drive, postou a carta de Jason e comeu um sanduíche de pepino com alface num restaurante cheio de mulheres suburbanas acompanhadas de rebentos inquietos. Depois pegou o trem de volta, cada estação cercada de mais prédios cada vez mais feios, mais comerciais, os trilhos ficando mais e mais elevados, até que, com um rugido negro, afundaram debaixo da terra, debaixo do rio, indo parar de novo na Penn Station, e os passageiros dispersaram-se num caos vulgar e perigoso de consumismo adulador, mendigos amalucados e missões furtivas.

Quatro dias depois, lá estava ela no *Times*, em vinte centímetros de coluna de obituário: Deborah Frueh. Educadora respeitada, também reconhecida como crítica e autora de livros infantis. Publicara estudos sobre os poetas metafísicos ingleses e o círculo de Swinburne. Adoeceu subitamente à mesa de trabalho em sua casa em Hunts Point, perto de Seattle. Nascida em Conshohocken, perto de Filadélfia. Formada no Barnard College, com pós-graduação na Duke University. Causa exata da morte ainda não determinada. Andava com problemas de saúde ultimamente — constantemente lutando contra a obesidade — segundo colegas da University of Washington. Mas não estava deprimida, que se soubesse. Deixava uma irmã, Edith, residente em Ardmore, Pensilvânia, e um irmão, Leonard, em Teaneck, Nova Jersey. Mais uma morte rotineira para todos os leitores, menos para Henry Bech. Ele conhecia o veneno letal que a falecida trazia nas presas.

"O que houve?", perguntou Robin, do outro lado da mesa.

"Não houve nada", disse ele.

"Então por que é que você está com essa cara?"

"Que cara?"

"Cara de quem acaba de saber que ganhou um milhão de dólares mas não sabe se vale a pena, por causa do imposto que vai ter que pagar."

"Você tem uma imaginação extraordinária, mesmo", disse Bech. "Acho que vender computador é um trabalho que está aquém do seu potencial."

"Me mostre a página que você está lendo."

"Não. Eu ainda estou lendo."

"Henry, você vai me fazer levantar e ir até aí pra ver?"

Ele entregou-lhe a página do obituário, suja de requeijão, que nesse dia estava no final da Seção C, pois era sábado e o jornal era a edição de fim de semana. Robin, enquanto os masseteres arredondados de seu queixo largo lentamente amassavam os últimos flocos de farelo de trigo integral com leite, correu os olhos castanhos pelas colunas. Havia neles uns pontinhos vermelhos como pêlo de raposa. O sol matinal, que entrava oblíquo pelo janelão do estúdio, destacava um contorno de penugem fina em seu queixo. Suas sobrancelhas brilhavam como se fossem gotas de orvalho enfileiradas num fio de teia de aranha. "Quem é Deborah Frueh?", perguntou. "Você conhecia?"

"Uma megera literária terrível", respondeu ele. "Nunca a conheci em pessoa, felizmente."

"Ela resenhou algum livro seu?"

"Acho que sim, uma ou duas vezes."

"Resenhas favoráveis?"

"Não muito."

"Muito desfavoráveis?"

"De certo modo, sim. Lembro vagamente que ela fazia objeções substanciais a respeito do meu trabalho. Você sabe que eu não presto muita atenção às resenhas."

"E aquele inglês mês passado, que caiu no trilho do metrô — você também não tinha uma ligação com ele?"

"Amor, estou publicando há mais de cinqüenta anos. Eu tenho alguma ligação com todo mundo da máfia editorial."

"Você anda meio estranho ultimamente", Robin disse. "Você parece que está guardando um segredo. Você não fala comigo mais do jeito espontâneo de antes. Você está se policiando."

"Não estou, não", retrucou Bech, odiando-se por ter de mentir no momento em que estava gozando o prazer balsâmico da extinção de Deborah Frueh. Que pensamentos teriam brotado na mente daquela harpia gorda em seu último instante de vida, enquanto o cianeto amargo descia seu esôfago e impedia o processo de oxidação dentro das células? Certamente não pensara nele. Bech era apenas um entre os muitos escritores que ela havia reduzido às suas devidas proporções. Bech estava a cinco mil quilômetros dela, o genitor anônimo de Jason Johnson, Jr. *Sic semper tyrannis*, sua megera prepotente, pretensiosa, carola.

"Olhe só a sua cara!", exclamou Robin, num tom tão agudo que seu copo de suco de laranja estremeceu de susto. "Uma cara de triunfo! Henry, você matou essa mulher."

"E como que eu ia poder fazer isso?"

Robin não titubeou. Apertou os olhos. "A distância, de alguma maneira", adivinhou ela. "Você mandou alguma coisa pra ela. Outro dia cheguei em casa e senti um cheiro estranho no ar, cheiro de coisa queimada."

"Fascinante", disse Bech. "Se eu tivesse a sua imaginação, seria Balzac." Continuou falando, para esquivar-se daquela intuição terrível. "Um outro assíduo crítico da minha obra, Aldie Cannon — era um dos principais nomes da *New Republic*, mas agora está na PBS e na Internet —, diz que sou incapaz de imaginar o que quer que seja. E que eu odeio as mulheres."

Robin ainda estava pensativa; seu semblante jovem tentava imaginar os crimes dos quais, por enquanto, ela ainda era cúmplice inconscientemente. Disse: "Acho que isso depende do modo como você define 'ódio'".

Porém a *ela*, Bech amava. Amava a brancura sedosa de seu corpo jovem, ligeiramente atarracado, o frescor tranqüilizante de sua inteligência factual. A beleza — diziam os jornais naquele verão — era uma questão de média: tanto os bebês quanto os adultos sentiam mais atração por fotos em que vários rostos eram combinados por morphing do que por qualquer imagem de um rosto específico. O que desejamos é a supernormalidade, uma média estatística perfeita; inevitavelmente, porém, ela só aparece num pacote único, frágil, precioso. Bech não poderia manter por muito tempo aquele feio tabique de gesso no estúdio iluminado da intimidade deles.

No dia seguinte, saiu uma pequena nota, na mesma página das resenhas e dos anúncios de livros, sobre a morte de Frueh. O tom da nota era basicamente cômico, pois quem ia querer assassinar uma senhora de idade, obesa, que escrevia resenhas e livros infanto-juvenis? Segundo a matéria, a polícia de Seattle havia encontrado vestígios de substâncias químicas suspeitas na autópsia da escritora. Estavam investigando. Bech entrou em pânico. Ia parar na cadeira elétrica. As luzes iam piscar em Ossining quando acionassem a chave. Ele confessou tudo a Robin. A verdade irreprimível subiu-lhe à garganta como a acidez de uma regurgitação parcial. Contou que empurrara o negrão que empurrara o corpo que empurrara Featherwaite. Que enviara a Deborah Frueh três cartas adulatórias contendo envelopes envenenados para a resposta. Falou-lhe sobre sua idéia, talvez louca, de que antes de morrer tinha o dever de eliminar do mundo os críticos, pelo menos os mais malévolos. Robin o escutava sentada no pufe marrom, com o velho roupão de banho felpudo que pertencera a Claire Hoagland. Ela havia tomado um banho, de modo que seus pés, alvos, com veias azuladas, estavam rosados nos lados, como pés de bebê. Era uma manhã de domingo. Os sinos daquele sinistro convento murado na esquina de Prince com Mulberry haviam soado com a irrelevância de sempre. Quando ele terminou, Robin disse: "Henry, você não pode continuar eliminando pessoas como se elas só existissem no papel".

"Não posso? E quem diz que elas têm outra existência? Foi lá que elas tentaram me eliminar, no papel. Tentaram acabar com a minha carreira. Exploraram minhas inseguranças, para secar o meu fluxo criativo. Quase conseguiram. Eu podia ter escrito muito mais do que escrevi."

"E foi por culpa dos críticos?"

"Em parte", calculou. Talvez ele tivesse cavado sua própria cova ao contar tudo àquela garota peituda. "Pronto. Pode me entregar. Pra dura."

"A dura?"

"A polícia. Você nunca ouviu essa expressão? E 'os meganhas'?"

"Também nunca ouvi."

"Meu Deus, como você é jovem! O que foi que eu fiz pra merecer você, Robin? Você é tão pura, tão certinha. E agora me odeia."

"Não odeio, não. Era até de se esperar que eu passasse a odiar você, mas na verdade gosto de você mais do que nunca." Ela nunca dizia "amar"; era pós-judia demais para tal. "Pra falar com franqueza, acho que você mostrou que tem muito colhão, pra traduzir seu ressentimento em ação em vez de sublimar em arte."

Ele não gostava muito de ouvir uma moça falar em "colhão" ou dizer que fulano era um "babaca", mas dessa vez estava maravilhado com aquela franqueza. Eles dois, Bech e sua amante, num mundo novo, um universo informático onde não havia culpa, moralmente tão nulo quanto um chip da Intel. Naquele universo escaneável, só havia ligações elétricas mais e menos intensas; sexo e violência eram de intensidade alta. Ela pôs-se de pé e abriu o roupão. Quando, naquele mesmo estúdio, alguns anos antes, Martina esboçara aquele exato gesto, ela emitira um cheiro nutritivo de pão quente; Robin, entretanto, não tinha nenhum cheiro forte, nem mesmo entre as pernas. Desprendia um leve odor de bebê, de leite azedo; fora isso, seu corpo era inodoro, de modo que os odores de Bech, produtos de mais de sete décadas de marinada na ignomínia da vida orgânica, destacavam-se como manchas numa parede de vinil branco. Penetrada, Robin dava a sensação de ser um cano novo em folha, e seus espasmos vinham depressa, uma série trepidante de orgasmos que quase despertavam pena por causa de seu hábito de enfiar na garganta um dos polegares de Bech no momento exato em que gozava. Quando tudo terminou, e os pulsos de ambos haviam retornado aos níveis normais, Robin olhou para ele com as íris de raposa brilhando, numa expectativa infantil: "Então, quem vai ser o próximo?", perguntou. Suas pupilas, minúsculos tinteiros tão fundos quanto o zênite no céu noturno, estavam dilatadas de empolgação. Bech retirou-lhe os cabelos do rosto, e deixou-os cair de novo para a frente numa massa compacta.

"É", reconheceu Bech, relutante, "o Aldie Cannon me incomoda, sim. É um sujeito de seus quarenta e tantos anos, metido a besta, que veio da Costa Oeste. Talvez Palo Alto. Tem esse tipo de inteligência muito rápida de cê-dê-efe, sabe? — qualquer coisa que aparece dentro da cabeça dele tem que ser um pensamento. No começo, estava sempre nas páginas de *The Nation* e *The New Republic*; depois passou pra órbita da *Vanity Fair* e *GQ*, escrevendo sobre cinema, livros, tevê, música, o diabo, uma autoridade sobre tudo que é bobagem, e aí começou a aparecer cada vez mais no rádio e na tevê — eles adoram esse tipo de cara, que em trinta segundos dá a opinião dele sobre qualquer coisa, pimba — e agora é praticamente só isso que ele faz, isso e mais um negócio na Internet, um site dele, sei lá — de vez em quando escreve alguma coisa sobre mim e aí as pessoas me mandam um printout. Coisas que eu preferia não ler."

"Que tipo de coisa?"

Bech retirou o peso de cima do cotovelo, que estava doendo. Bastava usar um pouco mais qualquer junta de seu corpo para que ela começasse a doer. Seu corpo pedia aposentadoria, mas seu espírito irado não queria saber de tal coisa. Bech pousou a cabeça no travesseiro ao lado do de Robin e olhou para o teto, que fora recentemente recoberto com placas de revestimento acústico, cada uma delas cheia de furinhos. Os furos eram distribuídos com uma irregularidade proposital que lembrava as serras e vales de uma terra protegida, ainda não congestionada por cidades. Aquele quarto fora recortado do grande espaço comum do estúdio com divisórias de gesso e madeira, e mais o teto, como se fosse uma gaiola dentro de um circo de lona. "Diz ele que sou a encarnação do que há de mais retrógrado e obscurantista na literatura americana pré-eletrônica. Disse que os homens dos meus livros são brutamontes narcisistas obcecados por sexo, e todas as minhas personagens femininas não passam de bonecas anatomicamente corretas."

"*Aah*", murmurou Robin, como se atingida suavemente por um golpe cruel, ainda que justo.

Prosseguiu Bech, indignado: "Há vinte anos que ele anda pegando carona com o movimento feminista, fazendo cara feia pra todo romance escrito por alguém da minha geração que não seja sobre um pelotão da Segunda Guerra salvo por uma jangada cheia de enfermeiras angelicais da Cruz Vermelha. Ele já foi casado, mas nunca por muito tempo, e dizem as más línguas que a opção sexual dele ainda está na coluna do meio. Fisicamente, é um raquítico — óculos de tartaruga grossos e cabelo escovinha. Está até hoje fixado no George Gobel, da televisão. Você não sabe quem é George Gobel — não é do seu tempo".

"Mas é inteligente", retrucou Robin. "O bastante pra incomodar você."

"Se sarcasmo barato e jargão intelectualóide são sinais de inteligência, então ele é inteligente."

"Que mais ele fala sobre você?"

"Diz que eu não tenho imaginação. Diz coisas assim, abre aspas: 'Sempre que Bech tenta usar a imaginação, o fusível queima e uma chuva de faíscas cai no chão. Mas um curto-circuito é coisa bem diferente dos fogos de artifício do realismo fantástico'. Fim de citação. E além de metido a besta ele é um puritano mal assumido. Odiou as cenas de sexo de *Pense grande*; escreveu uma coisa que eu lembro mal e porcamente: 'Essas fantasias eróticas vulgares e inverossímeis não nos dizem nada sobre o modo como os homens e as mulheres realmente interagem'. Como se *ele* soubesse, esse veado pretensioso, que só deve ter interagido com máquina de vender chiclete e com essa torrente ininterrupta de lixo cultural."

"Henry, só porque você acha que ele é um veado pretensioso, isso não é motivo pra matar o sujeito."

"Pra mim, é. Ele é uma mancha local que suja o universo."

"E o que é que você pretende fazer?"

"O que é que *nós* pretendemos fazer, não é melhor? O que é que a gente sabe sobre esse merdinha? É um cara cheio de inseguranças, tem uma energia neurótica inesgotável e tem site na Internet."

"Quer dizer que você tem mesmo pensado nisso, hein?" Os olhos de Robin estavam bem abertos; seu lábio inferior estava um pouco caído, mais maduro e mais úmido do que o normal; ela debruçara-se sobre ele, os seios nus, os mamilos lívidos, os cabelos fartos caindo em cachos oleosos. O nariz, reto e pequeno, não combinava com o resto do rosto, dando-lhe uma expressão ligeiramente achatada, como cara de gato. "Meu amante é um assassino", sussurrou ela.

"Meus dias neste mundo estão contados", disse Bech, com uma voz seca. "Tenho uma nobre missão a cumprir. Não consigo imaginar o Cannon lambendo um envelope de resposta. Ele deve ter um assistente que faz isso. Ou então joga direto no lixo. Ele se acha um fodão, aquele merdinha." Bech contemplava a geografia irreal do teto. Desviou a vista dos seios nus de Robin, que pendiam alvos, como abóboras ainda amadurecendo, desprendendo-se do caule.

Perguntou ela: "E aí? Onde é que eu entro?".

"Perícia informática. Você tem, ou conhece quem tem. O que eu quero saber é o seguinte, meu bem: dá pra gente entrar no computador dele?"

O rosto liso de Robin, com suas carnes duras recobertas de penugem invisível, tensionou-se de esforço intelectual. "Se ele consegue sair", disse ela, "um hacker esperto consegue entrar. A Internet é uma grande família, querendo ou não."

A miniindústria de Aldie Cannon funcionava em seu modesto apartamento no Upper East Side. Até mesmo os nomes de mais sucesso do mundo literário pós-gutenberguiano viviam modestamente, em comparação com os jovens arrivistas do mundo do software e da música popular, com os costureiros e cabeleireiros da moda, para não falar nos milhares de velhos-ricos, que haviam — eles próprios ou seus ancestrais — acumulado uma fortuna em algum momento estratégico da transição de uma democracia rural para uma potência capitalista; em anos recentes não precisaram fazer outra coisa senão ver seus investimentos dobrar e quadruplicar num mercado de ações que, sob o governo de um presidente jovem e concupiscente, só fazia subir. Cannon morava, com sua terceira esposa e duas crianças desajustadas, não numa das transversais mais nobres do East Side, com calçadas sombreadas por gincos, e sim num arranha-céu azul-esverdeado novo em folha, com varandas que pareciam pétalas de margaridas, à margem do rio. Sua publicação eletrônica diária, *O cânon de Cannon*, era produzida num escritório à prova de criança, num PC Compaq equipado com Windows 95. Sua verborragia opiniática era enviada via modem a um site em San Jose, onde era devidamente vasculhada e purgada de obscenidades, possíveis pretextos para processos de difamação e erros de ortografia, antes de ser lançada no ciberespaço para o deleite de milhões de internautas macilentos, estatelados diante de seus monitores. Mensagens eletrônicas enviadas a cannon.com eram encaminhadas para San Jose, e as comunicações menos banais e mais provocantes eram passadas adiante para Aldie, que poderia querer aproveitá-las em uma de suas colunas.

Após consultar alguns conhecidos, Robin explicou a Bech que o popularíssimo programa de e-mail Sendmail fora criado ainda no tempo do Unix, no final dos anos 70, quando ninguém se preocupava com segurança; era notoriamente cheio de bugs. Assim, por exemplo, o Sendmail só fazia verificação de segurança da primeira vez que um usuário mandava uma mensagem; todas as sua mensagens subseqüentes passavam direto. Outra fraqueza do programa era que o símbolo | tinha o efeito de transformar o resto da mensagem que vinha depois dele em comandos Unix a que o computador tinha de obedecer. Esses comandos podiam ser utilizados por um invasor para dar log-in no programa, e, por meio de manipulações posteriores, ter uma via de acesso ao equipamento que duraria até ser detectada e apagada. Desse modo, era possível instalar um "cavalo de Tróia" que jogaria mensagens no monitor, até mesmo mensagens brevíssimas, subliminares.

A idéia maquiavélica de Bech era tentar minar a confiança e a auto-imagem de Cannon — frágil, por trás de toda aquela agressividade de polímata na crista da onda. Robin bolou um vírus: toda vez que Aldie digitasse um A maiúsculo ou x minúsculo, uma mensagem apareceria na tela, apenas por um instante, tão breve que sua consciência não a registraria, mas nítida o bastante para penetrar na sua rede neuronial. Robin levou alguns dias para desenvolver esse programa subversivo; o difícil da coisa era especificar essas interrupções breves, em meio às setenta varreduras completas que os raios catódicos efetuavam sobre a tela por segundo, em letras grandes o bastante para deixarem uma impressão que pudesse ser lida de modo inconsciente por uma mente moderna acostumada com mensagens rapidíssimas, semas carregados de intenções comerciais, o fascínio sedutor das imagens cheias de conotações sexuais. Ela trabalhava enquanto Bech dormia; sombras em forma de meia-lua manchavam e recortavam a lisura sedosa de seu rosto. Delicadamente, ia encadeando suas seqüências binárias. Elas podiam a qualquer momento ser destruídas por algum programa antivírus, ou por algum administrador de sistemas de carne e osso. Leis federais estavam sendo violadas; havia penas severas envolvidas. Não obstante, impelida por seu amor a Bech e seu fascínio pelo desafio tecnológico, ela perseverou, e, na terceira madrugada, conseguiu.

Uma vez instalados os comandos complexos e ilícitos, Bech resolveu começar com um pouco de budismo radical. SER É DOR, era a mensagem subliminar; NÃO-SER É NIRVANA. As palavras formavam-se, invisíveis, com os pixéis da tela, por um quinze avos de segundo — ou seja, cinco varreduras da tela, pois uma única varredura, segundo Robin e um neurofisiologista consultado, não seria registrada nem mesmo de modo subliminar. Após alguns dias dessas equações básicas, Bech pediu a

Robin que programasse uma mensagem mais avançada: NÃO HÁ SOFRIMENTO MENTAL PARA QUEM NADA DESEJA. Era da maior importância que a idéia da morte se tornasse não apenas aceitável como também convidativa. O NÃO-SER É ASPECTO DO SER, E O SER DO NÃO-SER: essa Bech adaptara de um poema taoísta de Seng Ts'an. A mesma fonte forneceu-lhe BANIR A REALIDADE É MERGULHAR MAIS FUNDO NO REAL. Pensando na produtividade maníaca de Aldie, ditou: ATIVIDADE É UMA NEGAÇÃO DA VITÓRIA SOBRE O EU.

Juntos, Bech e Robin examinavam as mais recentes produções de Cannon, impressas ou na tela do computador, à cata de indícios de deterioração mental e capitulação espiritual. Deborah Frueh mordera a isca no escuro, e Bech sentira-se frustado por não poder ver o que estava acontecendo — se ela estava ou não lambendo o envelope, que efeito estaria tendo o veneno diluído sobre suas detestáveis entranhas. Mas no caso de Aldie Cannon, seus cotidianos derramamentos de sapiência certamente haveriam de conter sintomas. Sua resenha de um show de Sinead O'Connor estava um tanto apática, embora o autor afirmasse que era o espetáculo da cantora, desde que ela deixara de ser uma skinhead antipapista, que estava chocho e exangue. Analisando uma leva recém-publicada de livros abordando, com indiferença ou preocupação, a erosão do cânon literário tradicional — e o assunto cânon era para Cannon a oportunidade perfeita de exibir com destreza sua erudição profunda — chegou à conclusão pífia de que "a presença ou ausência de um cânon dá mais ou menos na mesma; um é tudo, e nenhum também é tudo". Nem parecia o mesmo Aldie Cannon que escrevera, sobre a coletânea de Bech *Quando os santos*: "Alguns desses bosquejos astutos têm um certo brilho, mas os outros — a maioria — são baços. O autor, que antes não tinha muito a dizer, agora parece dar a entender que ter algo a dizer é sinal de uma incômoda falta de gosto. Bech é um dândi literário, só que se veste com andrajos adquiridos nos belchiores da moda intelectual contemporânea".

Bech fazia bem em rememorar esses desancamentos elaborados e irônicos, senão a piedade poderia levá-lo a desistir de seu plano. Aquele entusiasta da cultura de massa, que outrora entoava cânticos de louvor à boca elástica e aos olhos ávidos de Julia Roberts, agora estendia-se sobre sua macilência etérea em *O casamento do meu melhor amigo*, e sobre o "vazio triunfal" da derrota romântica da heroína, que termina nos braços de um homossexual empedernido. Na novela de Saul Bellow só via a "beleza tanática" de seu desenlace num cemitério, em que o pedido do protagonista tinha a gravidade pétrea de uma elegia ou uma condenação à morte. Na mesma resenha, após um elogio à brevidade do livro, Aldie Cannon — sim, Aldie Cannon, o devorador pantagruélico de produtos culturais — confessava que havia dias nos quais ele não sentia vontade de ler mais um livro, ver mais um filme, ir a mais uma exposição, verificar mais uma referência, fechar mais um parágrafo com mais uma observação ferina. Então, no exato momento em que o cenário cultural nova-iorquino estava prestes a explodir, com a chegada do outono, em uma pletora de eventos, de vez em quando acontecia de *O cânon de Cannon* não aparecer na Internet num determinado dia, sendo substituído, após um cabeçalho lacônico, por uma das colunas "clássicas" que o autor publicara no passado.

Às vezes, quando Bech e sua cúmplice inspecionavam juntos a página de Aldie Cannon na Web, os olhos de Robin, com sua beleza gelatinosa, desviavam-se da tela plástica para o rosto de Bech, porém não viam mais piedade numa do que no outro. O que fora outrora um rosto vincado e jovial estava encolhendo com a idade, expelindo sua água, como cara de múmia, transformando-se num maço de tiras de couro superpostas, cheias de costuras e pregas e alinhavos grosseiros. NÃO-SER É BEM-AVENTURANÇA, era a mensagem que Bech queria que fosse enviada pelo cavalo de Tróia, e também EGO É IMPUREZA, e também, em intervalos cada vez mais rápidos, uma palavra única: PULE. PULE, gritavam os pixéis, e PULE SUA BESTA, emprestando um toque perigosamente (se depois houvesse uma investigação que levantasse essas mensagens ocultas) pessoal ao ataque subliminar, alternando com PULE SEU PENTELHO ou FAÇA UM FAVOR AO MUNDO E PULE, mas sempre recaindo no imperativo curto e grosso: PULE.

Bech havia feito uma peregrinação até o arranha-céu verde-azulado à beira-rio para certificar-se de que era possível suicidar-se saltando dele. Aquela massa enorme afunilava-se diante de seus olhos como se fossem gigantescos trilhos de trem — todo um pátio de manobra de alumínio e vidro. As pétalas semicirculares das varandas formavam uma margem escura e curvilínea contra as nuvens, que avançavam em formação cerrada no céu acinzentado de final de verão. Bech sempre sentia um frio no estômago quando olhava para o alto de um arranha-céu e tinha aquela sensação de que o prédio estava lançando-se no céu, como a proa de um navio prestes a afundar. O edifício tinha cinqüenta e cinco andares e lados curvos. As janelas não abriam, mas as varandas não eram fechadas, como era cada vez mais freqüente em construções altas, para frustrar os candidatos a Ícaro. O topo do Empire State Building agora era fechado, mas não era no tempo da infância de Bech, que aos oito anos de idade, mais ou menos, havia se deitado sobre o parapeito largo, enquanto seu pai segurava-lhe os tornozelos, e olhado diretamente para baixo. Bech jamais esquecera aquele momento vertiginoso de risco e confiança, como também nunca esquecera a foto publicada na *Life* que vira certa vez, de uma linda jovem que havia pulado e cujo corpo parecia intato sobre o teto afundado de um carro estacionado, como se estivesse num esquife, cercado de flores.

Dentro de Bech soou uma sirene chamando Aldie para a varanda, conclamando-o a sair daquele ninho aconchegante de lixo cultural que entrava por alto-falantes, faxes, e-mail, vídeo — ah, a cultura, essa vulgar e covarde antinatureza — e mergulhasse no ar livre, nas profundezas rascantes do espaço, na natureza cósmica pura e crua. Bech imaginava Manhattan abrindo-se como uma boca aos pés do suicida hesitante — um amontoado denso de telhados cobertos de piche e caixas-d'água, com uma mensagem em código escrita com letras de cal, destinadas, ao que parecia, aos olhos de Deus. Vamos, Aldie, mergulhe, pule, integre o seu eu mesquinho e antipático à terra imensa e rabiscada.

"Não acredito que essa pessoa é você", disse Robin. "Esse assassino."

"Fui vítima de uma provocação infame", disse ele.

"Aquelas resenhas? Henry, ninguém leva isso a sério."

"Era o que eu pensava, mas agora estou descobrindo que eu levava a sério, sim, e muito. Fui provocado a vida inteira. Minha missão mudou; antes eu queria trazer mais beleza ao mundo, mas agora só quero retirar dele um pouco de feiúra."

"Coitado do Aldie Cannon. Você não acha que ele é um cara bem-intencionado? Algumas das colunas dele eu acho até bem divertidas."

"A intenção pode ser boa, mas ele comete as maiores atrocidades. Essas colunas impertinentes e apressadas são crimes contra a arte e contra a humanidade. Ele tem péssimo gosto — aliás, não tem gosto nenhum. Ele tem boca pra falar, mas não tem ouvidos pra ouvir." Gostando do ritmo de suas próprias palavras, Bech foi ficando cada vez mais durão. "Escute aqui, guria", disse ele a Robin. "Você quer cair fora? Pode cair fora quando quiser. É só descer dois andares. A estação do metrô é logo ali na Broadway, ou mais em cima na Houston. Eu lhe dou o dinheiro da passagem. É só pedir."

Ela pareceu parar para pensar. E disse o que as mulheres sempre dizem, para ganhar tempo. "Henry, eu amo você."

"Mas por quê, porra?"

"Você é muito gracinha", respondeu ela. "Agora mais do que nunca. Você está mais, sabe, mais *na sua*. Antes você parecia uma esponja, ficava sentado esperando que as coisas chegassem a você. Agora você assumiu o controle da sua própria vida, como dizem as pessoas nessas entrevistas na tevê."

Ele abraçou-a com um gesto rude que fez se apagarem os brilhos vermelho-raposa dos olhos dela. Um súbito véu de temor e desejo toldou-lhe as feições. A cabeça grisalha de Bech projetou uma sombra sobre o rosto prateado de Robin quando ele curvou o pescoço para beijá-la. Ela amoleceu os lábios o máximo possível, tornou-os tão moles quanto a lama primeva. "E você gosta, não é?", rosnou ele. "Gosta de me ver mau."

"Porque aí eu também posso ser má." Sua voz estava tímida e esquiva, como se ela estivesse prestes a desmaiar. "Eu amo você porque posso ser má com você e você gosta. Você adora. Você lambe os beiços e pede mais."

"Mau é relativo", disse-lhe Bech, sábio, do alto de sua velhice. "Para os meus propósitos, você é uma boa menina. Quanto pior você fica, melhor pra mim. Quer dizer que isso deixa você excitada, não é? Esse nosso projeto."

Admitiu Robin: "Me dá o maior barato". E acrescentou, num tom meio pirracento, como se para enfatizar sua imaturidade: "O projeto é meu. Quero levar até o fim".

"É assim que eu gosto. Olhe, hoje acordei com uma inspiração na cabeça. Mande esta mensagem pro babaca." Era mais uma aceitação da morte de sabor budista: QUE O UM COM SEU MISTÉRIO APAGUE TODA A LEMBRANÇA DAS COMPLICAÇÕES. POR FAVOR, PULE.

"Meio abstrato."

"Ele vai engolir. Quer dizer, o inconsciente dele. O Cannon se julga um intelectual. Ele se formou em filosofia em Berkeley, segundo aquele texto que você baixou da Internet."

Enquanto Robin executava sua dança digital diante do computador, Bech encontrou no mesmo texto antigo — o "Poema sobre a confiança no coração", de Seng Ts'an — um verso que o comoveu muito. *O espaço é brilhante, porém auto-iluminado; nenhuma força mental é exercida.* Auto-iluminado: era isso que ele queria ser, no tempo de sua inocência. *E não poderia o simples pensamento nos levar a tal lugar*, prosseguia o texto, confortador. Sim. O simples pensamento — Bech não queria mais saber dele. *É o Verdadeiramente-assim, a Esfera Transcendente, onde não há Ele nem Eu.*

Robin voltou do computador. "Mandei, mas estou meio preocupada."

"Por quê?"

"Porque fico achando que mais cedo ou mais tarde vão nos descobrir e acabar conosco. Os programas de segurança estão cada vez mais sofisticados. Os hackers estão causando prejuízos de bilhões de dólares; o FBI agora tem um departamento inteiro só pra investigar crimes informáticos."

"A semente foi plantada", disse Bech, ainda no embalo budista. "Vamos pra cama. Eu deixo você chupar meu polegar se você pedir por favor. Sua putinha má", disse ele, para ver se os olhos dela escureciam de novo. Dito e feito.

Mas os antivírus estavam atuando, correndo à velocidade da luz por entre os transistores, vasculhando o código binário à procura de configurações alienígenas e algoritmos suspeitos. Agora era Robin que, a cada manhã, com seu roupão felpudo herdado, descia correndo, com os pés rosados descalços, os dois andares do prédio até o térreo, pegava o *Times* e ia direto para a seção de obituário. Exatamente um dia depois que seu cavalo de Tróia, detectado e morto, não respondeu a seus comandos, ela leu no jornal: ALDOUS CANNON, 43, CRÍTICO, COMENTADOR. Pulou da varanda de seu apartamento no quadragésimo oitavo andar. Nenhum pedestre se feriu, mas um automóvel estacionado na Sutton Place foi seriamente danificado. A esposa, inconsolável, afirmou que o escritor e personalidade radiofônica, cujo site na Internet era um dos mais freqüentados por estudantes universitários interessados em literatura, parecia distante ultimamente, e confessou que tinha uma sensação de vazio. Sempre nutrira a esperança de encontrar tempo para escrever um romance de fôlego. Na Seção B, em matéria especial, uma homenagem irônica de seu colega Christopher Lehmann-Haupt.

Era de se esperar que Bech e Robin ficassem contentíssimos com a notícia. Haviam enfiado uma cunha de dúvida no inconsciente de um sujeito convencido e pretensioso, e desse modo conseguiram destruí-lo. Porém, após o primeiro abraço de triunfo, ficou claro, junto à caixa orvalhada de suco de laranja e aos bagels escurecendo na torradeira, que eles estavam atônitos, decepcionados, envergonhados. Passaram o resto do dia evitando tocar-se, evitando até mesmo olhar um para o outro, embora fosse sábado. Antes haviam planejado ir ao Metropolitan Museum para ver a exposição de Ivan Albright e depois tentar pegar uma mesa ao ar livre no Stanhope, para aproveitar o frescor delicioso daquele outono. Mas só de pensar em arte ficavam nauseados — era glacê sobre bosta, gelo fino sobre o abismo. Robin foi comprar um jeans preto e depois pegou o trem para visitar os pais em Garrison, enquanto Bech, num estupor semelhante ao de uma cobra que digere um sapo venenoso, ficou assistindo dois times universitários de futebol americano enfrentando-se, ao som de gritos e cantorias, num estádio do Meio-Oeste, muito além do Hudson, onde a vida era limpa e ensolarada.

Robin dormiu na casa dos pais e voltou no domingo tão tarde que, ao que parecia, sua intenção era chegar quando seu companheiro já estivesse dormindo. Mas Bech estava acordado, a sua espera, lendo. Primeiro um pouco de Froissart, sobre a batalha de Crécy ("os corpos de 11 príncipes, 1200 cavaleiros e cerca de 30 000 homens do povo foram encontrados no campo"), e depois uma folheada no livrinho de Donne:

Deixa que a minha mão errante adentre
Atrás, na frente, em cima, embaixo, entre.
Minha América! Minha terra à vista...

A toda hora seus olhos escapuliam da página. A única refeição que fizera naquele dia tinha gerado gases dolorosos em seu estômago. Havia um gosto químico de vazio em sua boca. Consumo passivo, insuficiência moral. A suposta impessoalidade do artista — conversa fiada. Tudo era vaidade, uma coquete dança dos véus que, num septuagenário, se tornava grotesca. A chave de Robin timidamente arranhou a fechadura ao entrar; Bech foi recebê-la à porta e os dois encostaram as cabeças, num suave gesto de contrição. Os dois haviam conhecido o pecado juntos. Como crianças que destruíram um brinquedo numa travessura, lentamente repararam seu relacionamento. À medida que o ato tresloucado — mas não incomum (vide John Berryman, Jerzy Kosinski) — de autodestruição ia afundando na pilha de jornais velhos, e as inevitáveis homenagens póstumas se sucediam, discretas, nos boletins do PEN Club e do sindicato dos escritores, a dupla da Crosby Street recuperava seu dinamismo e readquiria o espírito aventureiro, na causa quixótica de erradicar os vilões da Gotham City literária.

Bech comprou uma capa para seu próprio uso e uma máscara para Robin. Uma máscara negra, que cobria metade de seu narizinho alvo e emoldurava-lhe os olhos cálidos e complexos numa rigidez noturna e estranha. Aquilo o excitava; ele a fazia usar a máscara na hora do amor. "Eu me sinto suja", confessou ela. "Como uma daquelas condessas devassas num romance pornográfico francês. Como O."

Bech tinha um bom desempenho na cama, mas fora dela tornara-se impotente. "Não consigo mais ficar sentado à escrivaninha", dizia. "Tenho vontade de sair e *fazer* alguma coisa. Desde o pulo de Aldie, é como se eu estivesse com dança de São Vito."

"Vamos caminhar até a Washington Square. Vamos dar uma olhada nas livrarias que ainda tem na Eighth Street."

"Eles tinham razão, aqueles sacanas", espumava Bech. "Não tenho nada a dizer. Eu só queria aparecer, e a literatura era a maneira mais fácil pra um sujeito tímido. Não passo de um velho inútil e exibido."

Quando saía para caminhar, usava, de início constrangido, sua capa — cetim azul-reluzente, mais para escuro, com um forro macio de lã vermelha e um fecho dourado em forma de garra. Imaginava que as pessoas fossem olhar para ele espantadas, ou até mesmo rir, porém havia subestimado a trivialização da extravagância nas ruas de Manhattan — as multidões de mal-amados, o coro comovente de sequiosos de atenção. Cabelos tingidos de tons pastel; blusas transparentes; lindos ombros jovens desfigurados por tatuagens; tatuagens de vampiro, rostos pintados de branco e lábios negros; os trajes agressivamente escancarados dos gays assumidos; as anormalidades secretas da *Psychopatia sexualis* viradas do avesso e exibidas, tal como as formas convolutas e convidativas das flores. Esses exibicionistas não se dignavam nem sequer a olhar de relance para a capa de

Bech, que se desfraldava, vistosa, a sua volta. Os olhares convergiam em Robin — o rosto de uma pureza virginal, tornado andrógino pelos cabelos cortados curtos, formal como um lacre que encerrasse os prazeres ignotos de seu corpo curvilíneo, cobertos pelo macacão malva.

Para combinar com a capa, passou a usar calças justas e sapatos pretos estreitos, em forma de chinelos, com solas de borracha crespa. Com esses sapatos, caminhava furtivamente pelas calçadas, subia com passos leves escadas que levavam a reuniões animadas — vernissages, leituras de poesia — de jovens cabeludos, aspirantes à fama artística, os quais ficavam surpresos de constatar que Bech, que freqüentara por uma ou duas páginas incompletas suas densas antologias escolares, ainda estava vivo. Ele apertava os olhos, para esquivar-se do suor alcoólico, das bravatas juvenis; apurava o faro tentando detectar o cheiro do mal e só encontrava o aroma suave da inocência iletrada. Aquelas crianças bonitas não liam, pelo menos não à maneira antiga, apaixonada, reprimida, sempre procurando na página impressa conhecimentos proibidos, à maneira de sua geração. Nietzsche, Marx, Freud, Joyce — os grandes teocidas. Seus inimigos respiravam o mesmo ar que ele e escondiam-se em tocas escuras. Uma noite seus sapatos achinelados subiram a escada de incêndio de um prédio de quatro andares, de tijolo vermelho, na Christopher Street, nas ruas tortas, apinhadas de ailantos, da West Village.

Robin, mascarada, subia atrás, pisando nos degraus enferrujados. As velhas janelas altas revelavam cozinhas infestadas de baratas e paredes cobertas de livros, riscadas de fios de aparelhos de som antiquados. Por essas janelas vinham ruídos, gritos de emoção e risos — se reais ou televisionados, não se sabia. Bech continuava subindo, pela escada esquelética soldada por trabalhadores mortos havia muito, em direção a um apartamento no quarto andar aonde fora uma vez, trinta anos antes, como convidado. Na época, estava na faixa dos quarenta; o anfitrião, na dos cinqüenta. Quando, através de um patamar, olhava-se para baixo, via-se um padrão reluzente que, como os efeitos irreais da op art, não se localizava em lugar nenhum. As vidraças do quarto andar estavam negras, porém continham vagos vestígios alaranjados de uma lâmpada acesa em algum cômodo interior. Bech testou a janela, mas estava trancada. O asqueroso rato de biblioteca que vivia lá dentro havia se entrincheirado, protegendo-se da noite morna de outubro — dos ruídos dos relacionamentos humanos, dos cheiros podres da vida.

Bech tirou de debaixo da capa um pedaço de fita vedante, grudou-o num vidro inferior do caixilho superior e golpeou-o com o cabo de uma ferramenta para arrombar portas, num gesto preciso. O som de vidro despedaçando-se, amortecido, lembrava o baque de uma fruta madura caindo. Rapidamente introduziu a mão enluvada na janela, virou a tranca antiga e foi levantando o caixilho gasto, com as cordas já podres. Deitou-se sobre o parapeito e deslizou para dentro, seguido por Robin, sua sombra. Sem querer, a mão dela prendeu-se na capa de Bech. Com um gesto silencioso e áspero, o vingador sombrio soltou seu apêndice de cetim forrado.

Estavam numa espécie de despensa. Prateleiras feitas para guardar panelas e pratos estavam cheias de livros, muitos deles provas encadernadas destinadas a resenhistas, empilhados, com outras pilhas atrás, no fundo da prateleira, amarelecendo, acumulando poeira. Sorrateiramente, os intrusos atravessaram uma cozinha exígua, limpa e vazia, tal como teria sido deixada pela arrumadeira. Três maçãs numa fruteira de madeira eram o único alimento visível. O julgamento de Páris, pensou Bech. Vênus é a vencedora. Tróia em transe. As maçãs trouxeram-lhe às narinas um vago cheiro acre de pomares soterrados por shoppings.

Em seguida vinha uma pequena sala de jantar, as paredes enfeitadas com gravuras que, com um traçado esquelético, pareciam representar reuniões — homens com perucas brancas e calções pretos, tramando revoluções. Faziam gestos largos. Morra o rei, *écrasez l'infâme, make it new*. Uma porta entreaberta dava num pequeno quarto, uma cama de solteiro, o lençol tão esticado quanto num leito de hospital, e vários travesseiros colocados em pé. O homem dormia sentado. Enterrado vivo. Por empatia, Bech chegou a sentir um pouco de falta de ar.

A luz amarelenta, que da escada de incêndio luzia fracamente, estava cada vez mais forte. Bech e Robin viram-se num recinto de paredes recobertas de livros, livros empilhados até o teto, desordem sobre a ordem, coleções encadernadas submersas sob levas mais recentes, biografias e comentários e obras póstumas, a organização original subvertida, marcadores rasgados, separatas caoticamente intercaladas. Um cheiro árido, de deserto artificial, desprendia-se de todo aquele papel. No chão pululavam ácaros, espalhando alergênios.

Depois daquele cômodo via-se, por uma porta que se abria em meio a uma profusão egípcia de livros, uma sala de estar pouco mobiliada exposta à iluminação da rua, aos brilhos esparsos do sul de Manhattan e ao abismo sombrio do Hudson. Não havia ninguém ali.

O morador daquele apartamento da Village, o cérebro por trás daqueles acúmulos ressequidos, estava sentado atrás dos invasores, num canto da biblioteca, lendo e respirando oxigênio. Um tubo de plástico azul-bebê saía de um tanque cilíndrico ao lado de sua poltrona e entrava por seu nariz, bifurcando-se nas duas narinas. O homem sofria de enfisema galopante, produto de toda uma existência passada lendo e fumando gostosamente. Uma luminária de haste flexível erguia-se atrás de seu ombro. Seus pés, calçados em meias pretas, repousavam num escabelo antiquado, com borlas e pregas ornamentais e um tampo de couro multicor fatiado como uma torta. Seu corpo, desossado e amorfo, fundia-se com a poltrona de couro vincado, que o cercava como uma mortalha. Ali o tempo já quase não fluía. Nada se movia, só os dedos moles e achatados do inválido, cada vez que ele virava uma página. O homem levantou a vista, incomodado com a interrupção da leitura. "Bech", disse por fim. "Meu Deus. Agora subindo escadas de incêndio. Que roupa esquisita é essa? Eu achei que fosse algum maluco, entrando aqui pela janela."

"Caia na real, Cohen", retrucou Bech, seco. "Esse tipo de capa *está* voltando à moda. Aliás já voltou. A próxima moda vai ser o monóculo."

"Ou então um viciado", prosseguiu o doente, ofegante, em redondilhas menores. "É um por semana. Me xingam porque... não têm o que roubar. Só tem livro velho. Essa garotada de agora... não dá valor aos livros. Quem é sua amiguinha? Dá pra ver que é gostosa... mesmo com essa roupa. Tão novinha, metida... em briga de velho." Cohen havia tirado os óculos de leitura, para poder enxergar além da página impressa. Seus olhos estavam afundados por trás das pregas das pálpebras caídas e da pele flácida das órbitas. Vendo que Bech não ia fazer nenhuma apresentação, ele disse, numa caricatura de cortesia: "O seu último livro... eu quase gostei. O da órfã... da guerra da Coréia. Pelo menos nesse... você não tentou... impor as suas fantasias débeis... como retrato de um país... que a gente conheça".

O fôlego de Cohen mal dava para soprar uma vela. Suas falas eram como essas citações pinçadas de resenhas, cheias de reticências para omitir os trechos menos favoráveis. Ele referia-se a *Rumo ao sul* (1992), uma novela sensível, baseada em uma pesquisa sólida, sobre as aventuras de uma órfã de nove anos de idade, Hang Kim, numa aldeia perto de Huichon, que se envolve com os soldados americanos batendo em retirada, fugindo das ondas de tropas chinesas, até Taejon. Quanto mais velho ficava, mais Bech pensava em guerra. Lutara numa delas havia mais de meio século. Naquele tempo, e durante muitas décadas depois, a guerra lhe parecia uma aberração, um episódio desumano a ser ultrapassado e esquecido. Porém ultimamente vinha-lhe ocorrendo a idéia de que talvez Hemingway e Tolstoi tivessem razão: a guerra era a verdade, num estado de pureza insuportável. Foi ela que desenhou os mapas do mundo, ela que gerou o mais vigoroso dos princípios morais: o da lealdade tribal.

Bech agitou a capa, executando, com uma mesura irônica, o ritual de polidez que Cohen havia solicitado. "Rachel, quero lhe apresentar meu inimigo implacável, o senhor Orlando Cohen, o decano demoníaco da crítica americana. Orlando, esta é Rachel Teagarten, minha auxiliar. Ela entende de computadores, cópulas e culinária elementar."

"Acho que de computador", arquejou o velho bruxo, "vale a pena entender. Computador sempre me lembra... do autômato famoso... que jogava xadrez... e que na verdade era um anão. O tabuleiro tinha que ser... transparente, pra ele... acompanhar o jogo. Imagine só... vendo as jogadas de baixo... encolhido numa caixa abafada. E às vezes ganhando. Nem sempre ganhava, claro — isso é um mito. Eram vários anões... uns sem dúvida... melhores que os outros."

Essa longa fala deixou Cohen completamente ofegante. Ele inalou fundo pelo nariz. Com a idade, o nariz e as orelhas haviam aumentado, ou então tinham permanecido do mesmo tamanho enquanto o resto do corpo encolhera. Fora belo outrora, e as mulheres ficavam fascinadas e exasperadas por não conseguirem desviá-lo de sua ambição casta: a de ser o maior árbitro da literatura — toda a literatura, mas especialmente a americana. Havia teimosamente se recusado a conceder a Bech um lugar, por menor que fosse, no cânon literário. Em uma resenha após a outra, tachara seus livros de artificiais, vazios, afetados, frouxos. Sua resenha de *Rumo ao sul*, publicada em *The New Criterion*, tinha o título debochado de "Sem bagagem e sem rumo".

"Não tente ganhar tempo com conversa fiada", Bech alertou-o. "A brincadeira terminou."

"Que brincadeira?", Cohen conseguiu articular. A ponta de seu nariz estava azul de anoxia. Ele tinha um estranho hábito de agitar o nariz, quando pensava, de um lado para o outro, num movimento rápido.

"Essa brincadeira de me desancar. Que mal eu fiz a você?"

"Escrever mal."

"Como? A única coisa que me esforcei pra fazer na vida foi escrever bem."

"Se esforçou demais. As palavras não o deixaram... mergulhar em si próprio. Você é um judeu... bancando o americano."

"E não se pode ser as duas coisas?"

"O Bellow consegue. O Salinger conseguia, antes. O Mailer, ora uma coisa... ora a outra, nunca as duas... ao mesmo tempo. O Malamud... não sei, não. Aqueles últimos livros... não gostei, não. *As vidas de Dubin*... e aquele dos macacos. Ele queria ter credenciais. Judeu não tem credenciais. Este mundo é dos góis. Israel é uma credencial. Só que não tem valor. Os árabes não querem carimbar."

"Você está querendo ganhar tempo, Orlando. Está vendo isto? O que é isto?" Debaixo de sua bela capa azul-escura ele retirou uma arma metálica e brandiu-a. Era pesada, mais pesada do que parecia ser.

"Uma arma", disse Orlando Cohen. Seus dedos espatulados ajustaram a tripa de plástico que penetrava, sussurrante, nas suas narinas.

"Um berro", corrigiu Bech. "Um berrante. Mas com silenciador. Nem mesmo o pessoal do andar embaixo vai ouvir quando eu furar você. Vão pensar que é a sua lavadora de pratos entrando na etapa seguinte do ciclo."

Os olhos do doente desprenderam-se do rosto de Bech. "Rachel", disse ele. "Há quanto tempo que... ele está assim?"

"Não responda a esse veado", ordenou Bech. "Esse baba-ovo de gói. Da velha aristocracia reacionária. Quanto mais antisemita — os James, os Adams, os Holmes — mais ele gosta. Hemingway, Fitzgerald — ele não liga pros comentários debochados deles. Chegou até a elogiar o Truman Capote, imagine só! Elogiou o Capote e me pichou."

Cohen replicou, com voz tão débil que os dois tiveram de aguçar os ouvidos para captar suas palavras, em meio aos sons abafados de ruídos de rua e música de rádio. "O Capote... mergulhou na sua própria... subjetividade. Em *A sangue-frio*... ele atingiu a veia. Ele queria ser... enforcado junto com Perry. Ele se odiava... aquele monstrinho esganiçado. Com base nesse ódio... conseguiu elaborar... um correlativo objetivo. Envolver nossa emoção. Você, Bech... não acertou a veia. É medroso... acima de tudo, preguiçoso. Você perdeu o navio. O navio que leva à América."

"Eu vou fazer você se calar", disse Bech. "Vou apertar essa porra desse gatilho e matar você. Você me acha medroso, é? Mas eu já matei gente." Na guerra. Impossível saber quantos matara. Com um fuzil automático Browning, era apontar e mandar chumbo num arbusto ou num galpão de fazenda na Bélgica de onde o inimigo estava atirando, ou então mirar num carro antiaéreo ou ninho de metralhadora, e no final não havia como saber quantos daqueles mortos eram seus, aqueles corpos alemães que, após alguns dias gélidos, pareciam madeira ou imensos legumes roxos e verdes. Nas Ardenas, em dezembro de 1944, na 28ª Infantaria, num frio de rachar, os soldados alemães eram pontinhos pretos na neve, distantes, correndo, ou se aproximando ou se afastando — difícil dizer, por causa do brilho da neve; era apertar, apertar o gatilho gelado do M1, o metal ficava tão gelado que o óleo congelava e emperrava o mecanismo, o jeito era semicerrar os olhos e apertar, com aquelas luvas regulamentares já se esfacelando, desfiando, e em cada fio verde-oliva solto formava-se uma fileira de bolinhas de neve congelada, gelado até os ossos depois de uma noite passada numa trincheira úmida, amontoado com O'Malley e Perera e Lundgren, aqueles queridos desconhecidos que, com o calor de seus corpos, eram a própria vida, afundado até os joelhos em água gelada na trincheira, o sofrimento físico tão intenso e incessante que chegava a ser um alívio a idéia de que a morte poderia estar escondida atrás da árvore logo ali, correndo de árvore em árvore, com a mochila formando uma corcunda, as árvores eram faias grossas e antigas, de contornos arredondados e graciosos, como mulheres na neve. Uma paisagem de cartão de Natal, boa para matar alemão, os homens diziam, rindo, aqueles homens exaustos, desalmados, infantis, e era verdade, a contra-ofensiva das Ardenas obrigou os alemães a sair dos bunkers, das posições germanicamente precisas, e a lutar em campo aberto, tentando avançar, sob as ordens enlouquecidas de Hitler. Era apertar o gatilho e ver um daqueles pontinhos que corriam ao longe cair de repente e sentir uma onda súbita de calor por dentro, um hiato no sofrimento, um pouco de satisfação e orgulho infiltrando-se de algum outro mundo, um mundo impossível, um mundo em paz. Ele acertou mais alguns, como se fossem patos contra um céu branco, até que o pelotão recuou e ele pôde tirar os pés da água gelada. Se havia matado pela pátria, podia matar pela arte.

"Pode atirar", insistia Cohen, ofegante. "Aperte o gatilho. Vamos. Estou com oitenta e dois anos... e não posso dar cinco passos... sem sufocar. Me faça esse favor." Porém o velho sacana não estava falando sério; aquilo era astúcia dele; estava era louco por viver. Continuou, manhoso: "E a sua amiguinha? Rachel. Ela vai gostar de passar... o resto da vida em cana? Hoje em dia, pra mulher... também tem pena de morte. Um preço meio alto a pagar... pela vaidade... do seu namorado velhusco".

"Ela veio porque quis. Não fui eu que obriguei."

"Adoro ver o Henry tão energizado", disse Robin a Cohen.

"Ele devia ter aplicado... essa energia à obra dele. *Sem bagagem*... *Pense grande*... efeitos fáceis. Não dá pra acreditar... em uma palavra. Nem menciono *Os eleitos*... porque todo mundo concorda... que foi constrangedor."

"Menos o Charles Poore no *Times*. Ele adorou."

"O Poore, aquela velhota. Esse não sabia de nada. Você tentou nos enrolar. Pensou que ia conseguir... escapar da própria pele... e escrever como um americano. Bech... vou lhe fazer uma pergunta. Você saber rezar... o pai-nosso?"

Bech não se dignou a responder àquele inquisidor, porém limitou-se a desviar o revólver — um Luger, suvenir de guerra surrupiado de um oficial morto, uma arma que talvez já tivesse matado judeus — alguns centímetros para o lado do coração do inimigo. Deixou-o assim, dando à língua pesada e insaciável de Cohen permissão de continuar falando.

"Pois bem, noventa por cento... dos panacas a seu redor sabem. Está dentro da cabeça de cada um. Eles recitam esse negócio inteiro... do começo ao fim... como é que você pode querer... escrever sobre essa gente... se você nem imagina que merda... eles têm na cabeça? O Espírito Santo... Esses góis vieram pra cá crentes... que eram guiados pelo Espírito Santo. O Espírito Santo. Que porra é essa? Um pombo... não se sabe mais nada. Nos primeiros invernos... eles nunca tinham visto nada igual... lá na Inglaterra. Eles agüentaram... mas aquele diabo de religião... Bech... quando ela evapora... deixa um lugar morto. Ame-a ou deixe-a... um lugar morto. É aí que fica a América... nesse ponto morto. Emily, aquele cara que foi pro mato... Hemingway... Melville... Hawthorne... estavam lá. O Não no trovão... o Grande Não. Nós judeus... não sabemos dizer não. Só sabemos dizer Sim. Sim, eu mato o Isaac... Sim, eu luto com o anjo. Por isso que você é ruim, Bech. Você tentou... tem gente que acha que você acertou... eu, não. Pra mim, você errou o alvo. Em vez de mirar... no que você conhecia... tentou trabalhar com um tema... que só pertence às pessoas... capazes de habitar um não-lugar. América... oportunidades... jazz... tudo bem, mas é um não-lugar. Do Atlântico ao Pacífico. Você pensava... que nem esses panacas de Hollywood... judeus bobos de felicidade... por ter saído do gueto... que você era capaz de transformar isso... num *lugar*, com gente bonita. Mickey Rooney, Lewis Stone... meu Deus. James, Twain, Adams, esse pessoal todo da antiga... a gente tem que amar todos eles. Você, Bech, eu não tenho que amar. Você é uma fraude. Você inventou tudo... é *pior* até que o Capote. Pode atirar. Vamos. Estou doido pra que você atire. Falando sério. Não consigo respirar, falar, foder, comer... dormir, só uma hora de cada vez... Atire. Olhe pro outro lado, Rachel. A morte não é uma coisa bonita... como essa garotada de hoje em dia acha. Você pensa que não é nada... mas ainda é... alguma coisa." O nariz do famoso crítico agitou-se, a ponta azulada remexeu-se talvez pela última vez.

Bech, inseguro, olhou de esguelha para Robin. Admirou-lhe, em perfil, a sobrancelha negra e enfática, um hífen em negrito, nítido e mediterrâneo. Ifigênia e Ester, Electra e Dalila tinham sobrancelhas como aquela, firmes, fatais. Se ele quisesse atirar, ela o veria atirando. Não havia comparsa melhor para um homem.

"Robin", disse Bech. "Arranque o tubo do nariz desse verme."

Imediatamente ela obedeceu, avançando com seu traje de

gata, pensando talvez que aquilo fosse uma cortesia preliminar, quando um velho matava o outro após décadas de inimizade.

Bech explicou, enquanto baixava a arma: "Vamos ver se ele respira sem isso".

Cohen estava se controlando, mas o pânico começava a manifestar-se, subindo-lhe dos pulmões para o rosto. A ponta do nariz rodava num movimento contínuo, traçando um minúsculo círculo. Tentava inclinar o corpo para a frente, para relaxar os pulmões, e tateava no espaço junto à poltrona, buscando o tubo azul. "Assim não. Use o berro. Bech... vá por mim... seu trabalho... não vai ficar. É... porcaria... de nível mediano. Nem isso. Medíocre, mesmo."

"Você é um proxeneta de opiniões impensadas", rosnou Bech. "Seu empata-foda. Você está roubando meu oxigênio esses anos todos."

"O seu trabalho... é... é..." Cohen estava caído para o lado. O livro que havia deixado no braço da poltrona (Walter Benjamin, *Obras escolhidas, vol.* 1, 1913-1926) caiu no chão com um baque surdo. Sua tez estava ficando com um tom de peixe, e sua garganta tufava como se suas guelras estivessem sufocando. "Anos 50!", concluiu com um sorriso triunfal. "Você é anos 50!" Seus olhos amarelentos giraram para cima nas órbitas, e os óculos de leitura caíram-lhe no colo.

"Vamos cair fora daqui", disse Bech a Robin. "Hora de puxar o carro."

"Mas..." Ele sabia o que ela queria dizer. Já que Bech resolvera não atirar, não era uma crueldade deixá-lo morrer asfixiado? Ou seria isso uma forma de justiça primitiva, nas altitudes anóxicas da vida literária?

"Escute aqui, guria. A gente está fazendo um favor pra ele, como ele mesmo disse. Esse cara é um viciado. Ninguém gosta de ar depois que provou oxigênio puro. Como é que ele respira quando vai à privada? Quando dorme a hora que ele consegue dormir? Cá entre nós, aposto que ele dorme sete, oito horas por noite, com no máximo uma ida ao banheiro pra dar uma mijada."

Orlando Cohen, famoso criador e destruidor de reputações, estava todo encolhido na poltrona, como um bebê misteriosamente morto no berço. Robin conteve um grito e o impulso de dar um passo em direção ao velho desmaiado. A férrea mão enluvada de Bech em seu braço deteve-lhe o movimento impulsivo.

"Não deixe esse babaca manipular suas emoções", disse ele a sua comparsa. "Você é mole. Como toda mulher. Um filho da puta sem coração como esse aí se aproveita de você. Assim que ele perceber que a gente saiu e está descendo a escada de incêndio, ele se levanta da poltrona. Sacou só aquela miniaula dele sobre literatura americana? Ele já repetiu esse papo mais de mil vezes."

Ao longe, uma sirene de polícia começou a ulular; não soava para eles, nessa aventura, mas talvez na próxima. Ruidosamente, os dois desceram até o jardim dos fundos, coberto de mato, onde as sombras das folhas de ailanto balançavam-se, inquietas. Robin encostou em Bech na sombra, e seu rosto, sem a máscara, estava surpreendentemente branco. "Quero um filho", sussurrou ela.

"Epa", exclamou Bech, "só porque eu disse que mulher é mole você não tem que provar que é mole também."

"Quero um filho seu", insistiu ela.

"Estou com setenta e quatro anos", disse ele. "Sou mercadoria expirada há muito tempo."

Foram saindo sorrateiros, passando por latas transbordando de lixo e roseiras moribundas, até chegar à Christopher Street, onde se tornaram, à luz dos lampiões recém-acesos, apenas mais um casal a discutir discretamente. "Fiquei com medo", confessou Robin, "quando achei que você ia atirar naquele velho ofegante."

"Eu devia ter dado um tiro no pilantra", retrucou Bech, lúgubre. "Ele me prejudicou demais. Tentou me aniquilar."

"Então por que não atirou?" A mão dela puxou-lhe o braço como se fosse outra pergunta, ali embaixo da capa forrada de lã vermelha, a qual ondeava na brisa que vinha da Bleecker Street, prenunciando, com um odor de ozônio, uma tempestade antes da meia-noite.

"Eu acreditei nele; achei que para ele continuar vivendo era pior que morrer."

"Sabe o que eu acho?"

E esperou, irritando Bech, pela milésima vez, com a perícia lúdica e (para elas) deliciosa com que as mulheres jogam o jogo das relações pessoais. "O quê?", ele foi obrigado a perguntar, ríspido.

"Acho que você também tem um coração um pouco mole."

"Já tive", reconheceu Bech, "mas levei tanta porrada que mudei. De tanta crítica ranzinza e mesquinha que me fizeram."

"Não acredito", disse ela. "Eles são só críticos, e você..."

Mais uma vez, aquela pausa precisa o obrigou a perguntar: "Eu o quê?".

"Você é você."

"E quem não é?"

"Todo mundo é, mas poucos levam a coisa tão a sério quanto você. Henry..."

"O *quê?* Pare com esse diálogo."

"Você não acha que a gente já livrou o mundo de males o bastante, pelo menos por uns tempos?"

"Ainda falta muito que fazer. Tem um cara que dá aula na Columbia, um tal de Carlos não-sei-das-quantas, professor de literatura, ou sei lá como é que se diz agora, que outro dia realmente me deixou puto na *Book Review*. Disse que eu não tenho *duende. Duende!* Peguei o dicionário de espanhol e vi que quer dizer 'fantasma, gnomo, fada'. E também o Gore Vidal, que... e mais o Garry Wills, que..."

"Meu bem."

"O que foi?"

"Você está espumando. Vamos pensar no nosso filho."

"Não posso pôr um filho num mundo poluído por críticas malévolas como esta."

"Ninguém critica os bebês."

"Se for meu filho, eles criticam. Robin, logo agora que a gente estava engrenando como dupla."

"Estava?"

"Quero mais vingança."

"Não quer, não", disse Robin. "O que toda dupla quer é virar trio. Minha proposta é a seguinte: ou bem você me emprenha, ou bem eu vou à polícia. Falo com os meganhas."

"Fala o quê?"

"Tudo."

"Isso é chantagem."

"Eu acho que é devoção. É pensar nos seus interesses." Viraram à direita na Bedford, de lá tomaram a Houston e seguiram em direção à Crosby. A cidade os cercava como um cenário de agitprop, murmurante e surreal, perfurada por milhões de luzes e vidas. Uma nuvem em forma de morcego formava-se no leste, esfiapada, acima da cúpula amarela do brilho da cidade. Rachel Teagarten abraçou-o mais forte, contente, debaixo da capa. Aquela guria, pensou Bech, já estava começando a lhe torrar o saco.

Bech e a prodigalidade da Suécia

Uma onda de protestos saudou a notícia de que Henry Bech havia ganhado o prêmio Nobel de literatura de 1999. O *New York Times* esbravejou num editorial:

> A Academia Sueca, no seu afã de premiar nulidades pitorescas e rebeldes inconseqüentes com a prodigalidade tornada possível por uma fortuna fundada em dinamite, ultrapassou, com esta última escolha, os limites do mero capricho, chegando às raias da perversidade. Se já era mesmo chegada a hora de premiar mais uma vez um escritor americano, então só se pode tomar como um insulto deliberado a atitude de deixar de lado concorrentes sérios como Mailer, Roth e Ozick, para não falar em Pynchon e DeLillo, em favor desse escrevinhador fora de moda, especializado em floreios de caligrafia, cuja rala obra fica aquém mesmo da de J. D. Salinger, que majestosamente se recusa a publicar o que quer que seja.

O *Post* atribuiu a Isaiah Thornbush o seguinte comentário: "Com todo o respeito pelo meu querido colega e velho amigo

Henry, isso chega a ser uma gozação. Com toda a franqueza, fiquei bestificado". BECH? CUMÉ QUIÉ??? foi a manchete de primeira página do *Daily News*. Já a *People* pôs na capa a pior foto de Bech que encontrou, na qual ele aparecia com Bea, no tempo em que era casado com ela, de macacão, fingindo estar consertando o caramanchão da casa pseudo-edênica, em estilo pseudo-Tudor, de Ossining. E a *New York* publicou uma retrospectiva sutilmente cáustica de John Simon intitulada "Uma defesa (forçada) de Henry Bech".

Enquanto isso, o telefone do estúdio na Crosby Street não parava de tocar, às vezes obrigando o laureado septuagenário a interromper a tarefa de trocar as fraldas de sua filha de oito meses de idade, Golda (na hora de dar nome à filha, Robin Teagarten não foi nada pós-judaica), de modo que o cheiro acre de cocô de bebê e o grito estridente do telefone tornaram-se verso e anverso de uma mesma experiência irritante. Golda, cujos dentes começavam a nascer, era uma criança robusta, com os mesmos olhos tranqüilos e desafiadores da mãe, só que até agora não tinham cor de pêlo de raposa, e sim um tom contemplativo e plácido de azul-ardósia. Já estava crescida o suficiente para perceber que havia algo de estranho em aquele velho de mãos nodosas lhe passar, nos orifícios da frente e de trás, aqueles lenços umedecidos frios, e depois prender-lhe a fita adesiva, com excesso de pressão, na barriga lisa e indócil. Para exibir sua força, Golda estrebuchava sobre a toalha, contorcendo-se toda, como um putto barroco. Preferia o toque fresco e rápido da mãe, ou as mãos pardas de Leontyne, a *au pair girl** de fala cantada que viera de Antígua, após uma escala em Crown Heights, no Brooklyn.

* Moça estrangeira que faz trabalhos domésticos — tipicamente, cuidando de crianças — em troca de casa, comida e, muitas vezes, oportunidade de praticar o idioma. (N. T.)

A voz ao telefone normalmente era a de Meri [sic] Jo Zwengler, a chefe de publicidade da Vellum Press, que só usava roupas de couro. "Mas eu não quero ir ao programa da Oprah", dizia ele. "Detesto aquela platéia de feministas caipiras, vaiando todo mundo."

Meri Jo suspirava. "É o que todos esperam de você, Henry. Se você se recusar a aparecer, dois terços da população do país vão se sentir insultados."

"São os dois terços que não sabem ler. Onde é que essa gente estava quando *Rumo ao sul* vendeu menos de vinte mil exemplares?"

Meri Jo era de uma paciência teatral com ele. "Agora você é um vencedor do Nobel, Henry. Não pode mais dar uma de escritor recluso, tipo 'não quero falar com ninguém porque não estou inspirado'."

"Bech? Cumé quié?", citou ele.

"Ninguém mais está fazendo essa pergunta. Agora você é famoso, Henry. Desculpe. Mas o aumento das vendas deve dar pra custear a faculdade da sua filha, se você cooperar. A gente está pensando até em relançar *Quando os santos*."

"E por que deixaram esgotar?"

"Não seja difícil, Henry. Os custos de armazenamento aumentaram uma barbaridade. E com a mudança pro prédio novo a gente teve muitos gastos."

O que Meri Jo recebia de salário num ano, calculava ele, estava para o que ele ganhava de direitos autorais no mesmo período como uma sequóia estava para um bonsai de cerejeira. "Não fui eu que mandei vocês construírem um arranha-céu só porque a McGraw-Hill fez um."

"Meu querido, seja um amor de criança e pare de implicar comigo", disse ela. Bech imaginou ouvir couro rangendo e metal estalando quando Meri Jo girou o corpanzil na cadeira de escritório feita sob medida para ela. "Você estava maravilhoso no Charlie Rose."

"O Charlie é que foi maravilhoso", protestou Bech. "Eu quase não abri a boca." O rosto comprido de Rose, vermelho como um salmão, ficara gravado em sua memória, debruçando-se até quase encostar nele, como se fosse um retrato tirado por Richard Avedon, e insistindo: "Me diga com toda a franqueza, Henry, você não se sente *constrangido* de ganhar esse prêmio quando tantos outros escritores foram preteridos?". E os olhos do entrevistador fixaram-se em Bech, inquisidores, de modo que ele parecia Dick Van Dyke transformado em personagem de desenho animado da Disney.

Essas personalidades profissionais funcionavam num nível de energia que impunham um tremendo esforço à imaginação de Bech, distendendo-a como chiclete grudado no sapato de um homem que segue em frente sem perceber. Terry Gross, com sua voz sedutora de adolescente ligeiramente gaga, fora ainda mais brutal: "Como é que você explica isso? Quer dizer, deve parecer um tremendo milagre, quando você pensa que Henry James não ganhou, nem Theodore Dreiser, nem Robert Frost, nem Nabokov...".

"Não sei ler os pensamentos dos outros", respondeu Bech, como que pedindo desculpas, "principalmente quando estão pensando em sueco."

Quando bolou essa tirada, em meio aos devaneios da insônia, achou-a boazinha, mas quando surgiu a ocasião de utilizá-la faltou o toque de espontaneidade. O risinho curto da entrevistadora, tão curto quanto seus cabelos, foi apenas pro forma; em seguida, como um dingo mordiscando o pescoço de um canguru ferido, ela voltou ao ataque. "Não, mas falando sério..."

A entrevista foi parte de uma maratona radiofônica que o levou a percorrer toda a conurbação do Nordeste, começando num bairro desolador não muito longe da Boston University, onde falou com Christopher; passando pelos corredores inóspitos da prefeitura de Nova York, onde a conversa foi com Leonard Lopate; por uma sala cheia de latas de fitas em Filadélfia, da qual era transmitido o programa "Fresh Air" da WHYY; e terminando no estúdio da WAMU, uma cobertura na Brandywine Street, no campus arborizado da American University, em Washington, D. C., onde o entrevistou Diane Rehm. Seus cabelos eram tingidos de um tom fascinante de azul, e sua voz era cristalina, sedutora — dava a impressão de estar chamando as colegas da república de estudantes para jantar — e, de todos os entrevistadores dessa leva, foi ela quem menos o colocou na defensiva. Sua atitude parecia ser: mas claro, o senhor Bech ganhou o prêmio Nobel de literatura. E por que não? Vamos ouvir a opinião de nossos ouvintes.

A primeira a ligar, com um sotaque sulista açucarado que zunia desagradavelmente nos fones de Bech, queria saber se era mesmo verdade, como ela lera no *National Enquirer*, que recentemente o senhor Bech tivera uma filha com uma moça com um terço da sua idade.

"É, não se trata de uma inverdade, não", admitiu ele. Teve de se conter para não explicar que a criança fora fruto de uma chantagem de Robin. Era tornar-se pai ou ver-se acusado de ser um assassino serial.

"A minha pergunta, senhor Bech, é a seguinte: o senhor não acha que isso é uma injustiça com a moça e com essa criancinha indefesa, já que, me desculpe, o senhor pode morrer a qualquer momento?"

"Injustiça?" Era um conceito que havia muito tempo não lhe passava pela cabeça. Quando menino, volta e meia reclamava com seus colegas de brincadeira que alguma coisa era uma injustiça, mas com a passagem inexorável das décadas sua indignação fora lentamente se apagando.

"E esse milhão de dólares que o senhor ganhou — o senhor pretende fazer alguma coisa *boa* com ele?"

Ele já explicara a vários entrevistadores pouco sutis que, depois dos impostos municipais, estaduais e federais, o que sobraria estava muito longe de ser um milhão. Era menos de meio milhão. Contabilizando as horas e energia consumidas pela concessão do prêmio, e o consenso universal de que, por conta disso, ele agora tinha uma dívida para com o mundo, Bech concluíra que acabara levando prejuízo. E, pensando bem, o que é que se pode comprar com meio milhão de dólares em Nova York hoje em dia? Uma estatueta de Jeff Koons, ou um armário num apartamento na Fifth Avenue. Ele começou a explicar isso tudo, mas a ouvinte, que havia se instalado na cabeça de Bech como uma parasita incurável, prosseguia sua inquisição:

"E é verdade, senhor Bech, como li em várias fontes confiáveis, que, quando o senhor estava viajando pelos países comunistas sob o patrocínio do governo americano, o senhor teve um caso com uma famosa poeta búlgara e teve com ela um filho que o senhor nunca reconheceu oficialmente? Um filho que recebeu uma rígida educação comunista até se tornar adulto, sem jamais saber quem era seu pai, enquanto o senhor levava um estilo de vida capitalista?"

As estranhas imagens e mentiras se sucediam tão rapidamente, e de modo tão sedutor, que ele mal conseguia falar, embora falasse o tempo todo desde que ganhara o prêmio. Ele abriu a boca, a cinco centímetros do microfone com sua cobertura de esponja — como uma luva de boxe em miniatura, ou um punho cerrado numa silhueta de Keith Haring —, porém tudo que se ouviu foi um rangido. Diane Rehm, que não suportava nem meio segundo de silêncio em seu programa, perguntou, melodiosa: "Será que nosso convidado prefere não responder?".

A voz plantada na cabeça de Bech enterrou-se ainda mais

fundo, com mandíbulas mais rápidas do que nunca, e deixando transparecer um ranço de ressentimento cristão: "Ora, Diane, se esse homem prefere não responder, o que é que ele está fazendo no seu programa? Se ele vai ficar de boca fechada, então acho que ele nem devia ter aceitado o prêmio".

"Eu nunca tinha tido um filho antes", Bech conseguiu dizer. "Assim como nunca tinha ganhado o prêmio Nobel."

"Bem, se o senhor nunca tinha tido filho antes", disse a voz, "então depois de tudo que eu li acho que o senhor devia mais era estar ensinando métodos de controle de natalidade a essas adolescentes negras."

"Obrigado pelo seu telefonema, Maureen", disse Diane Rehm com firmeza, e apertou um botão que tirou Maureen do ar. "A próxima", anunciou ela para todo o país, "é Betty Jean, de Greensboro, Carolina do Norte."

Mas Betty Jean foi igualmente implacável: "Por falar em adolescentes negras, o senhor não acha que esse negócio de celebridade ficar tendo filho sem estar casada no papel é um péssimo exemplo?".

"Mas", disse Bech, sentindo-se encurralado num beco sem saída, "eu só virei celebridade agora que ganhei o prêmio. Antes eu era só um escritor, quieto no meu canto. E eu teria o maior prazer em me casar com a mãe da minha filha, só que ela ainda está pensando se aceita ou não a minha proposta. Ela é muito moderna."

"Sabe o que eu acho?", disse Betty Jean, no instante final antes de sua execução eletrônica, "Vocês, nortistas, vão ser modernos assim no inferno."

No fundo, Bech concordava. *Insuficiência moral.* Acordado em sua cama, vendo retângulos rothkoanos de luz urbana vibrando nas paredes a seu redor, atento a qualquer ruído vindo da criança, ele pensava em sua vida e sua obra, sua existência cotidiana neste mundo, cada vez mais breve. Uns poucos países, umas poucas mulheres. Havia muitos países que ele jamais visitaria, alguns que só estavam nascendo agora, mais jovens até que Golda, dos escombros de velhos impérios apodrecidos. As mulheres — Bech imaginava que elas eram o objetivo de tudo, a meta biologicamente determinada da existência do homem, que se aproximava, dominava o campo de visão e depois ia se afastando aos poucos. Ele tivera um número suficiente de mulheres. Não era capaz de enumerá-las, nem de lembrar os nomes de todas, mas sempre conseguia ao menos evocar um rosto, um brilho pálido num quarto escurecido, um sorriso incerto e encantador, olhos ensombrecidos, cálidos de desejo. Assim mesmo, fora uma parcela ínfima da totalidade de mulheres dentro da faixa etária apropriada que lhe eram disponíveis, em escala global. Além disso, seus livros, os sete volumes* (sem contar a antologia britânica, *O fino de Bech*, esgotada havia anos), pareciam pouquíssimos, levando-se em conta as possibilidades, e tão misteriosamente contingentes quanto as principais reviravoltas de sua vida. Sete etapas, sete braços do menorá, sete teclas brancas do piano. Ele nunca conseguira entender direito por que as teclas pretas, os semitons, tinham aquelas duas falhas dentro de uma oitava. Imaginava que fosse para orientar o pianista. Os sete livros brilhavam na visão retrospectiva de Bech como se fossem marcas frágeis deixadas numa trilha na floresta, *una selva oscura*, a mata fechada em que sua consciência se entrelaçava com o universo. Bech raramente folheava aquelas páginas pálidas; seus livros pareciam ter uma ligação muito tênue com a verdade gigantesca: sua identidade arbitrária, que emergira, tal

* *Sem bagagem*, romance (1955); *Irmão porco*, novela (1957); *Quando os santos*, miscelânea (1958); *Os eleitos*, romance (1963); *Pense grande*, romance (1979); *Fazendo hora*, crônicas e contos (1985); *Rumo ao sul*, novela (1992). (N. A.)

como o universo, da escuridão e do silêncio. Primeiro, o viscoso milagre pré-consciente, na escuridão aveludada do útero, da repetida mitose pré-natal, guiada em sua complexidade por sinais inimagináveis codificados em cromossomos e proteínas. Depois, a brutal irrupção no hospital, com sua luz gélida, e o ruidoso e fragrante triângulo freudiano, com suas atmosferas opressivas, porém estimulantes, de cozinha, quarto e banheiro. Depois, as longas escadarias monitoradas da escola, classe após classe, professor após professor, e a súbita formatura, no ano de Pearl Harbor, a guerra e as ambíguas tribulações da idade adulta, das quais seu atual estado de decrepitude, sardônica e nobelizada, era a mais recente, ainda que talvez não a derradeira. *E em sua vida o homem representa/ Muitos papéis, em sete atos.*

Golda choramingava em seu berço, colocado bem ao lado da porta do quarto de casal formado por divisórias, do lado de fora. De dia, instalavam o berço num nicho feito de tábuas e chapa de aglomerado, uma caixa dentro do estúdio — uma espécie de estojo de jóia, quando Golda dormia dentro dele. Enquanto Robin trabalhava na Computer Crossroads, na Third Avenue, Bech escrevia e riscava, sem fazer barulho, e Leontyne lavava os pratos do café e as roupas, andando nas pontas dos pés. Dois adultos — ele pensava, atônito — subjugados por oito quilos de ego inocente. Quando o bebê acordava, a moça de tez de chocolate, com chamegos caribenhos, dava-lhe pedacinhos de torrada e frango que Golda mastigava com satisfação, muito embora tivesse menos dentes do que dedos. Os poucos dentes que tinha eram grandes e sofridos, pois fora muito dolorosa sua passagem pelas gengivas. Então a mamadeira era-lhe servida no sofá, enquanto Leontyne, olhos grudados no vídeo, assistia a *Dias de nossas vidas*. Às duas, a babá trocava de canal para ver *Uma só vida para viver*, e Bech, quando as exigências incômodas da condição de agraciado com o Nobel lhe permitiam tal luxo, deixava a jovem entregue ao vício da novela e, empurrando o carrinho de bebê, ia até um playground. Havia um, pequeno e melancólico, em Spring esquina com Mulberry, e outro, ainda mais exíguo, na Mercer Street depois da Houston, junto a um ginásio da New York University. Às vezes, num rasgo de ousadia, atravessava as ruas inóspitas da Bowery empurrando Golda até chegar ao parque comprido que homenageava a mãe superprotetora de Roosevelt, Sara. As copas dos gincos e plátanos já amarelavam, e o chão estava atapetado de folhas secas. Bech amarrava a menina indócil numa daquelas fraldas de borracha preta que agora fazem as vezes de banco de balanço e ficava a empurrá-la, até que a emoção de desafiar a gravidade começava a cansá-la. Ela ainda era muito pequena para aventurar-se sozinha pelas passarelas elevadas do castelo de plástico que se erguia no centro do playground, onde o piso era de borracha, porém Bech às vezes colocava-a no escorrega em espiral, deixando que aquela trouxinha escorregadia com roupa acolchoada escapasse de suas mãos por uma ou duas voltas, para depois agarrá-la embaixo. E deixava-a subir a escada do escorrega utilizando sua própria tração, mantendo as mãos alguns centímetros atrás dela para o caso de ela cair quando resolvesse virar-se para compartilhar com o pai o orgulho daquela ascensão. Para Bech, o papel de pai que lhe cabia, enquanto ele estivesse ali para desempenhá-lo, seria o de estimular a menina a correr mais riscos do que Robin e Leontyne lhe permitiam — introduzir em sua vida um pouco do amor masculino ao perigo.

No chão plano do estúdio, Golda engatinhava vigorosa e incansavelmente, passando por cima de brinquedos, pés de adultos, livros espalhados e folhas escorregadias da edição dominical do *Times*, como se fosse um tanque de guerra. À noite, porém, quando seus choramingos atraíam Bech até o berço, era como se a menina tivesse despido o vigor junto com a roupa de brincar, e ela parecia ser puro espírito, um poço de desejos inarticulados sobre o qual ele se debruçava, enquanto os dois tentavam divisar a origem de seu desconforto. Nos primeiros seis meses, Bech simplesmente pegava a criança no colo e a entregava a sua jovem companheira, que, semi-adormecida, levava à boquinha ansiosa um seio enorme, branco, cheio de veias esverdeadas, e desse modo aplacava-lhe a inquietude. Mas Robin, cansada de encontrar manchas de leite nos corpetes justos de seu uniforme de trabalho, cansada daquele vínculo físico tirânico que a prendia às entranhas de um outro ser, desmamou Golda, de modo que Bech, quando levava ao colo aquele corpinho manhoso, tinha a opção de trocar-lhe a fralda ou esquentar uma mamadeira, ou então fazer as duas coisas. Essas desajeitadas comunhões com sua filha nas altas madrugadas, ao som dos raros carros — limusines de gângsteres da Little Italy, táxis indo e vindo das boates do SoHo — que ainda passavam pela Crosby Street, eram diferentes de todos os outros efêmeros relacionamentos que a vida lhe proporcionara: o tamanho de Bech claramente o colocava numa posição dominante, e no entanto um instinto atávico de proteção inclinava a balança para o lado da parceira indefesa.

Na fronteira da linguagem — já sabia dizer "oi" e dar adeusinho com a mão — Golda comunicava-se com as suas "entranhas", para usar o termo bíblico — não apenas os intestinos, que gerava produtos de cheiro tão pungente, mas também os mistérios interiores, sede ou dor ou pesadelo ou solidão existencial que expulsava sua alma da esfera do sono, lançando-a neste mundo turbulento em busca de algum consolo. Ele tentava proporcionar-lhe tal consolo; havia noites em que Robin acordava e, com a presença primeva de seu corpo e coração de mãe, aplacava a irritação da criança. Deitado ao lado delas na cama, o velho Bech gozava do calor abundante dos dois jovens corpos femininos a colidir suavemente. Quando Robin intervinha, sentia-se aliviado, mas ao mesmo tempo frustrado, como se lhe tivesse sido subtraído o que talvez viesse a ser sua última oportunidade de satisfazer um outro ser humano — de encontrar a chave biológica que abria uma fechadura fora de si próprio, no caso uma extensão inesperada de seu ego, como um graveto mergulhado na água, que parece dobrar-se. "*Você* é que é o meu prêmio", murmurava Bech no ouvido da menina, esperando os sessenta segundos que a mamadeira levava para esquentar no microondas, segurando Golda à janela, eles dois olhando para um táxi amarelo que passava correndo pelos paralelepípedos irregulares da pista, em direção a algum refúgio duvidoso cheio de espelhos, drogas, luzes estroboscópicas e danças espásticas. "Você é boa, boa, *boa*", Bech dizia à menina, cujos olhos curiosos eram atraídos a seu rosto pelo tom desesperado daquele sussurro rouquenho. "Você é mesmo uma pessoa fora de série."

Os dois eram muito parecidos: dormiam de modo irregular, seguiam em frente lenta e teimosamente. "Ah, você é bem filha do seu pai", murmurava Leontyne à criança, de modo que Bech a ouvisse de seu escritório. "O mesmo jeito dele, o mesmo cabelo em pé."

"Leontyne", ele perguntava, "você acha maluquice minha? Ter uma filha com esta idade?"

"Os bebês é presente de Deus", respondeu ela uma vez, com aquela sua voz suavemente cadenciada. "Eles vem quando Ele quer que vem. A mamãe e o papai pode achar que ainda não, ainda não, mas Ele sabe quando é a hora. O senhor gosta tanto dessa menina que às vezes eu nem consigo olhar. E a mãe também, o senhor também gosta dela, mas cada um já tem seu caminho no mundo. Meus pais a mesma coisa, papai vai e vem.

Nove filhos eles fez, enquanto ele vai e vem. Eu a segunda mais pequena. O irmãozinho mais pequeno de todos nasceu quando mamãe tinha quarenta e dois anos. Ela dizia de brincadeira que quando ele nasceu ela tinha que pôr óculos pra enxergar ele."

Aquela aceitação confiante de Leontyne no mundo como um berço divino, no qual todos se balançavam, tranqüilizava Bech durante o dia mas o inquietava à noite, quando lhe parecia claramente uma ilusão. Em sua insônia, ele estava sozinho num pilar, um santo arrancado de seu cotidiano confortável. O Nobel desencadeara uma torrente de cartas que o castigavam como ventos hostis. *Eles bem que podiam dessa vez dar o Nobel a um americano que não fosse judeu nem crioulo nem um imigrante que nem sabe falar inglês direito... eu dou duro para terminar meu romance enquanto trabalho em dois empregos para pagar a quimioterapia caríssima da minha mulher e mais os gastos com as crianças e bastava um por cento da fortuna que você ganhou merecidamente na minha opinião para eu poder... você já não deve se lembrar de mim mas eu me sentava atrás de você na escola pública 87 lá na 77th Street esquina com Amsterdam e embora você nunca prestasse atenção em mim eu sabia que algum dia você... leilão de objetos pertencentes a pessoas famosas as menores coisinhas ano passado fizeram o maior sucesso aparas das unhas dos pés de Mariah Carey e uma tolha de papel usada da cozinha de Julia Child... é Hank pelo visto você enganou todo mundo menos eu seu judeuzinho para mim você não está com nada seu... Templo Emanuel nosso círculo de leitura não tem como oferecer nem mesmo um modesto pró-labore mas dá para pagar o seu táxi e também vamos servir um lanche... meu filho vai fazer dois anos agora em dezembro e um bilhetinho seu escrito no seu papel timbrado copiando uma passagem preferida de alguma obra sua ou de algum outro grande escritor com o dia o mês e o ano... o senhor parecia constrangido com o Charlie Rose mas o senhor não tem por que se envergonhar ou será que tem?... segue meu livro cuja publicação eu próprio custeei no qual provo de modo detalhado e incontestável que Deus vai instituir Seu reino primeiro no Oriente Médio e depois nos outros continentes em rápida sucessão... ajude uma fotografia autografada ajude uma declaração de uma única página ajude a formar leitores na nova geração uma pequena contribuição financeira uma citação que possamos usar no nosso material promocional favor não enviar assinaturas mecanicamente reproduzidas... para nós um prazer orientá-lo profissionalmente em seus investimentos e formação de patrimônio... tento conter a minha fúria mas depois de quarenta anos escrevendo e escrevendo muito melhor que você e não apenas na minha opinião mas também na de críticos que não são completamente idiotas não consigo engolir o que me parece ser uma rejeição cruel e explícita do meu trabalho, de* <u>*mim*</u>*, eu sei que é absurdo meu caro Henry eu sei que a vida para você sempre foi um mar de rosas...* Inveja e ressentimento jorravam sobre ele de toda a imensidão da América, de todos os estados, sem excluir o Alasca e o Havaí, como uma espécie de chuva de gelo a tamborilar o telhado de zinco de sua frágil privacidade. Bech tentou utilizar a insônia para redigir o discurso que todo laureado tem de fazer. Havia recebido da Suécia carradas de informação, boa parte naquelas laudas compridas usadas na Europa, que não cabem em pastas americanas. Sua fala seria três dias antes da cerimônia, na Academia Sueca. Quem estaria presente? Ele não fazia idéia. *Vossas Altezas Reais, senhor prefeito de Estocolmo, membros da Academia, distintos convidados estrangeiros e nacionais: O prêmio Nobel tornou-se tão importante, tão vultoso e famoso, uma verdadeira celebridade entre os prêmios, que ninguém merece ganhá-lo, e o constrangido laureado é obrigado a ocultar seu imerecimento por trás do imerecimento de todos os outros. Este prêmio nos eleva a uma altitude tamanha, a* *um momento tão excelso de atenção global, que somos tentados a pontificar. Olhando daqui do alto para o planeta, vejo um abismo crescente entre os que viajam de avião e os que não o fazem; os que navegam no ciberespaço da era da informação e os que ainda estão presos à superfície do mundo, lavrando a terra, pescando nos mares, executando as tarefas indispensáveis que outrora constituíam o labor honrado de praticamente todos.* Não. O que sabia ele de todas as vidas que não a sua existência de eremita e as das poucas pessoas com quem havia se envolvido? A referência aos aviões era obsoleta. Ele ainda se lembrava do tempo em que embarcar num avião era uma aventura reservada às elites, todos ostentando ternos e vestidos longos, o glamour da ocasião intensificado pela aura de perigo, voando em meio a nuvens de tempestade prateadas, um tanto art déco, tudo isso regado a champanhe de graça e jantares elegantes à base de pato ou filé mignon, servido em pratos de porcelana, como no *Titanic*. Porém agora via-se no avião o mesmo tipo de gente que antes viajava de ônibus. Iam de short, de jeans, uns pareciam até estar de pijama, um amontoado de corpos suarentos para quem um vôo de dois mil quilômetros era coisa normal, como ir de carro até o bar da esquina. Para essas pessoas, a conquista dos ares era algo tão corriqueiro quanto o pão de cada dia. Elas enfiavam as mochilas e laptops surrados nos compartimentos de bagagem e nem se davam ao trabalho de olhar pelas janelas, a uma altitude mortal de dez quilômetros. Pelo visto, o capitalismo, nosso credo triunfante, tinha razão: as massas são impelidas a subir a escada da prosperidade construída pela livre iniciativa e a tecnologia. *O telefone e o rádio, o cinema e a televisão, o motor de combustão interna e a propulsão a jato — a humanidade absorveu tais inventos tão prontamente quanto os americanos nativos adotaram as armas de fogo, os cavalos e a aguardente. Tal como foi em Ohio e no vale do Rurh, assim também será na Ma-*

lásia e em Mali — todos ricos, civilizados e descontentes. Não. Evitar a geopolítica econômica. Sabe-se lá para onde caminha o mundo, com todas as suas adaptações multiformes? Melhor adotar um tom pessoal, tal como fizeram Oe e Heaney. Infância no West Side e no Brooklyn. A experiência da guerra. A bolsa de estudos de ex-combatente, a New York University. Greenwich Village nos anos 40, a 99th Street nos anos 50 e depois. *Para mim, quando jovem, os livros eram objetos que se viam nas lojas de departamentos, nas papelarias e, sem as sobrecapas lustrosas, na biblioteca pública. Lá, aquelas lombadas poeirentas, com a classificação decimal em tinta branca, pareciam penas numa asa escura e protetora; seu cheiro de tinta seca confundia-se com os odores melancólicos e putrefacientes dos velhos chamados de "vagabundos" na minha juventude e de "sem-teto" nesses nossos tempos mais esclarecidos. O que queriam dizer aqueles livros? Quem os fazia? Ora, eram feitos por homens com paletós de tweed, que fumavam cachimbos e moravam em Connecticut. E também por mulheres quase tão glamourosas quanto as estrelas de cinema, com trajes de chiffon ou então, como Dorothy Thompson e Martha Gellhorn, com roupas de homem, ou até mesmo de uniforme de batalha*. Não. Nem os suecos nem ninguém mais está interessado nesses escritores praticamente esquecidos que outrora deslumbravam Bech. Melhor falar da beatitude imemorial que se sente quando a ponta do lápis toca o papel e deixa nele uma marca. Mas esse momento atômico não será uma coisa pequena demais para se mencionar, num auditório tão imenso e tão atento? Num mundo de sofrimento, de fome e massacre, a beatitude estética não será um sentimento obsceno? *E agora?*, ele teria de perguntar em voz alta. *A palavra impressa? A indústria editorial, essa carcaça velha jogada de um lado para o outro por chacais famintos? Escritores gananciosos, agentes gananciosos, redes de livrarias desmioladas servindo café expresso ao som de Vivaldi, editoras compradas por conglomerados de metalurgia comandados por contadores desalmados em Genebra. Enquanto isso, a linguagem, a linguagem humana que todos nós temos de utilizar, não mais degradada pelos neologismos brutais e criminosos de Goebbels, nem pela falsidade idiotizante do comunismo burocrático, transforma-se no melífluo balbucio bobo alegre da Microsoft e da Honda, conspirações comerciais que querem transformar o mundo inteiro num grande videogame para consumidores infantilizados. Será que toda a riqueza vibrante, ágil e áspera do inglês de Shakespeare e Gerard Manley Hopkins, de Charles Dickens e Saul Bellow, está se transformando num código binário para um império de ternos cinzentos dirigido por homens que caminham pelas ruas de Manhattan e Hong Kong palrando em telefones celulares? Quem vai impedir que o mundo sofra tal evolução? Poetas? Diletantes como este que vos fala? Ora, vamos deixar de brincadeira, Vossas Altezas Reais e dignitários diversos. Como um velho amigo meu teve a bondade de dizer à imprensa americana recentemente, este prêmio é uma gozação.*

"Não consigo", disse Bech a Robin. "Não consigo dizer uma coisa que seja importante o bastante. A essência do que eu faço é justamente não ser importante, ou pelo menos não *parecer* importante. A importância não tem importância, é o que passei a vida inteira tentando dizer."

"Então tente dizer isso", sugeriu Robin.

"Mas isso não tem a menor importância", protestou ele. "E ainda por cima é de um tremendo egotismo. Eu não quero ser autocentrado. Não quero dar a impressão de estar *acima* do Nobel, você entende?"

"Acho que você está dando nó em pingo d'água", comentou Robin, mais interessada em tentar convencer Golda do valor nutritivo da cenoura picada que a criança a toda hora pegava na mesa de sua cadeira alta e, com dedinhos grudentos e recurvados, cuidadosamente lançava no chão. "Os suecos só querem uma manifestação de gratidão..."

"Você não entende. A gente faz uma pequena mesura quando o rei entrega o prêmio — a medalha, o certificado, o passe de uma semana no sistema de transporte público de Estocolmo. A gente agradece no banquete depois da cerimônia. A fala é alguns dias antes. É ela que está me matando. Finalmente, uma oportunidade para eu dizer uma coisa, depois de setenta e seis anos em que ninguém prestou atenção em mim. Quer dizer, minha mãe prestou, pelos primeiros cinco anos, mais ou menos."

"...gratidão e meia hora de entretenimento intelectual. Pense *neles*", disse Robin. "Eles passaram o ano inteiro suando pra escolher quem vai ganhar esses prêmios, em vez de cuidar do trabalho deles, da família deles. Os suecos também têm sentimentos — pense nos filmes do Bergman."

"Nesses filmes quem tem sentimentos são as mulheres; os homens não têm, não. São completamente gelados. Leontyne...", Leontyne estava dobrando vestidinhos, blusas e shorts, junto à lavadora e à secadora novas que tinham sido instaladas ao lado da geladeira, na cozinha outrora primitiva do estúdio, "o que é que eu digo ao mundo?".

"O senhor diz", Leontyne aconselhou-o prontamente, "que desde menino o senhor quer fazer as pessoas felizes. Que Deus lhe diz o que dizer, e o senhor só faz colocar no papel as palavras dele."

"Acho que Deus não faz muito sucesso na Suécia", replicou Bech. "Deus tende a ficar mais perto do equador."

Dessa vez ele fez Leontyne rir; nunca tinha certeza de que ia conseguir fazer tal coisa. Cada nota daquele riso musical e tímido parecia conter-se naquela garganta flexível, como se rir fosse um pecado que implicasse uma penitência. Seus olhos davam a impressão de ser laqueados pela alegria; as franjas sérias e curtas só chegavam até metade da testa. Sua filha de doze anos, Emerald, que Bech conhecia de fotografias, usava um penteado de trancinhas afro, fruto de horas de trabalho materno.

Bech ficou a pensar se seria possível dar um jeito de incluir na sua fala uma menção à preferência divina pelos povos equatoriais; talvez fosse um erro ignorar os problemas étnicos do mundo. *Vossas Altezas, senhor prefeito e prezados convidados: o prêmio Nobel é um belo enfeite no peito pálido da civilização ocidental, mas como judeu permitam-me pensar em voz alta: o que esta civilização, a cristandade, representou para o meu povo? Representou guetos, pogroms, agressões verbais e físicas, injustiça sem recurso, leis excludentes, estrelas amarelas, autos-de-fé, a condição de bode expiatório cada vez que uma catástrofe ameaçava a sociedade cristã, de impotência coletiva e submissão aos caprichos de cada régulo, cada governo cristão. Uma das nações para cuja glória e prosperidade nós contribuímos, como artesãos, mercadores e prestamistas, durante séculos — a Espanha — nos recompensou expulsando-nos exatamente no ano da descoberta da América. A Alemanha e a Áustria, onde o talento judaico floresceu em gênio, riqueza e numa aparente segurança burguesa — justamente esses dois países instituíram um plano sistemático para o extermínio dos judeus, um plano cujo sucesso quase absoluto continua sendo o maior motivo de assombro deste século, a refutação final de qualquer pretensão européia à virtude e à sabedoria. Até mesmo no meu país, que muitos consideram excessivamente indulgente para com os judeus, é comum vermos suásticas pintadas nas sinagogas por pichadores. Na Suécia, segundo li, um entre cada três adolescentes tem dúvidas a respeito da realidade do Holocausto. E assim, Vossas Altezas, constato que, como judeu, não posso aceitar esta esmola, esta tentativa patética de varrer para debaixo do tapete tantos cadáveres, tantas al-*

mas mais talentosas e puras que a minha, as quais, nas fornalhas... Mas o que era isso? Recusar o Nobel fizera Sartre parecer um bobo, e Pasternak um escravo do sistema soviético.

"Meri Jo, estou em pânico", disse Bech a ela num almoço no Four Seasons que ele a convidara a lhe oferecer. "Me arranje um discurso."

"Henry, logo você, que sabe falar melhor do que ninguém? Diga a mesma coisa que você disse à Oprah; foi uma fala encantadora."

"Eu esqueço tudo que digo nesses programas idiotas. Tento esquecer tudo assim que acabo de falar."

"Você disse a ela que não escrevia pornografia, e sim tentava tratar com justiça o componente sexual da nossa existência. Ou algo assim."

"Os suecos não estão nem aí se eu escrevo pornografia ou não. Lá tudo é legal. Faz parte do paganismo saudável deles."

"Nunca vou me esquecer do que você disse no programa do Donahue quando tinha acabado de lançar *Pense grande*. Eu estava no segundo ano lá em Barnard, e a minha colega de quarto e o namorado dela estavam correndo canais — naquele tempo a gente tinha que rodar o botão do aparelho — e eu disse: 'Não, espere aí, esse homem está dizendo alguma coisa'. Você era bem mais moço, o seu cabelo enchia toda a metade de cima da tela. Você estava muito calmo, falando sem nenhuma ênfase, sem deixar que o Donahue intimidasse você, e dando a entender de modo muito sutil e simpático que você achava que ele era mesmo um boçal..."

"Ele era pago pra isso. Muito bem pago. Boçalidade *do* povo, *para* o povo. Mas, afinal, o que foi mesmo que eu disse?"

O rosto redondo de Meri Jo — em que o queixo superior, pontudo e insolente, ainda tentava se sobrepor aos inferiores, que lembravam os fantasmas da televisão nova-iorquina antes do advento dos sistemas de cabo — estava vermelho, ou por empatia com a situação em que Bech se encontrava ou por conta das duas taças de vinho branco que tinham acompanhado sua refeição, ou ainda por causa da compressão proporcionada pelo casaco de couro, com um zíper largo como uma régua e tachas metálicas do tamanho de jujubas. "Não foi o que você disse, foi a *maneira* como você falou. Você foi sincero sem ser *pesado*. Engraçado sem bancar o cômico de boate. Seis meses depois, quando li na *People* que você tinha se separado da sua mulher, lembro — eu não devia estar dizendo isso, não devia ter tomado aquela segunda taça de Chardonnay — que achei ótimo; pensei: quem sabe a gente não acaba se conhecendo? Aí comecei a trabalhar no mercado editorial, mas você não aparecia nunca. Ou quase nunca. Você era um dos nossos escritores invisíveis. Deixe para lá, Henry. Gosto do meu trabalho. Acho que eu era muito ingênua, mas lembre que na época eu ainda era uma garota, e o meu namorado daquele tempo — não lembro mais nada dele, só que as unhas dele nunca estavam limpas — estava com problemas de impotência. Desculpe eu ficar vermelha."

"Meri Jo, quem vai ficar vermelho daqui a pouco sou eu. Me diga, será que ajudaria se eu visse uma fita daquela minha entrevista com o Donahue? Será que o departamento de publicidade ainda tem?"

"Pra falar com franqueza, Henry, pode até ser que a gente ainda tenha, mas jogamos fora milhares de coisas quando mudamos pro prédio novo. Será que não dava pra você falar sobre o futuro da palavra escrita, uma coisa assim?"

"Olhe, esse prêmio é uma coisa que só acontece uma vez na vida, e todo mundo diz que foi um milagre eu ganhar. Não quero desperdiçar a oportunidade com um monte de abobrinhas."

"Ah, meu querido, o que é que você tem contra as abobrinhas?", retrucou ela. O queixo — o superior — imobilizou-se e apontou para ele. "Tenho um monte de pedidos pra submeter a você. Eles não param de chegar. Como você se lembra, nós topamos uma entrevista com o *Washington Post*, e se você topou o *Post* não dá pra dizer não ao *Constitution* de Atlanta, o mercado no Sul está crescendo muito agora. Desde que inventaram o ar-condicionado, os sulistas passaram a ler. E tem também o *Star Tribune* de Minneapolis, o editor da seção de livros de lá é muito simpático com a Vellum há anos, e a gente está tentando investir mais no Noroeste, de modo que tem um editor de artes novo no *News Tribune* de Tacoma, um rapaz tão inteligente..."

"Eu *detesto* entrevista pra jornal", disse Bech. "Leva o maior tempo, você fica bem relaxado, fala demais, aí eles crucificam você publicando o que dá na veneta deles. Não tem nenhuma prova do que você disse de verdade, só a fita deles, e eles ficam com a fita. Não. Jornal, não. O jornal já morreu."

"Eles vão ao seu apartamento..."

"Vão acordar a Golda na hora do cochilo dela."

"E só vai levar uma hora e meia, mais um pouco de tempo antes ou depois pras fotografias. A Annie Leibovitz é a única que é capaz de querer que você use maquiagem. Talvez ela se satisfaça com um chapéu engraçado."

"Meri Jo, por que é que você está fazendo isso comigo? Eu tenho culpa de você ter gostado da entrevista com o Donahue? Eu não gostei de me ver no Donahue."

Ela pôs a mão, ainda surpreendentemente delicada, sobre a mão nodosa e cabeluda de Bech, no momento às turras com o fettuccine verde. Aquelas tiras escorregadias escapavam dos dentes de seu garfo como enguias fugindo de uma armadilha. "As pessoas querem você, meu caro, e o meu trabalho é facilitar o acesso delas."

"Não tenho culpa de elas quererem me ver. Eu não quero essas pessoas. Eu quero paz. *I want to be alone*. E ver a Golda crescer. Ela já está quase falando. Já diz 'oi'."

"Não peço isso por mim, nem mesmo por você. Estou pedindo pela *indústria editorial*. Existe uma coisa — sei que você nunca aprendeu isso, querido, é claro que a sua mãe mimou você demais — chamada responsabilidade social. Os prêmios implicam responsabilidades — não foi o Delmore Schwartz que disse isso? Você está me fazendo pensar seriamente em tomar uma terceira taça de vinho."

"Pode pensar o quanto quiser. Não aceito mais nenhuma entrevista."

"Mas você não está falando sério." Seus olhos verde-mar outrora teriam sido belos e grandes; agora eram pequenos em seu rosto, sinistros cacos de vidro enterrados na areia da praia.

Bech não conseguiu não ser seduzido por ela. Admitiu a derrota resmungando: "Ninguém vai querer me entrevistar depois do fracasso desse meu discurso".

"Não vai ser fracasso coisa nenhuma. Não pode. Faulkner escreveu o dele no avião, de ressaca, e leu engrolando as palavras, e agora é um documento histórico, como a oração de Gettysburg. Pense na oração de Gettysburg. Henry: você come um cheesecake de chocolate comigo ou vai deixar que eu me sinta uma depravada sozinha?"

Estocolmo, espalhada por um arquipélago no Báltico, reluzia no frio. As suecas ostentavam bochechas vermelhas como sangue entre as golas de pêlo de lobo ou raposa e cabelos dourados, enquanto perambulavam pelas ruas chiques, cheias de restaurantes e lojas de antiguidades, da Gamla Stan, a cidade velha. Bech foi levado para almoçar num venerável restaurante freqüentado por escritores, o Källaren Den Gyldene Freden, acompanhado por alguns membros travessos da Academia Sueca. "Parecia que a coisa estava empatada" — confidenciou-lhe um deles, um homem baixinho e careca, que piscava o olho, conhecido por suas narrativas passadas em Värmland, na tradição de Selma Lagerlöf — "entre Günter Grass e Bei Dao, com o Kundera correndo como zebra. O senhor entrou na seleção final porque tinha gente com medo de surgir um candidato americano mais forte e acabar ganhando. E não é que o senhor acabou ganhando! A meu ver, os votos a seu favor foram um protesto contra os socialistas. Como o senhor vê, aqui a gente vive bem, mas há quem ache os impostos excessivos."

"Não vá atrás das bobagens do Sigfrid", interveio uma acadêmica graciosa, uma poeta que escrevera biografias de autores nórdicos clássicos como Erik Johan Stagnelius, o qual vivera uma vida curta e atormentada, e Gustaf Fröding, que morreu louco. "O senhor é muito admirado na Escandinávia pela sua clareza implacável. O senhor estupra as mulheres ao descrevêlas. Pessoalmente, prefiro lê-lo em francês, que seu estilo fica ainda mais limpo e... como é mesmo que se diz? Espojado?"

"Quando foram contados os nomes da cesta", comentou um folhetinista lírico, de altura e circunferência prodigiosas, "fiquei surpreso mas não atônito. Recentemente, parece que há outras pessoas votando, presenças espectrais, em torno da mesa. Resultados muito misteriosos!"

"Como o senhor talvez saiba", disse seu primeiro informante, com um brilho nos óculos e outro no lépido lábio inferior, "a Academia não está com as dezoito vagas preenchidas. Houve renúncias, mas os membros não podem ser substituídos. Uma vez membro, a única maneira de sair é morrendo."

"É como ser membro da espécie humana", arriscou Bech, diplomático. Estava nervoso. Robin e Golda estavam sozinhas na suíte do hotel. Não haviam trazido Leontyne para aquela semana de festas e formalidades. Bech temia que o frio a destruísse, como se a moça fosse uma flor de jasmim. Queria que ela passasse mais tempo com o marido, um segurança que saía para trabalhar no turno da noite na hora em que ela voltava para casa. Bech sentia que ele e Leontyne estavam ficando excessivamente próximos, lá no estúdio, ambos atrelados a um bebê. Ele estava começando a depender da sabedoria espiritual da jovem, e a pensar com a voz dela. Queria desligar, naquela etapa terminal de sua vida, o mecanismo enferrujado, mas ainda em funcionamento, de sua máquina de se apaixonar.

Quanto a Robin, ela não estava acostumada a passar o dia inteiro com Golda. Sentia falta de seus computadores e da autoridade que eles lhe davam, de seu site na Internet. Não gostava da Suécia. Queixava-se: "Ah, pra *você* é ótimo, é só ir a almoços e jantares e entrevistas, ser recebido por esses campeões da eugenia, tão animados, enquanto eu fico aqui enfurnada neste Grand Hotel, com um bebê chorando e um monte de mobília pesada. Lá fora está frio demais, e aqui dentro está quente demais. Quando eu tento pedir alguma coisa da cozinha, o pessoal de lá só fala turco".

"A Inger disse que se a gente precisar de baby-sitter ela arranja quantas forem necessárias." Inger Wetterqvist era a assistente de laureado de Bech; todos os vencedores do Nobel tinham direito a uma assistente. Era linda e eficiente, e estava o tempo todo a seu serviço. Seu pescoço de estátua, com suaves gavinhas louras sobre a nuca, fascinava Bech.

Mas Golda tinha problemas com as suecas. Cada vez que via uma loura grandalhona, enfiava o indicador e o dedo médio da mão esquerda na boca e apertava o rosto contra a coxa da mãe. Quando se deu conta, no seu segundo dia em Estocolmo, de que ia ser deixada sozinha com uma baby-sitter de cabelos dourados, ela gritou com um misto de fúria e pânico que Bech jamais presenciara antes. A criança tinha medo daquelas arianas altas e radiantes.

Sem dúvida, aquela jovem, em seu esplendor, era assustadora. Bech tinha a impressão de que havia no mundo um número cada vez maior de moças com mais de um metro e oitenta de altura — andavam em bandos, como times de basquete, pelos aeroportos ou pela Fifth Avenue — como se a natureza, não desejando mais que as mulheres permanecessem perto do chão para parir e cuidar dos serviços domésticos, as estivesse espichando para alguma outra função, ainda desconhecida.

Disse Robin, constrangida, à pobre moça que havia sido contratada para cuidar de Golda durante o almoço oficial na embaixada americana: "A babá dela é preta — uma negra, você entende? Acho que a Golda está acostumada com ela". Assim, Robin e Bech acabaram levando Golda para o almoço do embaixador; foram servidas cenourinhas, que a criança pegava com todo o cuidado e lançava no chão, uma por uma.

Era verdade: Bech estava mesmo se divertindo, embora ainda não tivesse escrito o discurso, um fato que ele passava o dia inteiro tentando esquecer e que o fazia estremecer de horror quando ele acordava no meio da noite, as têmporas doendo do excesso de brindes de aquavit e champanhe. Para ele, a Suécia era um paraíso estonteante. Gostava do arco rápido do dia, como cristal gelado, e das gigantescas estátuas de Nikki Ste.-Phalle no Moderna Museet — mulheres! todo o poder para as mulheres! Greta! Ingrid! de Estocolmo a beleza delas, com aquele toque de melancolia que a beleza requer, inundara o mundo inteiro através do cinema — e de uma certa claridade pastel que recobria a cidade, sob aquele céu baixo e subártico. Lembrava Leningrado, tal como ele a conhecera em 1964, quando ainda tinha quarenta e um anos e era suscetível aos encantos de uma *apparatchika* de rosto pétreo e túnica militar, emocionado por estar respirando o ar de Tolstoi. Agora, velho, via tudo através de olhos já um tanto opacos. Havia feito o possível; tentara escrever os livros que queria escrever, e não os que os outros queriam que ele escrevesse; viera até aqueles confins do setentrião para descansar sua caneta. Deu entrevistas a *Svenska Dagbladet*, *Expressen*, *Damernas Värld*, *Dagens Nyheter*, *Västerbottens-Kuriren*. O entrevistador do *Svenska Dagbladet* perguntou-lhe o que ele achava do futuro do socialismo. Ele respondeu que, a seu ver, estava em baixa no momento, mas um dia voltaria, como uma alternativa; o mundo era um homem doente, a se virar na cama sem parar. É necessário sempre proteger os fracos dos pobres, mas não a ponto de não haver incentivo para se tornar forte. O fracasso deve acarretar penalidades concretas, senão ninguém vai se esforçar para ter sucesso. O homem se vê na estranha situação de ser mais bondoso que a natureza.

O entrevistador do *Svenska Dagbladet*, um rapaz esperto, de rosto redondo e cabelos já ralos, perguntou-lhe se essas idéias seriam o tema de seu discurso na entrega do prêmio.

"Se fossem", respondeu Bech, "eu não estaria entregando o ouro a você e seus leitores agora, não é? Mas me diga, normalmente de que trata o discurso do Nobel?"

O jovem pensou. Seus cílios eram brancos, o que lhe dava, juntamente com a boca fina e inteligente, um discreto ar de palhaço. "Ah, a importância de escrever. E como foi que a pessoa começou a escrever."

"Você acha que vale a pena falar nisso?"

O entrevistador, entrevistado, deu de ombros, evasivo. "É o costume."

"A Suécia é um país de costumes, é?"

O rapaz, com cabelos ruivos tão finos que alguns fios estavam em pé, carregados de estática, sorriu indeciso. Seu inglês não era bom o suficiente para saber se seu interlocutor estava sendo irônico. "De certo modo, sim."

"Eu soube que num certo momento vão entrar anjos no nosso quarto de hotel."

"Cantoras anunciando o advento de santa Lúcia, nosso festival de luz." O entrevistador ainda estava cismado com aquela história de a Suécia ser um país de costumes — talvez os Estados Unidos fossem uma terra onde não havia costumes. "Nossos invernos são longos", disse ele, "com dias muito curtos, de modo que há talvez uma necessidade na Suécia de comemorar — de ter festas. Nós acendemos muitas velas, muitos archotes — o senhor vai ver. A semana do Nobel agora é um feriado mais importante que o Natal."

Os suecos haviam lhe entregado, naquelas folhas de papel compridas, um cronograma detalhando o que aconteceria na cerimônia, a cada minuto — a música tocada; a ordem dos participantes do desfile; o lugar em que cada um se sentaria, em meio a tantas academias, os laureados sentados de frente para o rei e a rainha; os arranjos de flores trançadas para delimitar as margens do palco — e, no banquete depois, no enorme Salão Azul do prédio de tijolo vermelho da prefeitura de Estocolmo, mil e trezentos convidados comendo num serviço de louça feita especialmente para o Nobel (*Nobelservisen*), ao som do coro masculino de Uppsala, enquanto moças com trajes azuis de camponesas desciam as largas escadarias dançando, e uma enxurrada de garçons carregava pratos chamejantes de sobremesas. Mas para poder ocupar seu lugar nessa comemoração grandiosa, Bech tinha de fazer seu discurso.

"Meu Deus, o que é que eu faço?", ele perguntou a Robin no quarto do hotel. "Essa porra desse texto tem que estar pronto em dois dias, e não tenho tempo pra escrever, é tanta recepção, é tanto champanhe que tenho que tomar."

"Henry, detesto ver você perturbado desse jeito. Tenho uma necessidade feminina de cultivar uma imagem de você como um homem totalmente cool."

"Nada que eu disser vai estar à altura da situação. Eu não mereço esse prêmio."

"Eles já sabem disso. Você me disse que a Academia não pretendia eleger você — um estava fazendo voto de protesto contra o outro."

"Quem me disse isso podia estar gozando com a minha cara. Esse senso de humor viking é muito estranho. Ho, ho, tome um caneco de hidromel."

"Você sabia", perguntou Robin, "que durante a guerra eles não eram tão neutros assim? Li na Internet que a Sapo, a polícia secreta deles, entregou membros da resistência norueguesa pros nazistas. E muitos negociantes judeus-suecos foram despedidos misteriosamente. O Hitler *adorava* os suecos; achava que eles é que eram um *Volk* de verdade."

"Pare de me meter medo. Você e a Golda são cheias de preconceitos raciais."

"Ela não é boba, não. Tome aí. Preste atenção na sua filha pra variar." E colocou Golda em seus braços. A fralda estava úmida. Quando sorria, com seus dentes esparsos, ela babava. Mais um dente nascendo. A mãozinha grudenta e curiosa agarrou um pedaço da bochecha de Bech e apertou.

"*Ai*", exclamou ele.

"Ela está tão acostumada a ficar comigo o dia inteiro que não entende os seus fios de barba. Vou pôr um vestido bonito e vou dar uma saidinha de uma hora. Tem um rapaz simpático, um contador aqui do hotel, que se ofereceu pra me mostrar o sistema de computadores daqui e me levar pra tomar um drinque num bar tipo americano com uma vista bonita, perto do cais. Ele ficou chocado quando eu disse que ainda não tinha visto nada da cidade. Não conseguia acreditar que eu estava tão largada."

"Você não disse a ele que é mais por opção sua? A Inger se

ofereceu pra encontrar uma baby-sitter africana, embora isso não seja muito fácil aqui."

"São essas senegalesas que vivem vendendo carteira de grife falsificada. Ela também falou que tem umas turcas de pele mais escura, mas eu disse que muçulmana, nem pensar."

"Lá vai você. Preconceito de novo. Antes de surgir o Estado de Israel, os muçulmanos tratavam os judeus muito melhor que os cristãos."

Robin compreendeu sua ansiedade, o fracasso em potencial, que seu rosto exprimia, e disse: "Henry, eu sou jovem. Preciso sair um pouco. Volto a tempo de ir ao concerto oficial às oito horas. A Golda precisa ficar com o pai dela um pouco. Você e ela podem escrever o discurso juntos."

"Membros da Academia, ilustres convidados estrangeiros e nacionais", Bech começou a discursar. "O prêmio Nobel tornou-se tão importante, uma verdadeira celebridade entre os prêmios, que ninguém merece ganhá-lo, e o constrangido laureado é obrigado a ocultar seu imerecimento por trás do imerecimento de todos os outros." A platéia estava sentada nas cadeiras espalhadas no salão principal da Academia Sueca, um cômodo comprido, com paredes amareladas, cheio de pilastras e arcos; parecia uma fantasia renascentista, uma visão da forma humana transformada em arquitetura por algum Michelangelo. O rei — um homem alto, de ar intelectual, com óculos cuja armação era de uma finura verdadeiramente real — não estava presente, nem ele nem sua linda rainha de cabelos negros. Fora bobagem imaginar que estaria falando dos píncaros do mundo. Estava se dirigindo a uma platéia indiferente de rostos pálidos e polidos, numa sala quente demais na fímbria setentrional da Europa, um subcontinente que, por alguns séculos que haviam passado, tinha tiranizado e intimidado o resto do mundo. Entre os rostos, havia poucos conhecidos. Meri Jo Zwengler e Jim Flaggerty — seu editor de texto, um sujeito desengonçado, cabeludo e relaxado, mais grisalho do que vinte anos atrás mas ainda ruminando um chiclete invisível o tempo todo — tinham vindo da Vellum para segurar a mão de Bech. Alguns funcionários da embaixada, com paletós de riscado, haviam sido destacados para aquela missão. Robin estava bem na fila do gargarejo, e seu rosto era uma pérola luminosa de afeto cálido naquele mar gélido de fisionomias estranhas. A platéia inteira não havia conseguido conter um movimento súbito de espanto quando Bech, após uma rápida apresentação feita pelo professor Sture Allén, aproximou-se do atril com um bebê no colo. Mas, em se tratando de uma platéia basicamente sueca, os espectadores engoliram o riso, como se aquela criança viva fosse uma excentricidade de traje típico, semelhante à túnica africana de Wole Soyinka alguns anos antes.

"Este prêmio nos eleva", prosseguiu Bech, "a uma altitude tamanha, a um momento tão excelso de atenção global, que somos tentados a pontificar. Eu poderia falar sobre o mundo tal como ele se encontra neste ano de 1999, aguardando o odômetro virar e o novo milênio ter início, para ver se os militantes islâmicos vão encerrar mais uma fatia de sua superfície numa nova Idade das Trevas, ou se a China vai suplantar os Estados Unidos como a grande superpotência, ou se a Rússia vai cuspir fora o capitalismo como se fosse um figo estragado, ou se a distância que separa os que viajam de avião e os que tocam carro de boi vai aumentar até precipitar uma revolução ou, pelo contrário, diminuir a ponto de reduzir todos nós a uma homogeneidade disneyficada — mas que sei eu, afinal, meus amigos, do mundo? Passei a vida cuidando do meu clima interior e da minha vizinhança imediata." Naquela vizinhança imediata, Golda estava ficando impaciente. Estava com aquela expressão séria que, quando combinada com um cheiro pungente vindo das regiões posteriores, indicava que em breve seria imperioso tomar certas medidas. Meri Jo e Robin tinham razão; Bech era capaz de falar pelo resto da vida, desde que lhe dessem um palco e uma platéia cativa. Era uma característica sua que ele preferia jamais ter descoberto. Prosseguiu: "Ou então eu poderia falar-lhes sobre a arte, a cuja prática dediquei, ainda que de modo espasmódico e aleatório, os melhores e mais preciosos momentos da minha existência. Será a arte, como propunham os antigos, uma imitação da vida ou, como dão a entender os modernos, tudo que a vida não é — ordem em lugar de desordem, resolução em vez de indecisão, paz e harmonia em substituição a nosso insaciável descontentamento e, no fundo de nossas almas, como nos mostram Kierkegaard, Strindberg e Munch, nosso terror? O pavor — pavor de estar aqui, neste planeta que parece cada vez mais isolado e insignificante com cada nova descoberta da astronomia. Ou será a arte ao mesmo tempo duplicação e fuga — a vida, por assim dizer, com uma sintonia fina que a transforma em algo ligeiramente mais elevado, mais luminoso, diferente? É o que sentimos, quando a geramos com a ponta do lápis ou na tela do computador. A arte é de algum modo *boa*, mesmo que apenas para o artista".

Golda estrebuchava com vigor cada vez maior, tensionando a veneranda estrutura de ossos e músculos do pai. Bech contemplou a platéia, um mar de rostos brancos pontuado aqui e ali por uma face negra ou amarela. Para os olhinhos míopes e azulados de Golda — dois tons de azul, na verdade: um anel mais escuro e uma íris mais clara, mais cor do céu, por dentro —, aquela multidão certamente se estenderia infinitamente, passando da parede, ocupando todo o resto da Terra. "Eu represento", Bech não conseguiu não prosseguir, "apenas a mim mesmo; em termos de nacionalidade sou americano; de religião, um judeu não praticante, mas quando escrevo não sou nada menos que um membro de minha espécie triunfante, ainda que ameaçada, aspirando a falar talvez pelos primatas, os vertebrados, quem sabe até pelos liquens também. *Vida!* É assim que se brinda em hebraico, um grito de êxtase diante da maravilha molecular que ela representa, independentemente das atrocidades que os organismos, movidos pelo apetite, cometem uns contra os outros. Vim aqui, senhoras e senhores, decidido a não dissipar, com generalizações vazias, o milagre, a essência enigmática, do específico, daquilo que 'é o caso', como diz Wittgenstein, e em homenagem à majestade de minha tarefa vi-me inteiramente impossibilitado de escrever o discurso que agora claramente não estou conseguindo fazer. Assim (só mais um minuto, amorzinho), invoco o precedente de meu antecessor, o prêmio Nobel de literatura do ano passado, Naguib Mahfouz — aliás, um escritor que levou uma facada no pescoço por suas tentativas de retratar com fidelidade e equanimidade a vida no seu país, o Egito, um herói de verdade num campo, a literatura, em que abundam os falsos heroísmos —, e pedi à minha filha que falasse por mim. Ela tem dez meses de idade, e vai completar seu primeiro ano de vida no novo milênio. Ela pertence ao futuro. O tópico sobre o qual combinamos falar é 'A natureza da existência humana'." Repetiu Bech, com sua voz presidencial: "A natureza da existência humana".

Ele havia ensaiado com Golda, mas com bebês nunca se sabe; a fiação do cérebro deles ainda não está totalmente instalada. Se ela, incomodada com o peso da fralda cheia e com o confinamento no braço do pai, começasse a gritar, seria uma afirmação, porém uma afirmação demasiadamente categórica para o estilo de seu pai. Golda não o decepcionou. Tinha a mente límpida e a natureza pura da mãe, purgada de boa parte das ilusões e perversidades cujos demônios haviam infernizado os dois mil anos anteriores — ou seriam os 5760 anos anteriores? Na platéia, Robin, radiante, abriu a boca larga num sorriso maternal e marital, como se para intervir numa operação de salvamento. Bech passou a criança para o outro braço, para que sua boquinha atormentada pelo nascimento dos dentes ficasse bem próxima ao microfone — tecnologia avançadíssima, sobre um suporte ajustável. Ela estendeu os dedinhos curvos e babados de uma das mãos, como se para arrancar do caule aquele botão de flor gordo e metálico. Bech sentiu o calor daquela cabecinha a dois centímetros de seu nariz ávido; sentiu o aroma delicado daquele couro cabeludo. Quase colando os lábios nas convoluções suaves da orelhinha da criança, ele sussurrou: "Diga 'oi'".

"Oi!", exclamou Golda, pronunciando com uma clareza animada o monossílabo, imediatamente amplificado e espalhado por todos os recantos do lindo, do infinito salão. Em seguida, levantou a mão direita, para que todos vissem, e fez o delicado movimento de abrir e fechar que significa "tchau".

ESTA OBRA FOI COMPOSTA PELO GRUPO DE CRIAÇÃO EM ELECTRA, TEVE SEUS FILMES GERADOS PELO BUREAU 34 E FOI IMPRESSA PELA PROL EDITORA GRÁFICA EM OFF-SET SOBRE PAPEL PÓLEN SOFT DA COMPANHIA SUZANO PARA A EDITORA SCHWARCZ EM MARÇO DE 2000